언니들이 있다

김지은 인터뷰집

그래도 다시 일어서 손잡아주는

언니들이 있다

헤이북스

어릴 적 엄마한테 이런 투정을 부리곤 했다.

"왜 나는 언니가 없어? 언니 낳아줘!"

언니가 있는 친구들이 그렇게 부러웠다. 그들은 언니가 먼저 간 길을 보고, 언니의 조언을 들으며 시행착오도 덜할 것만 같았다.

사회에 나와 보니 "언니가 있잖아!"라고 해주는 이들이 생겼다.

먼저 입사하고, 먼저 벽에 부딪히고, 먼저 이별을 하고, 먼저 외로워보고, 먼저 실패해보고, 먼저 눈물 흘려본 언니들. 존재만으로도 든든한데 그들은 내게 손을 내밀어줬다. '선배'라는 말로는 다 설명이 안 되는, 울고 싶을 때 기꺼이 어깨를 내어준 언니들이다. 그것은 자매애의 다른 말일 것이다.

이제 내가 언니가 되어 동생 세대들에게 이 책을 슬쩍 내밀어본다.

이 책에는 30대부터 70대까지 각자 삶의 자리에서 치열하게 살아온 언니들이 있다. 지나고 나니 보인다는 비밀 같은 인생의 진리를 담았다. 이 작은 책이 언니들을 잇는 자매애의 선순환을 만든다면 얼마나 아름다울까!

인터뷰를 시작하며

"도와주세요. 제 얘기 좀 꼭 들어주세요."

8년 전 한 독자에게서 이런 제보가 이메일로 날아들었다. 적힌 번호로 전화를 해보니 중년 여성이었다. 그는 40분 남짓 자신의 사연을 얘기했다. 남편에게 당한 폭력과 그로 인한 우울증으로 힘들고 고통스럽다는 얘기였다. 그는 사그라들듯한 목소리로 말을 이어갔다. 기사로 다뤄주길 바란다면서.

물론 그의 사연을 신문 기사로 쓰기는 어려웠다. 공공성이 있어야 하기 때문이다. 그 여성이나 남편이 공인이라면 몰라도 말이다. 그러나 그는 전화를 끊으며 이렇게 말했다.

"한결 나아졌어요. 맞아요. 기사가 되기는 어렵죠? 그래도 얘기를 들어주어서 고마워요."

목소리마저 밝아졌다. 통화를 시작할 때만 해도 한숨과 눈물이 섞여 위태로운 음성이었는데 말이다.

그와 통화를 하면서 내가 한 것이라고는 '얼마나 힘들었나요?', '그래서 어떻게 했나요?'라는 맞장구뿐이었다. 그리고 기사보다 더 도움이 되는 것은 상담일 수도 있으니 이런저런 단체에 연락을 해보시라는 조언을 건넨 게 고작이다. 그런데 그의 마음이 왜 시원해졌던 걸까. 기자가 들어준다는 행위는 대체 무언가.

그보다 더 몇 년 전 이런 일도 있었다. '성매매방지법' 제정으로 성 착취가 사회적인 문제로 대두될 때였다. 나는 그때 사회부 기자로서 성매매 피해를 당한 소녀들을 집단 인터뷰할 기회가 있었다. 15~18살의 소녀들이었다. 이들의 공통점은 모두 가출하지 않고는 견디기 어려운 가정환경에 놓여 있었다는 거였다. 집을 나간 그들이 친구 집을 전전하며 버티는 것도 길어야 한 달. 숙식을 해결할 수 있는 아르바이트 자리를 찾은 게 결국 '티켓 다방' 같은 성매매 업소였다. 그런 과정으로 발목을 잡혀 성매매 집결지까지 끌려갔다가 탈출해 쉼터에 머물고 있는 이들이었다.

그 소녀들을 인터뷰하면서 내 머릿속에는 '이런 것까지 물어도 되나?', '질문으로 상처를 받는 건 아닐까?' 걱정이 맴돌았다. 인터뷰를 할 수 있도록 다리를 놓아준 쉼터의 담당 실무자에게 이런 고민을 털어놨다. 그런데 의외의 답을 들었다. 인터뷰가 성매매 피해 소녀들의 심리 치료 과정의 일환이 될 수 있다는 설명이었다.

"기자라는 공적인 업무에 종사하는 사람이 자신들의 얘기를 들어준다는 것은 큰 위안이 될 수 있어요. 자신의 피해를 제3자에게 말하면서 객관화할 수 있는 기회가 되기도 하고요."

이 두 일화는 인터뷰의 가치를 재발견한 계기였다. 기자로 일하는 동안 반드시 '치유와 위로의 인터뷰'를 해봐야겠다고 마음먹은 이유이기도 하다. 한 번 뜨겁게 읽고 마는 인터뷰, 1회로 소비되고 잊히는 인터뷰가 아니라 내일 읽어도 내년에 읽어도 5년, 10년 뒤에 읽어도 마음에 느낌표가 남는 인터뷰 말이다.

"모든 언론 활동의 목적은 人間에서 출발해서 人間에서 끝난다."
이 문장을 받아 든 게 16년 전이다. 그때는 의미를 잘 몰랐다. 당연했다. 기자 명함을 받은 지 열 달밖에 안 된 병아리가 알 턱이 있을까. 기자 교육 특강 때 만난 리영희 선생께 떨리는 손으로 《새는 '좌·우'의 날개로 난다》를 내밀었더니 적어주신 문구다. 뇌출혈의 후유증으로 몸의 움직임이 다소 불편하셨을 때였다. 그런데도 흔쾌히 펜을 잡으셨다. 손은 떨렸지만, 눈빛은 종잇장을 뚫을 기세로 집중하시던 모습이 아직도 생생하다.

기자 경력이 한 해 한 해 늘어갈수록 이 문장이 새롭게 느껴졌다. 기자가 무너질 때는 내 앞에 있는 취재원이 사람이란 걸 잊어버릴 때이며, 모든 사건은 결국 사람의 이야기라는 기본을

잃어버리는 순간이기 때문이다. 모든 언론 활동의 목적은 인간에서 출발해서 인간에서 끝나는 까닭에, 인터뷰는 기자에게는 산소 같은 존재다. 기사의 최소 단위이면서 그 자체다.

이 인터뷰는 그간 셀 수 없이 썼던 인터뷰 중에 다시 읽어보고 싶은 기사 하나가 떠오르지 않아 시작한 연재다. 생의 중반을 지나는 중인 내가 삶의 이정표를 다시 꽂고 싶어 시작한 기획이다. 뜨거운 인터뷰도 많이 해봤으니 이제는 겨울날 아랫목 같은 인터뷰를 해보고 싶어 저지른 사건이다.

이 책은 그 인터뷰 중 누구보다 치열하게 살아온 이 시대 여성들의 목소리를 골라 담은 것이다. 세상은, 사회는 여자이기에 약자로 취급했고, 소수자로 봤으며, 배제의 대상으로 여겼지만, 그들은 '다르게 살기'로 맞섰다. 그들이 삶의 우여곡절과 고비, 세상의 유리 천장에 어떻게 응수했는지가 담긴 인생 실전이다. 그 끝에 얻은 행복의 비결 또한 응축돼 있다. 인터뷰를 하며 내가 그랬듯 독자들도 언니들이 전해주는 생의 고갱이에 깊이 그리고 진하게 공감하기를, 인터뷰가 지닌 치유의 힘을 체감하게 되기를 희망한다.

'내가 이러려고 기자가 됐나?'라는 염증이 생길 무렵 시작한 이 인터뷰가 '그래서 내가 기자를 했지!'라는 답을 주었다. 언니들이 살면서 터득한 진리, 고통이 알려준 행복, 삶의 묘미를 어떻게 내가 기자가 되어 마주 앉아 듣고 글로도 전할 수 있게 되었는지 참으로 다행스럽다. 이 인터뷰집을 읽는 이들에게도

'그래, 내가 그래서 살고 있지!'라는 응답 또한 주게 되기를 간절히 기원한다.

2019년 8월, 김지은

차례

3 진정한 행복은 내 안에 있어

1

부당하다 생각되면
온몸으로 저항해

"너를 지키는 길이야"

최인아,
‘여성 최초’ 역사를
써온 언니

"혁명을 할 게 아니라면,
현실을 돌파한 샘플이 되어보자!"

최인아

삼성그룹 계열사 최초의 공채 출신 여성 임원, 제일기획 입사 25년 만에 부사장이 된 카피라이터. 언니의 이름을 모르는 사람은 있어도 '그녀는 프로다. 프로는 아름답다'는 광고 카피를 들어보지 못한 사람은 드물다. 최초의 길을 걸어온 이 언니에게 '유리 천장'은 없었을 것만 같다. 그러나 언니도 처음에는 이름 석 자 대신 '미스 최'라고 불렸다. 심지어 입사 5개월도 안 되어 선배에게 "관두고 집에 가는 게 어때?"란 모욕적인 말을 듣기도 했다. 언니가 이 유리 천장을 부수고 '최초의 역사'를 쓴 비결은 무얼까. 정상에 섰을 때 훌쩍 회사를 나와 책방을 차린 것은 왜일까. 대형 서점과 온라인 서점이 판을 치는 요즘, 그 책방을 성공적으로 꾸리고 있는 비법은 또 무얼까. 언니는 왜 생각이 숲을 이루는 세상을 꿈꿀까.

최인아 전 제일기획 부사장이 책방을 차렸다는 소식을 몇 년 전에 접했다. 그런데 올해에는 심지어 그 책방이 잘되더라는 얘기가 들렸다. 대형 서점이나 온라인몰이 아니라 책방을 열어 선전하고 있다고? 그 책방에는 그의 어떤 기획력이 들어가 있을까. 궁금해졌다.

다시 그의 이름을 떠올려본다. 나는 '최인아'란 이름을 미디어에서 익숙하게 보며 자랐다. 그는 나의 세대가 입사 지망하는 광고회사 1순위인 제일기획 최초의 여성 임원이었다. 그것도 '로열패밀리(총수 일가)'가 아닌 공채 출신이라니.

그렇기에 최인아는 어떤 상징이었다. '잘나가는 카피라이터는 여자다'라는. 태어나면서부터 여성 대통령만 본 북유럽 정치 선진국의 어느 사내아이가 "엄마, 남자도 대통령이 될 수 있어요?"라고 물었다는 일화처럼. '최초'를 몰고 다닌 그는 후배 여성 세대, 즉 나에게는 실재하는 희망이었다. '터지는 광고 카피' 뒤에는 그가 있었고, 그 실력이 그를 삼성그룹 최초의 공채 출신 여성 부사장으로 만든 거다.

인터뷰요? 하하. 하시죠! 그런데 제가 책방 차리고 나서 인터뷰를 좀 많이 한 편이에요.

그가 흔쾌히 인터뷰 제의를 수락했다. 나이를 가늠하기 어려운 음성이었다. 인터뷰를 많이 해온 편이기에 이전 인터뷰와 다른 이야기가 나올 수 있을지 모르겠다는 말은 '쿨' 하면서도 상냥한 그의 성격에서 나온 걱정이었을 테다. 그런데 나에게는 그의 말이 팁이자, 도전을 불러일으키는 작은 계기가 되기도 했다. '다른 인터뷰에서는 하지 않은 말을 끌어내야 얘기가 되겠구나.' 실제 마주앉은 뒤 그의 입에선 "이런 얘기까지 하게 되네"란 말이 잇따라 나왔다. 이런 때 인터뷰할 맛이 나는 법이다.

인터뷰하기 전까지 몰랐던 사실 중의 하나, 그의 처음이 '미스 최'였다는 사실이다. 여성이라는 이유 하나로, 회사는 그를 그렇게 규정지었다. 제일기획 입사 25년 만에 그는 '최초 여성 임원'이라는 화려한 수식을 얻었지만 아무도 그가 그렇게 성장하게 될 줄은 몰랐을 테다.

카피라이터로 입사한 그가 해야 하는 업무 중 하나는 책상 청소와 보리차 끓이기. 남자 동기보다 월급이 더 적을 뿐 아니라 진급 연차도 3년이나 차이 났다. 하기는 '여자는 어차피 안 뽑으니 원서를 가져갈 필요도 없다'고 하던 시절이었다니.

그는 현실에 지지 않았다.

제가 출근하면 뭐 한 줄 아세요? 주전자 들고 가서 보리차 끓여 팀에 가져다 놓고, 선배들 책상을 닦아놓습니다. 그래서 1시간 일찍 출근해요. 걸레 들고 다니는 모습을 보이면, 제작회의에서 의견을 다툴 때 상대 머릿속에 걸레를 든 제가 연상될 것 같아서. 입사할 때 남자 이상의 능력이 있다고 해서 뽑아놓고는 호봉을 남자는 3급, 여자는 4급을 줍니다.

8개월 차 신입 사원은 사장 면전에서 설득에 성공했다. '혁명을 할 게 아니라면, 현실을 돌파한 샘플이 되어보자'는 영리한 오기이자 끈기 덕분이었다.

자기를 들여다보는 게 출발지예요. '견딜 건가, 바꿀 건가? 나한테 뭐가 중요한가? 나는 어떤 사람이고 싶은가?' 그 질문이 먼저 있어야 답을 찾을 수 있어요.

입사 다섯 달도 안 되어 선배에게 "카피라이터는 맞지 않는 것 같으니 이쯤에서 그만하는 게 어때?"라는 말을 들었을 때도 그랬다. 눈물을 흘리면서도 이를 악물었다.

그만둘 건가, 남을 건가 생각했죠. 그런데 대안이 없었어요. 그렇다면 남아서 당신 생각이 틀렸다는 걸 보여주리라 어금니를 깨물었죠.

그의 히트작도 본질을 파고드는 그 질문 덕에 나온 것들이다. 시대의 흐름을 읽어 '일하는 여성'을 앞세운 '그녀는 프로다. 프로는 아름답다'(베스띠벨리), 화장품을 왜 슈퍼에서 파는지를 다섯 글자로 표현한 '피부필수품 식물나라'(식물나라), 자유의 고정관념을 뒤집은 '모든 것을 할 수 있는 자유, 아무것도 안 할 자유'(클럽메드)가 그렇다. 그가 만든 카피가 별거 없는 것 같은데도 새롭게 다가왔던 이유다.
그가 유리 천장 아래 주저앉았다면 이렇게 인터뷰로 마주하는 일은 없었을 거다.

부사장에 오른 지 3년 만에 미련 없이 퇴사했고, 지금은 '생각의 숲을 이루는' 책방 주인으로 산다. '우리는 왜 책을 읽나?', '책방이 있어야 하는 이유는 무엇인가?' 질문하고 답을 찾은 결과다. '최인아책방'은 그가 생각한 책방의 본질을 구현한 곳이다.

그의 책방은 서울 강남 선릉 인근 대로 한복판에 있었다. 현대식 직사각형 빌딩 사이에 책방이 들어선 건물이 도드라졌다. 유럽풍의 주택 느낌이었다. 나무 마루인 책방을 걸을 때마다 삐걱삐걱 소리가 났다. 책방 한켠의 방에서 그와 마주했다. 회의실 겸 그의 작업실이었다. 제일기획을 그만두니 정당 두 곳에서 영입 제안을 했다는데, 하마터면 그녀를 책방이 아닌 여의도에서 볼뻔했다.

20대여, 영원하라

» 이름을 내건 책방은 거의 보지 못했어요. 이름이 브랜드가 되기 쉽지 않은데 대단해요.

동업자의 의견이었어요. 처음부터 서점이 아니라 책방이라는 건 명확했는데 이름을 뭘로 할지 논의하다가 '이름을 겁시다' 이렇게 된 거죠. 저는 '선배의 책방'이란 아이디어를 밀었어요. 그런데 우리보다 더 선배들이 있는데 자칫 오만하게 보일 수 있다는 의견에 접었죠. 어차피 책방을 열면 '아무개가 하는 거래'라는 얘기가 나올 거고, 또 마케팅을 생각해도 지명도가 우리에게는 자산이니 이걸 활용하자는 게 동업자 의견이었어요.

저도 '그러자' 했죠. 책방으로 전화가 오면 우리 알바생들은 '네, 최인아책방입니다'라면서 받는데, 저는 그냥 '네, 책방입니다' 해요. (웃음)

» 늘 이름 앞에 '최초'라는 수식어가 붙어서 그럴 거예요.
사실 최초라는 건 앞에 아무도 없었고 언젠가는 누군가가 나오게 된다는 뜻이잖아요. 때가 무르익었을 즈음에 제가 있었던 거죠. 다만, 제가 잘한 거는 그러기까지 여자라서 불리하고 열악했던 시절에 지지 않았다는 거죠.

운이 좋았다는, 겸손의 표현이었다.

» 카피라이터는 어떻게 된 건가요? 장래 희망이었나요?
그럴 리가! (미소) 카피라이터가 뭔지도 모르고 (회사에) 들어갔는데. 어릴 때부터 저는 늘 헷갈릴 때 '나한테 중요한 건 뭐지, 결코 포기할 수 없는 건 뭐지?'라고 먼저 생각하곤 했어요. 사람이 흔들릴 때가 있는 법이잖아요. 그럴 때 내 안쪽을 들여다보는 시간이 길었던 거죠.

» 어릴 때부터요?
최초의 자각이 초등학교 3학년 때였을 거예요. '이 다음에 커서 뭐가 될래?'라는 질문 많이 받잖아요. 반 여자애들 절반이 현모양처가 꿈이었죠. 그런데 저는 '흥, 무슨 현모양처?' 했어요.

순간 의아해하는 표정을 읽었나 보다. 그는 "우리 땐 그랬다니까요"라며 웃었다.

집에서 살림하고 사는 게 아니라 일을 하며 살 것 같았죠. 말을 하거나 내 생각을 글로 쓰거나. 그래서 꿈이 소설가였다가, 기자였다가 이렇게 바뀌었는데 핵심은 모두 내 생각을 글이나 말로 전하는 일이었죠. 대학 전공도 '다 영문과 가라'고 하던 시절에, 저는 사회과학에 관심이 많았기 때문에 (이화여대) 정치외교학과에 갔죠.

» 그 시기에 카피라이터는 생소한 직업이었을 것 같아요.
인생은 참 알 수 없는 거예요. 대학 1학년 때 우리 학교는 원고지 70매짜리(1만 4000자 분량) 논문을 쓰게 했거든요. 친구한테 주제를 뭘로 할 거냐고 물으니까 광고라고 하더라고요. 제가 그랬죠. '무슨 광고 따위를 논문으로 써?' 하하. 한 치 앞도 모르고요. 저는 조선이 일본에 비해 왜 근대화가 늦었는지를 주제로 썼죠.

» 1984년에 입사했죠. 제일기획은 어떻게 지원하게 된 건가요?
(카피라이터가 뭔지) 모르고 들어갔어요. 사실 4학년 때 기자 시

험을 계속 봤는데 안 됐어요. 취업은 해야겠는데. 지금 이런 말 하면 이해가 안 될 텐데, 그때는 여자는 입사 원서도 안 주던 시절이에요. 자격 요건에 아예 '대졸 남자'라고 박는 거죠. 여자를 뽑는다고 해서 원서 받으러 가면 '어차피 안 뽑으니 여자한텐 안 줘요'라고 하고요. 근데 신문에 제일기획 공채 공고가 나서 보니까 여자도 뽑고 전공 불문이래요. 카피라이터가 뭔지도 몰랐는데 끝에 '라이터writer'가 붙는 걸 봐서 하여튼 뭔가쓰는 일인가 보다 하고 지원했는데 붙었죠. 입사하고 나서도 사실 1년만 다녀야지 했어요.

이른바 '언론 고시'에 미련이 남아서였다. 그러나 입사하던 해 가을 다시 기자 시험을 보고 나오면서 생각을 접었다.

이거 주경야독으로 될 일이 아니구나 싶더라고요. 또 엄혹한 전두환 정권 시절에 내 생각을 용기 있게 기사로 쓸 자신이 없었죠. 제일기획에서 일한 게 29년인데, 그중 절반은 늘 한쪽 발만 담그고 도망갈 준비를 하고 있었어요.

» 의외인데, 왜 그랬나요?
내 아이디어로 뭔가 이야기를 해서 설득하고 반응을 얻는 과정은 재미있었어요. 그런데 한편으로는 '이게 도대체 무슨 의미가 있는 일이지, 이 세상을 어떻게 이롭게 하는 거지?' 하는 의문이 있었죠. 바쁠 때는 잊다가 뭔가 내놓은 게 (카피가) 신통치 않으면 또 그 고민이 찾아오곤 했어요. 그러다가 16년 정도 지나고 나서 문득 '이게 이번 생에 나의 일이구나!' 알아지는 순간이 오더군요.

그녀는 프로다. 프로는 아름답다

» 처음부터 광고 카피를 잘 쓰지는 않았겠죠?

야단 많이 맞았죠. 심지어 입사해서 네댓 달 됐을 때 하루는 사수인 선배가 부르더니 '몇 달 너를 보니 카피라이터로서 재능이 없어 보인다. 고생하지 말고 접는 게 어떠냐?'고 하더군요. 토요일이었는데 약속을 다 취소하고 울면서 집에 걸어가면서 사람 잘못 봤다는 걸 알게 해주겠다고 생각했죠.

» 마음먹은 대로 됐나요?

쉽지 않았죠. 하지만 자존심이 상했고 오기가 났어요. 지고 싶지 않아서 그때부터 집에서 책상에 엎드려서 잤죠. 아이디어를 내야 하는데 내일까지 못 내면 어떡하나 싶고, 누웠다가 자버릴까 봐 못 눕는 거예요. 하하. 그런 시절을 오래 보냈죠.

» 얼마나요?

2년 뒤에 작지만 신문광고에 카피라이터로 제 이름이 처음 나갔어요. 시계 광고였죠. 그 뒤에 확 터진 게 베스띠벨리의 '그녀는 프로다. 프로는 아름답다'는 카피예요.

인터뷰를 하기 전 회사의 인턴 기자들에게 '최인아'라는 이름을 아는지 물은 적이 있다. 대학에 재학 중이거나 막 졸업한 이들이었다. 모르는 이들이 다수이기에 실망했는데 곧 미소를 지었다. 그의 대표 광고 카피인 '그녀는 프로다. 프로는 아름답다'를 모르는 이들이 없었기 때문이다. 이런 게 전설적인 카피가 아닐까 생각했다. 나 역시 당대 이지적인 여성의 대표로 여겨졌던 배우 채시라가 등장했던 이 광고의 카피가 또렷하다. 일하는 여성이 광고에 등장할 수 있다는 사실, 그리고 광고의 영상보다 카피가 뇌리에 더 또렷이 박힐 수 있다는 사실을 깨달았다. '이런 것이 광고 카피구나'라고 인지한 아마도 첫 기억일 테다.

» 어디서 아이디어를 얻었나요?

젠더gender 문제와 연결이 돼요. 입사해서 보니 여자와 남자 처우가 다르더라고요. 생각했죠. '이거 가만히 있을 거냐? 아니다. 밀리기 시작하면 끝도 없는 거지' 싶었어요. 그러던 차에 입사 8개월쯤 됐을 때 새로운 사장이 왔죠. 그래서 팀별로 간담회를 했는데 그 자리에서 얘기를 했어요. 팀장이나 선배들 얼굴이 '쟤 뭐냐?' 하는 표정이었죠. 그런데 사장이 듣더니 의견을 받아들이더라고요. 다만 시스템을 고치는 건 오래 걸리는 일이니, 월급부터 동등하게 고치자고 해서 보전을 해줬죠.

» 회사에서 유명해졌겠네요?

그때 '샘플론'을 생각했어요. 아직도 입사하고 나서 대학 사은회에 가서 제가 한 말이 생각나요. 일어나서 한마디 하라고 하기에 이렇게 얘기했죠. "회사에서 나를 '미스 최'라고 부른다. 내 이름을 부르지 않는다. 이름 석 자를 다 기억하는 데도 에너지가 들어가니 나를 그냥 미스 최라고 하는 거다. 그런데 나는 나를 '최인아'라고 불러달라고 하지 않는다. 여성학에서 배운 대로 하면 싸워야 하는데 나는 소수민족이라 내가 함께 일하는 남자들을 적으로 돌려서는 아무것도 할 수가 없다. 그래서 나는 우선 그들이 나를 인정하게 하려고 한다. 그렇게 사람들이 관심을 갖게 하고 그 에너지를 모아서 시스템을 바꿀 수 있다고 생각한다." 이게 일종의 샘플론이었죠. 실제 그렇게 됐고요.

» '그녀는 프로다. 프로는 아름답다'는 경험에서 나온 거군요?

그렇게 부당하다는 걸 사회에 나와서 알았어요. 그 시스템을 바꾸려면 내가 프로가 되어야 한다고 생각했죠. 그러다 베스띠벨리라는 옷 브랜드 광고를 맡게 됐어요. 타깃이 나 같은 사람들이었죠. 그때는 일하는 여성을 '오피스 레이디'라고 해서 'OL'이라고 불렀는데, 그들을 공감시켜야 했어요. 그럼 내가 겪은 일로 카피를 만들자고 생각했죠. 팀장은 처음에 '프로? 어려워, 안 돼' 했어요. 그래도 광고주한테 다른 아이디어와 함께 제안해달라고 했죠. 그런데 덜컥 된 거예요. 그리고 그야말로 대박이 났어요. 그 얘기인즉 저같이 웅어리졌던 사람이 많았고, 그래서 공감을 끌어냈다는 뜻인 거죠.

» 그 이후로 회사 내에서도 입지가 달라졌겠네요?
프로젝트를 주도적으로 할 기회가 늘었죠. 자기가 주도권을 가지고 컨트롤하면서 진행하고 또 그게 (잘) 되면, 정말 신이 났죠. 그래서 일에 빠져서 살았어요. 그러면서도 재미있는 게 곧 의미 있는 일이라는 건 아니니까 고민은 계속됐죠.

당신의 능력을 보여주세요

인터뷰를 하다 보면 우문인 게 뻔한데, 그래도 해야만 하는 때가 있다. 현답을 기대하면서 할 때도 있고, 진짜 궁금해서 할 때도 있다. 이번에는 후자였다. 그런 아이디어의 원천은 어디일까. 묻지 않을 수 없었다. 숱하게 들어봤을 질문을 꺼내자, 그가 웃음을 터뜨렸다.

» 광고 카피는 어떻게 나오나요?
죽어라 하는 수밖에 없어요. 하하. 아이디어는 질문, 인사이트 insight, 솔루션solution에서 오죠. 과제를 받아서 질문하고 인사이트를 찾기 시작하면 늦어요. 늘 내 머릿속에 몇 질문들은 돌아가고 있어야 하죠. 'BTS(방탄소년단)가 그렇게 인기라는데 이게 의미하는 건 뭘까? 사람들은 BTS의 무엇에 꽂힌 걸까? 왜 이런 현상이 생긴 거지?' 하는 질문을 평소에 하는 거죠. '쟁이'들이라고 어떻게 맨날 새로운 걸 내놓겠어요? 제가 알아차린 건 '새롭다는 건 본질에 다가가면 갈수록 나올 가능성이 많다'는 거죠. 그래서 저는 안쪽으로 깊이 파는 편이었어요. 제가 낸 카피의 표현이 대단히 기발하냐 하면 그런 건 거의 없죠.

그중 하나로 그가 예를 든 게 '식물나라' 화장품 카피였다.

제일제당(현 CJ)이 식품 사업을 주로 하다 새 비즈니스로 화장품을 시작할 때였어요. 해외에서는 이미 드럭스토어drugstore에서 화장품을 팔 때라 슈퍼에 내놨죠. 그런데 1차 론칭 때 실패했어요. 안 팔리는 거죠. 그래서 다시 광고를 시작할 때 제가 맡게 됐죠. 그때 '피부 필수품'이라는 카피를 썼어요. '슈퍼라는 데는 어떤 곳인가? 필수품을 사는 데다. 그럼 여자들에게 화장품이란 건 뭔가? 통념은 사치품이지만 사실 필수품이다. 나만 해도 피부가 건성이라 세수하고 나서 바로 스킨을 바르지 않으면 엄청 당긴다.' 이렇게 생각해서 피부 필수품이라고 붙인 거죠. '화장품을 왜 슈퍼에서 사?'라는 인식을 깨야 했던 거예요.

삶에 관한 인터뷰를 시작한 이유를 또 한 번 떠올렸다. 누구나 자신의 삶은 '특별한 역사'라는 사실 말이다. 별것 없는 것 같아도 특별한, 그래서 공감을 주는 역사.

» 이런 얘기를 책으로 쓰면 재미있을 거 같아요.

쓰고 있어요. (미소) 가칭 '당신이 브랜드다'라는 제목으로. '일을 어떻게 해야 하나, 일하는 사람으로서 어떤 태도나 관점을 가지는 게 좋은가?' 하는 내용이죠. 광고 얘기들도 들어갈 거예요.

» 그런 성공 카피들을 쓰면서 결국 능력을 인정받았고 임원 자리에까지 올랐죠. 여자 후배들에게는 롤 모델이었을 테고요. 임원이 되니 뭐가 달라지던가요?

규정 같은 겉으로 드러나는 건 많이 바뀌었지만, 사실 사람 머릿속의 생각이 쉽게 없어지겠어요? 그러니 부단히 부딪히는 거죠. 성과가 쌓이고 직급이 올라가면서 내 말에 실리는 무게가 달라졌죠. 조직을 관리하는 자리에 갔을 때는 일부러 '여자, 여자' 하지 않으려고 했어요. 그런 태도가 되레 여자 후배들에게 좋지 않을 거라고 생각했죠. 대신 룰을 공평하게 집행하려고 노력했어요.

» 조직에서 살아남은 비결이 뭐라고 생각하나요?

다행히 제게는 분별력이란 게 있어요. 제 자신에게 취하지 않았죠. 예를 들면 '내가 남자였더라도 임원을 시켰을까?' 생각해보는 거예요. 과거에 여자라는 이유로 차별받았던 것처럼, 내가 남자들보다 능력이 뛰어나서라기보다 여자를 임원 시키는 게 회사 홍보 효과도 있으니 시킨 건 아닌가 하는. 돌이켜보면 저의 전체 커리어 중에 절반은 여자라서 불리했던 반면 뒤의 절반은 여자라서 유리했다고 정리했어요. 아마 제가 10년, 20년 전에 태어났다면 더 능력이 뛰어났어도 이런 영예는 얻지 못했을 거예요. 사회적인 여건이 무르익지 않았을 때니까. 그런 운도 저한텐 따랐던 거죠. 또 무르익기 전에 포기했다면 기회가 안 왔을 테고요.

모든 것을 할 수 있는 자유, 아무것도 안 할 자유

» 슬럼프가 있었을 텐데, 어떻게 대처했나요?

일단 멈춰요. 그리고 다시 봐요. 일하면서 멈췄던 적이 두 번 있어요. 첫째는 8년 차 무렵이었죠. 두 달 휴직을 했어요. 몸이 많이 망가져서 그만둬야겠다고 했더니 두 달 쉬다 오라고 하더군요. 그래서 인도 여행을 다녀왔어요. 고비가 40대 중반에 다시 오더라고요. 여자라는 봉우리를 넘었더니 이제 나이라는 봉우리가 가로막고 있다는 생각이 들었어요. 나이는 점점 드는데 새 아이디어를 낼 수 있을까? 어느 날 나를 보니 출근해서 퇴근할 때까지 눈동자가 풀려 있더라고요. 그래서 또 그만

다행히 제게는 분별력이란 게 있어요.
제 자신에게 취하지 않았죠.
예를 들면 '내가 남자였더라도 임원을 시켰을까?'
생각해보는 거예요. 과거에 여자라는 이유로
차별받았던 것처럼, 내가 남자들보다 능력이
뛰어나서라기보다 여자를 임원 시키는 게
회사 홍보 효과도 있으니 시킨 건 아닌가 하는.

둔다고 하니 1년 휴직 제안을 회사에서 하더군요. 그래서 그때 산티아고 순례자의 길에 갔어요.

35일간 800킬로미터를 걸었다. 종이컵 바닥만 한 물집이 잡히고 터지고 그게 굳은살이 되기를 반복하면서 그는 깨달았다. '내가 나이 드는 일도 잘하고 싶었던 거구나.' 새삼스럽게 아직도 일을 뜨겁게 사랑하고 있다는 것도 알게 됐다.

제가 받은 열매를 후배들에게 다 돌려주고 그만두기로 하고 회사로 돌아왔죠. 그때 '생각은 온몸으로 하는 거구나' 깨달았어요.

그리고 6년 뒤인 2012년 12월 진짜 사직했다.

평소 조직의 비극은 자리가 요하는 역량과 그 자리에 앉은 사람의 역량이 일치하지 않을 때라고 생각했거든요. 당시 저를 그렇게 진단한 거죠. 이 디지털 물결이라는 변화의 시대에 광고회사가 어떻게 먹고살아야 할지 답을 찾는 일은 어마어마한 에너지를 요하는 일이니까요. 그해 7월쯤 사장한테 말했죠. 연말까지만 하겠다고. 친구들은 '나가라고 할 때까지 있어야지 무슨 소리냐?'고들 했었죠. 하지만 그 뒤 몇 번을 돌이켜도 정말 잘했다는 생각이 들어요. 후회가 없어요.

자신이 가진 걸 다 쏟아부었기에 미련도 남지 않은 거다.

> 그만둬야겠다는 신호를 스스로 느꼈나요?

제가 제 상황을 진단해봐도 그렇고요. 자기가 가장 먼저 아는 거예요. 제가 제일 싫어하는 건 무임승차였어요. 그 자리에 앉아 있으면 그 자리의 값만큼 뭔가를 내놔야 하는데, 그럴 수 없겠다는 진단을 저 스스로 내놓은 거죠.

어느 길로 가야 할지 헷갈릴 때 늘 안테나를 내면으로 곧추세웠기에 가능한 일이었다. '나한테 중요한 건 뭐지? 나라는 사람은 어떤 때 행복하지?'

> 할 일을 생각해두고 그만둔 건가요?

원래 은퇴한 뒤에 공부를 하려고 했어요. 그래서 서양사학을 배우려고 대학원에도 들어갔죠. 그런데 2년쯤 되니까 일하고 싶은 마음이 올라오더라고요. 정말 예상치 못한 반응이었죠.

그를 비롯해 세 사람이 의기투합했다.

광고 기획 계통의 일을 한 세 사람이 함께 일을 한다니까 프로젝트가 들어왔어요. 그게 '사람들이 책을 많이 읽게 하려면 어떻게 해야 할까?'였죠. 아이디어를 내다가 누군가, 아마 저였던 걸로 기억하는데, '이거 우리가 직접 하죠!' 했는데, 다들 놀

랍게도 그러자고 한 거예요. 책을 다 좋아하는 사람들이었던 거죠. 그런데 어쩌다 보니 (공동대표인) 정치헌 씨와 저를 연결해준 사람은 빠지고 둘이서 동업을 하게 됐어요.

2016년 8월 선릉로에 자리한 유럽 건축물을 연상시키는 건물에 '최인아책방'이 들어섰다.

» 어떤 책방인가요?
그저 책을 사고파는 서점이 아니라 사람들이 모여서 생각을 꺼내놓고 얘기하는 책방을 만들고 싶었어요. 그래서 '생각의 숲을 이루다'라는 문구로 책방 소개말을 쓴 거예요. 우리 책방에는 책을 중심으로 생각을 자극하고 영감을 받을 수 있는 여러 프로그램이 있죠.

저자 강연, 책방 콘서트, 마음 상담 같은 것들이다.

그런데 과연 우리 책방에 와서 사람들이 책을 살까 하는 생각이 들었어요. 질문을 바꿔서 고민해봤죠. '책을 읽는다는 건 뭘까? 언제 사람들은 책을 찾을까?'로.

그래서 '최인아책방'에는 이런 서가가 있다. '불안한 이십 대 시절, 용기와 인사이트를 준 책', '서른 넘어 사춘기를 겪는 방황하는 영혼들에게',

'고민이 깊어지는 마흔 살들에게', '좋은 리더가 되기 위해 고민할 때', '스트레스, 무기력, 번 아웃이라 느낄 때'…….

책방 주인들의 믿을만한 친구, 선후배가 꼽은 '추천 서가'를 만든 거다. 추천인의 이름, 직업과 함께 추천 이유도 자필로 적혀 있다.

» 북 클럽도 운영하고 있는데, 회원이 얼마나 되나요?

570명 정도예요. 책방을 연 지 1년 반쯤 됐을 때 시작했죠. 한 달에 한 권씩 제가 직접 추천 이유를 쓴 편지와 함께 책을 회원들에게 보내요. 무슨 책이 올지 회원들은 알 수 없죠. 그러니 책방에 신뢰가 없으면 가입하기 쉽지 않아요. 책과 독자를 연결하는 방법으로 생각했죠. 그런 뒤 독자와 생산자가 한자리에 앉아서 얘기 나누는 시간을 마련해요.

자꾸자꾸 당신의 향기가 좋아집니다

» 결혼은 일 때문에 안 한 건가요?

하고 싶은 사람을 못 만났죠. 가끔씩 내 편, 내 짝이 있으면 좋겠다는 생각이 들면서도 한편으로는 내가 과연 결혼 생활을 하기에 적절한 인간인가 하는 의문도 있었고요.

» 살면서 어떤 때 행복한가요?

그게…… 참, 뜻밖입니다. 저는 대단히 개인주의자라고 생각했거든요. 그런데 누군가를 기쁘게 할 때 행복하다는 걸 알았어요. 회사에서 임원으로 조직 관리를 하던 때도 후배들의 고민을 해결해줘서 그들의 얼굴이 밝아지면 기쁘더라고요. 내가 이렇게 쓰이고 있구나 깨닫게 돼서. 요즘도 책방에서 하는 프로그램에 와서 사람들이 이런 걸 해줘서 감사하다고 하면 내가 하는 일이 뭔지 다시 생각해보게 되죠. 사람들 마음에 뭔가 차오르게 할 때 기쁘고 행복해요.

한 시대를 대표하는 여성의 역사를 써왔으니 정치권에서 가만히 있을 리 없었다. 더구나 공천 때마다 정치적 소수자인 여성을 앞세워 홍보하는 게 여의도의 트렌드가 되어버린 시대다. 그에게도 제안이 오지 않았을까. 사실 정치란 잘 하기만 하면 세상을 바꿀 수 있는 지름길이기도 하다. 여의도의 풍토가 초심을 잃도록 만들기 십상이어서 그렇지.

› 혹시 정치 권유받아본 적 있나요?
있어요. 두 군데서요. 부사장 그만둔 뒤에요. 그런데 거절했죠.

엉뚱한 질문에도 그는 시원시원하게 답했다.

› 단칼에요?
네. 정치라는 건 제가 할 일이 아니라고 생각해서요. 잘 할 거 같지도 않았고, 잘 쓰일 수 있을 거 같지도 않았어요.

사람이 이런저런 유혹에
흔들릴 때가 있잖아요.
그럴 때 저를 돌아보고
다독이는 말이 있어요.
'돈보다 내가 중요해.'
괜찮은 인간이고자 하는
욕망이 저한테 있는 거죠.
'이거 하면 안 하는 거보다
돈은 좀 더 생기겠지만
그거보다 나는 나를 지키는 게
더 중요해, 그렇지 않아?
돈이 중요해, 내가 중요해?'
하는 질문을 한 번 쓱
해보는 거죠.

때로는 사탕발림 같은 권유에도 명쾌하게 결론 내릴 수 있는 힘이 무엇일까. 그가 말했다.

사람이 이런저런 유혹에 흔들릴 때가 있잖아요. 그럴 때 저를 돌아보고 다독이는 말이 있어요. '돈보다 내가 중요해.' 괜찮은 인간이고자 하는 욕망이 저한테 있는 거죠. '이거 하면 안 하는 거보다 돈은 좀 더 생기겠지만 그거보다 나는 나를 지키는 게 더 중요해, 그렇지 않아? 돈이 중요해, 내가 중요해?' 하는 질문을 한 번 쓱 해보는 거죠.

인터뷰에 붙인 중간 제목들은 그의 대표 광고 카피들이다. 그는 현실에서, 자신의 삶에서 카피들을 뽑아냈다. 그것들은 대중에게 넓은 공감대를 만들어냈다. 그렇기에 그 카피들은 그의 역사이기도 하고 우리의 역사이기도 하다.

그가 걸어온 길은 숲을 만드는 일이 아니었을까. 수많은 생각의 결과물로 가지를 치고, 꽃을 피우고, 열매를 맺고, 다시 새로운 어린 나무를 키워 지금에 이르기까지. 비바람에 꽃눈이 졌다면 최인아라는 숲은 없었을 거다. 고요하고 옹골진 숲에 다녀왔다.

최아룡,
17년을 싸운
가장 쎈 언니

"놔두면 언젠가는 더 심각한 사건이 날 것이다.

여기서 멈추게 해야 한다!"

최아롱

여기 '미투의 성공기'를 쓴 언니가 있다. 언니는 '서강대 교수 성폭력 사건'의 피해자다. 교수를 꿈꿨던 언니의 인생은 대학원 교수의 성폭력으로 뒤바뀌었다. 지금보다 더 사정이 녹록하지 않았을 2003년, 언니는 TV에 출연해 공개적으로 자신의 피해 사실을 고발했다. 피해를 당한 곳 근처만 가도 온몸에 두드러기가 올라올 정도로 극심한 스트레스와, 가해자 동료 교수들의 회유와 압박에도 언니는 포기하지 않았다. 가해자를 상대로 한 지난한 법정 싸움에서 승리했다. 언니는 거기서 멈추지도 않았다. 자신과 같은 성폭력 피해자들을 치유하며 살고 있다. 카르텔의 교수 사회 대신 '독립 학자'의 길을 택해 활발한 학문 활동 또한 하고 있다. 지금까지 언니를 이끈 힘은 어디에서 비롯됐을까.

2018년을 규정짓는 말 중 하나는 '미투'(나도 당했다는 성폭력 피해자들의 고발)일 것이다. 정치권, 검찰, 문화예술계에서 잇따라 미투가 터져 나왔고, 유력 인사들의 추악한 뒷모습에 사회가 경악했다.

미투 이후 성폭력 피해자들의 싸움이 수월한 것도 아니다. 대부분 성폭력 가해자들은 오랜 시간 쌓아온 지위와 명성을 지닌 사회의 기득권층이다. 그들이 지닌 인맥과 재력, 신망을 무기로 법적 맞대응을 하기 마련이다. '공개 투쟁'을 결심하고 사실을 밝혀도 돌아오는 건 그래서 '당할 땐 가만 있다가 왜 이제 와서 그러느냐'는 음모론, '가해자 인생 망쳐 좋을 게 뭐냐'는 동정론, '그렇게 까다롭게 구는 직원 불편하다'는 배척론이다.

게다가 소송은 얼마나 지난한가. 재판을 준비하고 출석하고 피해 사실을 복기하고 가해자의 얼굴을 마주해야 하는 경제적, 심리적 부담과 피해도 오롯이 자신의 몫이다. 가해자는 또 얼마나 교활한가. 대개 권력도 재력도 인맥도 지닌 그들은 자신이 가진 모든 기득권을 활용해 저항한다.

미투 이후에 벌어질 상황을 시나리오 삼아 몇 번을 되뇌어도 미투 이후 피해자들은 더 외롭고 힘든 나날을 보내야 한다. 그래서 그가 생각났다. 16년 전에도 한국에 미투가 있었다. 그는 서강대 대학원에서 박사 과정을 밟고 있던 연구자였다. 화장도 하지 않고 바지만 즐겨 입는 쾌활한 여성이기도 했다. 워낙 선머슴 같은 성격에 그의 아버지가 그를 '털팔이'('더펄이'의 사투리로, 덜렁대는 사람을 일컬음)라고 놀릴 정도였다.

그런데 그가 성폭력 피해자가 됐다. 결코 원치 않았고, 상상조차 한 적 없던 정체성. 이것이 그의 인생을 뒤바꿨다. 그는 이른바 '서강대 김 교수 성폭력 사건'의 피해자 최아롱 씨다.

2003년 MBC〈시사매거진 2580〉에서 얼굴을 드러내고 미투했다. 이름만 '최희정'이라는 가명을 썼을 뿐이다. 요즘도 공개 미투가 '뉴스'가 되는 세상인데, 2003년에야 두말할 필요가 없다. '멈추게 해야 한다'는 의지에서 결정한 정면 돌파였다.

그렇게 지난한 싸움이 시작됐다. 2001년 최초 성추행에, 2003년 2차 가해, 잇단 민·형사 소송과 법원의 벌금형 유죄 판결, 대학 측의 해임 징계를 번복한 교육부(당시 교육인적자원부) 교원징계재심의위원회의 결정에 따른 가해 교수의 복직. 몇 글자로는 표현할 수 없는 거센 파도였다.

인생의 파고를 넘어 그가 얻은 건 자유 그리고 치유다. 강단에 서기 위해 박사 과정을 밟던 중이었으나 학교를 떠나 '독립 학자'의 길을 택했다. 그리고 자신을 단련하고 치유한 요가로 다른 피해자들의 상처도 어루만지며 살고 있다. 그가 만든 요가원 이름이 '세상 속으로 가는 요가원'인 이유다.

2003년 인터뷰했던 그를 다시 소환한 건, 미투에도 성공이 있다는 걸 알리고 싶어서였다. 수많은 성폭력 피해자들에게 그는 살아 있는 승리의 역사였다. 기자를 하는 동안 간절히 하고 싶은 연재 '미투의 성공 스토리'를 시작한다면 단연 첫째에는 그 사람, 최아룡 씨가 소개될 것이다. 생존자로 살아남아 남도 살리고 있는 그의 발자취는, 그래서 개인의 것이 아니다. '희정'으로 미투해 '아룡'을 찾은 이 스토리는, 그래서 이 시대 여성들의 이야기다.

그를 인터뷰 한 건 2003년 미투 때 이후 두 번째였다. 15년이 지나 다시 만난 그는 다른 사람이 돼 있었다. 불안과 긴장이 섞였던 눈빛은 맑아졌고, 표정에는 생기가 돌았다. 그간의 역사를 듣기에 4시간은 짧았다.

문답을 시작하기 전, 독자들을 위해 서강대 김 교수 성폭력 사건의 전말을 전한다. 최초 사건은 2001년 10월 31일 대학원장이었던 김 교수와 대학원생들의 회식 자리에서 벌어졌다. 김 교수는 조교였던 그녀를 옆자리에 앉힌 뒤 '너를 여인으로 만들어주겠다', '네가 결혼하면 너와 네 남편 사이에서 잠을 자고 싶다' 등의 언어 성희롱과, 손과 뺨을 만지고 볼에 입을 대는 성추행을 했다. 서강대 여성위와 총학생회, 여성 단체와 공동대책위원회를 꾸려 문제를 제기했고, 이듬해 3월 서강대는 '정직 3개월'의 징계를 했으나 이미 김 교수가 안식년에 들어간 상태여서 하나 마나 한 처벌이 됐다. 2003년 복직한 김 교수가 다시 피해자에게 '2차 가해'를 하면서 문제가 됐고, 대학은 해임을 결정했다. 그러나 교육부의 교원징계재심의위가 김 교수의 재심 신청을 받아들이면서 징계 수위를 '정직 3개월'로 낮췄다.

서울 서대문구의 한 오피스텔에 있는 그의 연구실을 겸한 요가원에서 마주했다. 오랜만에 만난 그는 "저 많이 밝아지지 않았나요?"라며 미소 지었다. 과연 그랬다.

자책에서 벗어나야 치유가 시작된다

〃 지금도 당시 일은 고통스러운 기억이죠?

안희정 전 충남지사나 정봉주 전 의원 성폭력 의혹 피해자들의 미투에 그렇게 말하는 사람들 있잖아요? '옛날 일인데 어떻게 그렇게 기억하느냐?', '기억이 잘못될 수도 있는 것 아니냐?', '8년 전, 10년 전에 당했다면서 그렇게 생생할 수가 있느냐?'고요. 저만 해도 검찰에서 받았던 대질 조사는 어떻게 했는지 기억이 잘 나지 않아요.

» 그렇군요. 하긴, 정말 경황이 없을 테니까요.

맞아요. 그런데 사건 현장은 모조리 기억해요. 가해자의 표정, 어조, 당시 앉았던 사람들 위치까지요. 이를테면 성추행 전에 가해 교수가 고기를 굽는 집게를 집어 들더니 불쑥 맞은편 남학생을 가리키면서 '내가 이걸로 네 배를 찔러서 한 바퀴 돌린 다음에 빼내면 내장이 나온다. 그러면 내가 그걸 씹어 먹을 거야.'라고 한 것, 옆에 앉았던 학생과 영화제 얘기를 하던 참이었는데 갑자기 교수가 숟가락으로 '대가리 대!' 하면서 그 학생의 머리를 딱, 딱 때렸을 때 났던 소리까지 잊히지 않아요.

그는 당시 사건 현장이 눈앞에 펼쳐지기라도 한 듯 생생하게 소환했다.

가해 교수 오른쪽에 앉아 있던 남학생은 술을 잘 마시지 못하는 사람이었어요. 그랬더니 교수가 '술 못 마시면 남자가 아니야. ○○(성기의 저속한 표현)을 떼어버려!'라는 말까지 했죠. 언어적 성희롱이잖아요. 그 자리에 있던 모든 일이 다 충격적이었죠. 1차 회식 자리가 끝나고 버스가 끊길까 봐 여학생들은 그래서 다 집에 들여보냈어요. 저는 조교였기 때문에 남아 있었고요. 그리고 사건이 2차 자리에서 벌어진 거죠.

» 그럼 성희롱을 당한 남자 피해자도 있었던 거군요?
하지만 남자들은 그런 일이 있어도 그냥 넘어가는 거죠. 2차는 확 트인 호프였어요. 널찍한 곳이었고 홀 한가운데에 자리를 잡았어요. 그러니 거기서 누가 그런 사건이 나리라 생각할 수 있겠어요? 교수가 어쨌든 더 취하게 되면 누군가 챙겨야 하니, 저는 그 챙길 친구가 오면 맡기고 집에 가려고 했죠. 일이 있어 늦게 오기로 했거든요. 2차 자리에 있던 학생들은 한 명 빼고 다 다른 학교 학부 출신이었기 때문에 그럴만한 사람이 없었죠. 그래서 저는 자리도 이동이 편한 모퉁이에 앉았어요. 그런데 교수가 의자를 툭툭 치면서 자기 옆으로 와서 앉으라고 하는 거예요. 저는 그냥 여기 앉겠다고 했는데, 몇 차례 더 권유를 하더군요. 주위에서도 여기 앉으라며 거들고요. 그래서 어쩔 수 없이 자리를 옮겼다가 사건이 난 거예요. 지금 생각하면 '그때 내가 앉지 말고 끝까지 버텼어야 하는 건데……' 싶어요.

성폭력이 잔인한 이유 중에 하나는 피해자가 피해를 당하고도 끊임없이 자책을 하게 만든다는 거다. '내가 그러지 않았더라면', '그때 거기 가지 않았더라면', '더 강하게 저항을 했더라면' 하는.

» 성폭력 피해자들은 사건 직후에는 한동안 자책감에 시달리기도 하잖아요?

그렇죠. 저도 그랬어요. '교수가 옆자리로 오라고 했을 때 끝까지 버티고 가지 말 걸' 하는 생각을 수없이 했죠. 그런데 그때 거부했어도 아마 언젠가는 당했을 거예요. 저만 해도 그렇거든요.

이런 논리적 구조를 완결하기까지 그는 얼마나 자기와의 싸움을 했을까. 그의 입에서 '그래도 피할 수 없는 일이었다. 내 책임이 아니다.'라는 말이 나와 정말 다행스러웠다. 피해자가 자기 부정이 아닌 자기 긍정을 하는 데서 치유는 시작될 거다.

» 무슨 전조가 있었나요?

피해를 당하기 전에 대학원 온라인 게시판에 '(가해자인) 김 교수가 실력도 없고 술자리에서 성희롱도 했다더라'라는 취지의 글이 올라온 일이 있었어요. 그런데 교수가 저를 부르더니 그에 반박하는 주장을 올리라고 하더라고요. 너무 황당했죠. 고심 끝에 글을 올리긴 했는데 성희롱 부분은 사실 여부를 모르니 쓸 수 없어 뺐다고 했어요. 그런데 결국 그 뒤에 내가 그 교수한테 성폭력을 당한 거예요. 내가 피해자가 되는 데 7개월밖에 걸리지 않았어요. '그 일 때문에 벌을 받았나?' 하는 생각까지 들었죠.

» 최근에 연달아 남성 권력자의 성폭력을 고발하는 미투가 있었는데, 어떤 생각이 들었나요?

피해자가 공개한 안 전 지사의 메시지 중에 '괘념치 말거라'라는 대목이 있었잖아요. 그걸 보고 (내 사건) 가해 교수의 '너를 여인으로 만들어주겠다'는 발언이 떠올라서 너무 기분이 나빴어요. 둘 다 자신이 무슨 대단한 존재인듯한, 사극의 임금이 된 듯한 착각에 빠져 있는 건지.

김지은 전 비서에 따르면, 안 전 지사는 성폭력 가해 이후 '미안하다', '괘념치 마라', '내가 부족했다', '다 잊어라' 같은 문자를 보냈다.

» 당시로선 '교수 성폭력 사건'에 문제 제기하는 건 정말 쉽지 않고 흔치도 않았던 일인데 어떻게 결심하셨나요?

한국에서 대학원생에게, 특히나 박사 과정 3학기째였던 저 같은 사람에게 교수란 생사여탈권을 쥔, 내 목숨 줄을 잡고 있는 존재죠. 그런데 '놔두면 언젠가는 더 심각한 사건이 날 것이다. 여기서 멈추게 해야 한다'는 생각이 들었어요. 결국은 그것이 나를 보호하는 길이라고요.

» 특히나 방송에 출연해서 요즘 식으로 미투한 건 대단한 일이었죠.

얼굴에 모자이크 처리를 할지 여부를 (제작진과) 상의하는데, 갑자기 '내가 숨어 있어야 할 사람인가?' 하는 생각이 저 아래서 꽉 치고 올라왔어요. '나는 떳떳하다'라고 되뇌었죠. 그런데 막상 인터뷰를 마치고 방송사를 나와 버스 정류장으로 갈 때는 펑펑 울었어요. 내 안에서 뭔가 쑥 빠져나가는 느낌에 허탈하기도 하고 힘들기도 하더라고요. 이번에 얼굴을 내놓고 미투한 분들도 심적으로 굉장히 고통스러울 거예요. 일단 누군가 자기를 '피해자'로 알아본다는 게 무엇보다 부담스러울 테고요. 저도 회복하는 데 오랜 시간이 걸렸어요.

» 힘들게 시작한 공론화로 길고 힘든 싸움이 시작됐지요?

그렇죠. 누구나 그랬겠지만, 내가 성폭력 피해자가 될 줄은 몰랐어요. 한국여성민우회의 상담을 받고, 여학생위원회 같은 학내 기구와 공대위를 만들어 공개적으로 문제 제기를 하고, 정신과 상담을 받고 하는 일들이 이어졌죠. 특히 어머니가 정신과 상담부터 받으라고 하셨어요. 충격이 컸을 테니, 그걸 걱정하신 거죠. 그래서 우연히 찾아간 병원에서 만난 의사가 김혜남 선생님(정신과 전문의)이에요. 제 얘기를 쭉 들으시고는, 저를 많이 격려해주셨어요. 그리고 이렇게 말씀하셨지요. '좀 힘들지 모르겠지만, 먼저 가는 여성이라고 생각하고 다른 여성을 위해 나서면 좋겠다'고요. 부모님도 물론 용기를 주셨고요.

» 그런데 해결이 쉽지 않았죠? 다른 사안과 결부 지어서 교수를 의도적으로 음해한다는 '음모론'이나 '꽃뱀론'도 나왔고요.

맞아요. 그래서 보통 대학에서 학생이 교수에게 성폭력을 당해도 이를 공론화했을 때 닥칠 후폭풍이 두려워서 덮기 마련이지요. 저만 해도 공론화하고 나서 제가 '천덕꾸러기'가 된 심정이었어요. 분명히 '트러블 메이커'는 가해자인데, 마치 내가 문제를 일으킨 사람이 된 것 같았어요. 학교 진상규명위에 가서 하는 진술만 해도 그래요. 나이 든 남자 교수들 앞에서 피해 사실을 말하는 것 자체가 고통이죠. 게다가 당시 일부 진상규명위원들은 '(가해) 교수의 가족을 생각해야 하지 않겠나?', '유학까지 가서 어렵게 된 교수다', '가해자에게 어느 정도 수위의 징계를 주면 좋겠느냐?' 등의 말까지 했어요.

'저 많이 밝아지지 않았나요?'라며 피해 당시 상황을 말할 때도 담담했던 그가 이 대목에서는 북받친듯했다. 그래도 붉어진 눈시울이 눈물로 젖진 않았다. 단단해진 그의 내면이 느껴졌다. 나는 감히 대단하다고 말할 수조차 없는 청자일 뿐이었다. 그에게 이 같은 감정을 불러일으킨 것이 미안했다. 잠시 숨을 고른 뒤 그녀는 책 한 권을 내밀며 다시 입을 열었다. 성경책 두께의 480쪽짜리 묶음이었다.

자료들을 모아서 엮었어요. 2006년에 만든 책이죠. 제가 겪은 일과 당시 일기처럼 인터넷(포털사이트 '다음'에서 운영한 일종의 블로그)에 썼던 글들, 민·형사 판결문, 관련 기사들, 심지어 당시 돌렸던 서명 용지도 넣었어요. 피해자로서 그때 내 심정을 당시 어투까지 그대로 기록해야 의미가 있다고 생각했어요. 또 이렇게 자료집으로 만들어두면, 다른 피해자에게도 쓸모 있는 정보가 될 테니까요. 그리고 저 자신도, 이렇게 매듭을 지어야 털고 앞으로 나갈 수 있을 것 같았어요.

한 발 더 나아가 그는 당시 사건과 해결 과정을 자신이 증언하는 영상도 촬영해놨다고 했다. 유튜브에 올려 미투를 고민하거나 성폭력을 당해 도움이 필요한 이들이 정보로 활용할 수 있도록 말이다. 이야기하는 그의 뒤쪽에 동영상을 찍을 때 활용했던 화이트보드가 있었다. 성추행 사건이 발생했을 당시 자리 배치도가 그려져 있었다.

그리고 아무것도 포기하지 않았다

» 그 이후의 삶은 어땠나요?

우선, 학위를 포기했어요. 200권쯤 되던 전공책도 다 버렸죠. 성추행 사건을 떠오르게 하는 대학 건물 안에 있기가 어려웠어요. 학내 모든 구성원들의 시선도 신경 쓰였죠. 온몸의 세포가 모두요. 그때 요가에 집중했어요. 1996년 요가를 시작해서 2001년에는 강사 자격증을 따뒀거든요. 요가를 하면서 일단 내가 건강해지는 것만 신경 쓰자고 생각했죠. 호흡과 명상이 큰 도움이 됐어요. 피해 후유증 중 하나가 굉장히 감정 기복이 심해진다는 건데, 그럴 때 특히 숨을 고르고 냉정을 찾을 수 있었죠.

그리고 그녀는 자신처럼 상처받은 이들에게 요가를 가르치기 시작했다. 마침 김 교수 사건으로 연이 닿은 여성 단체를 통해서 다른 성폭력 피해자들을 만날 기회가 있었다. 그렇게 시작해 미혼모, 장애아, 알코올중독자, 노숙자로 범위가 넓어졌다. 기관에서 요청이 오면 요가 수업을 하기도 하고, 자원봉사도 했다. 지금도 그녀는 장애인복지관, 요양병원, 정신병원 7곳에서 요가를 가르친다.

» 요가가 어떤 도움이 됐나요?
다시 자신감이 생겼어요. '내가 아무것도 할 수 없는 사람이 아니구나' 하는. 표정도 없고 요가 매트에도 앉지 않으려 하던 장애아동이 어느 순간 동작을 따라 해요. 시선도 마주치길 꺼려 했던 아이의 눈이 순간 반짝이는 게 보일 때가 있죠. 되레 제가 행복해지고 치유받는 시간이에요. 다시 살아갈 힘도 생겼고요. 나중에는 일본에서 '요가 테라피스트' 과정을 전문적으로 공부했죠. 지금은 요가학회 활동도 하고 있어요.

하지만 그는 교수가 되려고 커뮤니케이션학을 공부하던 학생이었다. 진로는 포기한 걸까.

» 원래 강단에 서려고 박사 학위 과정을 시작한 것일 텐데, 전공 공부는 아예 접었나요?

계속 하고 있어요! 다만 학교라는 울타리를 벗어났을 뿐이죠. 대신 전공 관련 국제학회에 자발적으로 프로포절(논문 접수)을 하면서 찾아다니고 있어요. 그렇게 발표한 사례가 10여 회 정도 돼요. 독립한 거죠.

독립 학자가 되다니! 그는 뻔한 길을 버리고 제3의 길을 택한 거다. 더구나 국내에서는 좀처럼 누구도 쉽게 가지 못하는 길이다.

» 요가 봉사에, 요가 치유 사례 기록에, 전공 활동까지 몸이 둘이라도 부족하겠어요? 그렇게 사는 이유가 뭘까요?

군이 그 분야에서 내가 이름을 날리겠다거나, 이제 와서 교수를 할 목적으로 하는 건 아니에요. 다만 흔히 할 수 없는 경험을 하면서 다른 이들이 보지 못하는 부분을 볼 수 있게 된 걸 더 재미있게 내 방식대로 공부하는 거예요.

» 다른 성폭력 피해자들에게 하고 싶은 얘기가 있나요?

마음의 준비가 안 됐다면 군이 미투하려고 하지 말고 기다리세요. 그렇지만 얘기하면 삶에서 무거운 짐 하나 털어낼 수 있습니다. 스스로 많이 격려해주세요.

마음의 준비가 안 됐다면 굳이
미투하려고 하지 말고 기다리세요.
그렇지만 얘기하면
삶에서 무거운 짐 하나
털어낼 수 있습니다.
스스로 많이 격려해주세요.

» 성폭력 사건이 인생에 준 의미는 무엇인가요?

내 눈을 가리고 있던 무언가를 걷어낸 느낌이에요. 세상을 새로 볼 수 있는 계기가 됐죠. (저명한 프랑스의 사상가인) 푸코, 데리다 등 책상 앞에서만 하는 공부가 얼마나 허무한지 알게 됐어요.

성폭력 피해자들에게 살아 있는 승리의 증거가 되다

그는 이후 인생의 동반자도 만나 2008년 결혼했다. 성폭력 피해와 이후의 과정을 듣고 "당신 덕분에 학교가, 사회가 바뀌었을 거다. 대단하다."라고 한 독일인 남편이다. 남편 가족들은 그를 '용기 있게 올바른 일을 한 여성'으로 자랑스러워한다고 한다. 이것 역시 그가 투쟁으로 얻은 삶의 선물인지 모른다.

그가 말했다.

'아닌 것은 아닌 거다!' 아닌 걸 아니라고 말해서 난 자유를 얻었어요.

이 인터뷰를 하고 7개월 뒤 그에게 연락이 왔다. 예의 밝고 힘 있는 목소리였다. 경상도 억양이 들어간 말투로 그는 말했다. 나를 의미 있는 파티에 초대하고 싶다고. 알고 보니 10월 31일은 그가 성폭력 피해를 당한 날이었다. 17주년을 기해 자신의 싸움에 도움을 준 이들과 또 다른 성폭력 피해자들을 한자리에 모은다는 거였다. 자신이 어떻게 견뎠는지, 또 재판에서 어떻게 승리했는지, 어떤 이들이 도왔는지를 기념하고 나누고 싶다는 취지를 듣고 '멋지다'는 생각이 들었다. 그날 밤 서울 마포구의 한국성폭력상담소에 최 씨의 가족과 지인, 그를 도왔던 활동가, 그에게서 힘을 얻고자 하는 피해자를 비롯해 40여 명이 모였다.

정갈하고도 맛있는 만찬을 나눠 먹은 뒤 이야기가 꽃을 피웠다. 공개 대응을 시작했다는 한 성폭력 피해자의 말이 가슴을 울렸다. "괜찮아졌다고 생각해도 아직도 혼자 눈 뜬 새벽, 마음이 쿵 하고 내려앉아 나락으로 떨어져요. 평생 갖고 가야 하는 아픔이겠죠."

또 다른 이는 최아룡 씨에게 말했다. "17년 동안 생존해주어 고마워요. '나도 이렇게 살 수 있겠구나, 살아남아 승리할 수 있겠구나' 용기를 가져요."

최아룡 씨는 '끝이 무엇일지 알지 못한 채 시작한 길'이라고 말했다. '내가 당한 사건으로 끝나는 게 아니라 다른 피해자에게 방어막이 되고, 이렇게 씩씩하게 해결도 할 수 있다는 롤 모델이 되고 싶었다'고도 했다. 최 씨는 일찍이 그런 본보기를 찾지 못했으니까. 이런 자리를 만든 이유였다.

그의 투쟁에 처음부터 함께했던 여성학자 권김현영 씨가 동석했다. 자리를 마무리하면서 그가 환한 미소와 함께 말했다. "오늘 온 다른 사건의 피해자들이 큰 힘을 얻었을 거예요. 17년을 싸운 가장 쎈 사람을 만났으니까!"

미투의 해피엔딩은 이룰 수 없는 꿈이 아니라는 걸 언니 최아룡 씨는 몸소 보여줬다.

이나영,
페미니스트
전사가 된 언니

"더 강해질 수 있다.
그리고 너는 혼자가 아니다."

이나영

여성학자인 이 언니를 떠올리면 이 나라 여성들의 최전선에 서서 싸우는 전사가 생각난다. 그러기에 언니의 연구실은 학교의 울타리를 넘어 현장으로 향한다. 페미니즘과 관련된 곳이면 어디든 언니가 달려간다. 여성을 향한 차별과 억압, 범죄에 기꺼이 함께 싸우고 눈물 흘리며 손잡아주는 전사이자 동지가 되어준다. 언니는 처음부터 맹렬한 전사였을까. 아니다. 언니도 '누구 엄마'로 규정되던 시절이 있었다. 그때 언니를 붙든 질문 하나가 세상 속으로 이끌었다. 그래서 끝내 페미니즘이 인생의 전부라고 말하게 되기까지 언니의 인생에 무슨 일이 벌어졌던 걸까.

약속된 인터뷰 시간보다 조금 이르긴 했다. 그의 연구실 문 앞에 섰는데 선뜻 문을 두드릴 수가 없었다. 열변을 토하는 그의 카랑카랑한 음성이 들렸다. 이내 '하하하' 웃음도 터졌다. 소리만 들어도 뜨거웠기에 노크로 열기를 깰 수가 없었다.

인터뷰 시간이 다 됐는데도 마찬가지였다. 이번에는 두드렸다. 똑똑. 안에는 카메라를 든 여학생들과 그가 있었다. 인터뷰 중이었던 거다. 그는 곧 마무리하겠다고 조금만 기다려달라고 했다. 어찌나 치열하게 인터뷰를 했는지, 그는 잠시 화장실에 가서 얼굴과 감정을 가다듬고 왔다. 아마도 여성 문제로 인터뷰를 했을 거다. 이렇게 학생들의 말에 감정이입을 하는 교수가 몇이나 될까.

이나영 중앙대 사회학과 교수는 '페미위키'란 사이트에 등재된 드문 교수다. 페미니즘과 관련한 사건이나 사람을 모아놓은 네티즌 편집 백과사전이다. 그곳에 '래디컬 페미니스트'(급진 여성주의자)로 그의 이름이 올라 있다.

그를 보면 전사戰士가 연상된다. 연구실은 학교의 울타리를 넘어선다. 페미니즘 문제라면 기자회견이든 세미나든 집회든 달려간다. 뿌리 깊은 차별의 벽, 가해자 옹호의 카르텔에는 창을 들지만 오늘날의 '나혜석'들에게는 든든한 언니다. '빻은 소리(시대에 엄청나게 뒤떨어진 답답한 얘기)', '빡침 주의', '진보 아재들의 전형적인 여성관'……. 그가 페이스북에 적는 날것의 문장들은 가해자에게 표출하는 분노인 동시에 피해자에게는 연대의 메시지다. '반차별, 반혐오, 반자본, 반식민주의, 반제국주의, 반군사주의, 반인종주의, 반종교근본주의에 찬성하시는 분들 친추 환영합니다.'라는 소개글에는 여성학자 이나영의 정체성이 압축돼 있다.

'나는 뭔가?'

그의 인생을 바꾼 건 이 질문이었다. 대학을 졸업할 때까지 '이나영'이란 이름 석 자로 당당했던 삶이었다. 불과 세 살에 부를 수 있는 영어 노래가 100곡에 달해 '우리 딸 천재인가?' 부모를 설레게 했다. 중·고교 시절에는 "내가 쟤(남학생)보다 목소리도 크고 공부도 더 잘하는데, 왜 나는 부회장을 해야 해요?"라며 구시대의 성별 역할에 반기를 들 정도로 당찼다.

'자신'으로 꽉 찼던 삶을 결혼이란 사건이 가로질렀다. 이른바 전업주부의 일상에는 자신이 없었다. 남편에게 종속된 존재로 보낸 6년, 그는 점점 시들어갔다. 아침에 눈을 떠도 일어나고 싶지 않은 나날이 계속됐다. 몸도, 정신도 병들었다. 그때 그런 물음이 고개를 든 거다. '나란, 여자란 대체 어떤 존재인가?' 아이 둘을 데리고 떠난 유학길은 그 질문에 답을 찾으려는 여정의 시작이었다. 내내 장학금을 받으며 5년여 만에 석·박사 학위를 따고 미국 조지메이슨대학 교수로 임용됐지만, 그는 한국으로 돌아왔다. '현장의 학자'가 되기 위해서다.

미국의 학계는 보통 현장과는 상관이 없어요. 교수들은 책 쓰고 연구하는 학자일 뿐이죠. 나는 운동을 해야 하는데. 연구자는 농부 같은 사람이에요. 척박한 토양에 씨를 뿌리는. 보통 한 학기에 수백 명의 학생을 만나요. 그걸 25년 동안 한다고 생각해보세요. 대한민국을 바꿀 수 있는 일이죠.

상아탑의 전사, 아스팔트의 여성학자 이나영. 그는 왜 페미니즘 덕에 살았고, 페미니즘이 인생의 전부라고 말하는 걸까.

연구실 안팎에 '성 평등 세상 기원', '꼰대 퇴치'

» 연구실 문밖에 각종 '부적'들이 붙어 있던데, 그중에서도 '나는 페미니스트다'라는 게 눈에 띄어요. 선언의 의미인가요?

여성학을 전공했고 여성학을 가르치는 선생이니, 페미니스트라는 건 굳이 말할 필요가 없죠. 그런데도 그렇게 붙인 이유는 보라는 뜻이에요. 이 복도는 저만 왔다 갔다 하는 곳이 아니고 다른 선생들, 그들을 찾아오는 학생들도 있죠. 그들에게 '이곳에 페미니스트가 있다'고 말하는 거예요. 학생들에게는 '(페미니즘 이슈로) 고민하고 있으면 언제든 와라. 나는 너를 지지한다'는 연대의 의미이기도 하고요.

그 부적 20여 개의 내용은 이렇다. '성 평등 세상 기원', '꼰대 퇴치', '낙태죄 폐지하라', '내가 기 쎈 여자라구? 넘나 좋군ㅋ', '달라진 우리는 당신의 세계를 부술 것이다', 손글씨로 적은 책 《행복한 페미니즘》(벨 훅스 지음)의 한 구절 그리고 그 가운데에 '나는 페미니스트다'라고 적힌 스티커가 붙어 있다. 그리고 왼쪽 가슴에는 일본군 '위안부' 피해자 할머니들에게 보내는 연대와 지원의 뜻이 담긴 나비 배지를 달고 있었다.

늘 그를 생각하면 걱정이 되는 게 있었다. 그는 사립대 교수이기 때문이

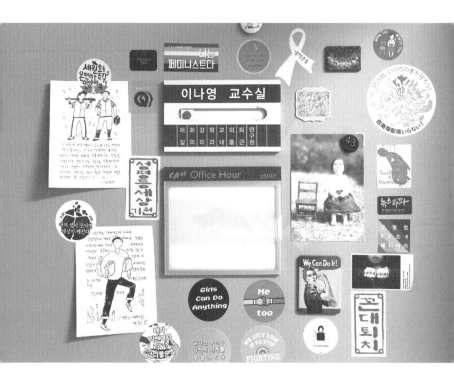

다. 웃으며 물었지만, 진심 어린 질문이었다.

》 이런 급진적인 페미니스트 교수에게 학교 재단의 압력은 없나요?
이런 사람인지 모르고 뽑았겠죠. 하하. 미국에서 조지메이슨
대학 교수로 임용되고 6개월쯤 됐을 때 중앙대로 왔어요. 저는
운동권도 아니었고, (우리나라에서 여성학자를 배출하는 대표적인
학교였던) 이화여대 출신도 아니에요. 미국에서도 사회학이 아
니라 여성학을 공부했고요. 하지만 논문 실적이 좋았고 영어
강의도 가능했으니 좋은 평가를 받아서 임용됐지요.
학교에 온 지 얼마 안 돼서 성평등상담소장을 했어요. 이어서
(이를 발전시켜) 전국 대학 중 최초로 인권센터를 만들었죠. 소
장으로서 굵직한 학내 사건들을 처리하면서 외압이 통하지 않
는다는 걸 각인시켰어요. 가해자가 대단한 사람이면 교수들이
들고 일어나기도 하고 국회의원이 전화를 하기도 하거든요.
그런데 저는 학계에도 정계에도 빚진 사람이 없고 나 혼자 커
왔기 때문에 (인맥의 영향에서) 자유로웠죠. 나중에는 '이나영 선
생한테 잘 봐달라고 얘기해봤자 오히려 부정적인 영향을 미칠
수 있으니 그냥 가만히 있는 게 낫다'고 소문이 났다고 하더라
고요. (웃음)

게다가 그는 언론 노출 빈도가 단연 높은 교수다. 이는 대학 평판에도 긍
정적인 영향을 주기 마련이다.

그는 원래 전사였을까.

» 어렸을 때는 어떤 아이였나요? 꿈이 교수나 학자였는지도 궁금해요.

저는 '통신표'(지금의 학교생활기록부) 세대였는데, 작년에 어머니가 통신표를 쫙 모아둔 걸 보여주신 적이 있어요. 거기에 장래 희망을 저와 부모님이 따로 적은 칸이 있더라고요. 보니까, 어머니는 일관되게 '교수'라고 적으셨더라고요. 저는 '기자', '정치인' 이런 걸 썼고요.

» 그 시절에 남다른 꿈이었네요.

남동생이 되레 역차별 당했다고 생각할 정도로 부모님은 저를 열심히 뒷바라지하셨어요. 하고 싶은 건 다 하게 하셨죠. 몸이 약해서 태권도·자전거·하이킹 같은 운동도 많이 했고, 웅변·미술·합창에다 동화 구연도 배웠으니까요. 고등학교 시절에는 교련할 때 제가 중대장을 했는데, 운동장에서 마이크 없이 사열할 수 있는 유일한 여학생이기 때문이었죠. (웃음)

» 학부 전공은 영문학인데, 여성학 교수가 된 계기는 뭔가요?

대학 졸업하고 유학을 가려고 했는데, 아버지가 결혼하고 가라고 하셨죠. 그 시절에는 여자 혼자 유학 다녀오면 '몸 버린 여자'라느니, '시집도 못 간다'느니 그럴 때였으니까요. 결국

선 시장에 저를 내놓고, 다섯 번째 선본 사람과 한 달 반 만에
결혼했어요.

» 한 달 반 만에요, 왜요?

그 사람이 결혼하고 나서도 공부해도 된다고 했기 때문이었
죠. 뭐, (남자로서) 싫지 않았던 것도 있었겠지만. 그리고 빨리
선 시장을 벗어나고 싶었어요. 그래서 스물세 살에 결혼을 했
죠. 그리고는 부산에 내려가서 살았어요. 그게 제 인생의 두 번
째 단계로 넘어가는 길목이에요.

병들게 한 결혼 생활······ 다시 살게 한 여성운동

그는 스물셋 이른 나이에 결혼이란 인생의 새로운 막을 열었다. 그런데
그게 새로운 세계, 페미니스트로서의 삶에 들어가는 관문이 됐다.

» 결혼 생활이 어땠는데요?

전업주부로 6년을 살았죠. 애도 빨리 생겼고요. 그런데 가장
힘든 건 제가 없다는 거였어요. 그래도 내가 스물셋 될 때까지
내 이름 걸고 성실하게 살았고, 우리 집도 남동생 이름이 아니
라 '이나영네 집'으로 불릴 정도로 어머니, 아버지가 저를 자랑
스러워하고 사랑했는데······. 결혼을 하니까 제 이름이 불리지
가 않더라고요. 사람들은 제가 누군지, 이름이 뭔지 관심도 없

고 묻지도 않았어요. 그냥 '501호 아줌마', 아이를 낳은 후에는 '누구 엄마'로 불렸죠. (주변의) 관심사는 누가 몇 평짜리 아파트에 사는지, 무슨 자동차를 끌고 다니는지, 애는 공부를 잘하는지, 무슨 브랜드의 옷을 입는지 하는 것들이었고요. 너무너무 받아들이기 힘들었어요. 생활은 게다가 너무나 소비적이었고, 그러니 나는 세상에 도움이 안 되는 삶을 살고 있다고 생각했죠. 대학 다닐 때 과외를 다섯 개씩 하면서 학교·학원·도서관을 새벽부터 다니던 나였는데, 그렇게 성실히 산 게 중요하지 않게 된 거죠. 세상과 단절된 삶, 종속된 삶이라고 느꼈어요.

» 종속된 삶이요?

네, 내 운명은 이제 남편이나 시집의 재력 혹은 자식의 성적에 따라 결정되고 평가되겠다는 생각이 들었죠. 내가 어떤 것도 결정할 수 없는 삶이었어요. 그러니 아팠어요. 밤에는 잠을 못 잤고요. 존재의 이유를 알 수 없으니 무기력했고, 죽고 싶었죠. 심지어 부모님도 너무 원망스러웠어요. 근본적인 의문이 들었죠. '(이 사회에서) 여자란 게 그런 존재구나. 그렇다면 왜 대학을 보내나? 밥, 빨래, 바느질이나 하게 하지' 하는 생각까지 했죠. 제 정체성에 대한 고민이 본격적으로 시작된 거예요. 이 질문을 해결할 수 있는 게 뭔지 찾아다니다 여성운동을 하게 됐고, 여성학도 공부한 거죠.

부산성폭력상담소에서요. 그때 큰 성희롱 사건들이 몇 개 있었어요. '캐디 성희롱' 사건, '호텔 직원 성희롱' 사건, '부산대 월장' 사건(부산대 여성주의 웹진《월장》을 향한 사이버 성폭력) 같은. 특히 '월장 사건'을 계기로 '온라인 성희롱'이란 개념도 만들고 글도 쓰고 심포지엄도 열었죠. 그제야 여성 노동자가 처한 현실, 노동자의 세상을 알게 됐어요. 그때까지는 노동자로 살아본 경험이 없었으니까요. 가정 폭력 사건도 접했죠. 상담소에서 피해자를 구조하는 과정을 보면서 너무 부끄러웠어요. 이런 걸 모르고 살았던 내가 한심하기도 했고요. 그때 (남편과 헤어져) 독립적으로 살아야겠다는 생각을 했어요.

의식은 만들어지는 거죠. 노력을 통해 성장하고요. 지금도 제가 학생을 통해서 배우듯. 또, 다른 사람의 경험이나 책, 만남을 통해서도 성장하죠. 학내 성폭력상담소나 인권센터가 중요한 이유도 사건을 공정하게 처리하는 기구로서 역할뿐 아니라 처리 과정에서 당사자도, 지켜보는 사람도 성장하기 때문이에요. 공동체가 성장하는 거죠. 저는 그 과정을 비로소 그때 접하게 된 거예요, 스물아홉 살에. 그리고 저렇게 멋진 사람들과 함께 있고 싶다, 나도 저런 사람이 되고 싶다고 생각했죠. 인생을 사회적 약자에게 헌신하는 사람도 있구나, 자기는 없고. 그러면서 역설적으로 그 과정에서 자기가 만들어지는 삶을 처음 본 거예요. 너무 멋있었죠! 유학을 떠난 것도 '교수가 되자', 뭐이런 게 이유가 아니었어요. '나도 저렇게 되고 싶다! 세상 바꾸는 데 기여하는 사람이 되고 싶다!' 그런 생각에서 여성학을 공부한 거죠.

그래서 서른둘에 그는 유학을 떠났다. 자녀 둘도 함께였다. 다행히 조기에 퇴직한 아버지와 영어가 가능했던 어머니가 미국행에 동행해 손주들을 뒷바라지했다. 그 덕에 그는 공부에 매진할 수 있었고 5년 반 만에 석·박사 학위를 받았다. 그리고 한국의 대학을 택했다. 이혼과 재혼이란 결정도 했다.

한국으로 가야겠다고 생각했죠. 미국에서 이민자는 '2등 시민'인데다 교수는 현장과 동떨어져 있었죠. 미국에서 어린 시절부터 자란 게 아니니 교수로서 학생과 교감에도 한계가 있을 수밖에 없고요. 한국의 학생들을 만나자는 생각으로 왔죠. 부모님도 제게서 해방돼야 했고요.

» 결혼이란 경험으로 느낀 건 뭔가요?
30년 전 한국 사회에서 결혼은 개인의 결합이라기보다는 가족 간의 결합으로 여겨졌죠. 여성은 그 결합을 통해 거래되는 대상이자 다음 세대를 재생산하는 도구적 존재로 인식됐고요.

그러니 좋은 여자는 자기 욕망이 없어야 했죠. 이제는 더 이상 그게 통하지 않는 시대가 됐죠. 더구나 지금의 20~30대는 많은 자원을 투여받으면서 자랐어요. 그런데 결혼으로 자기의 욕망, 자기 자신을 내려놓고 남편이나 아이들, 시집 식구들 위해서 헌신하라고 하면 그게 통하겠어요? 그러니 한국에서 가족 구조나 가족을 바라보는 관점, 제도가 급진적으로 달라지지 않는 한 여성들은 결혼을 하지 않을 거예요. 요즘은 '비비탄'을 넘어서 '비비비탄'이라고 하잖아요?

» '비비비탄'이요?

비연애·비결혼·비출산! 연애를 하려 해도 할 (의식 바른) 남자도 없고, 결혼이라는 제도 안에 들어갈 수도 없고, 아이를 낳는 순간 지워지는 짐을 떠안기도 싫으니까. 그러니 젊은 여성들이 '(머리에) 총 맞았냐, 그걸 알면서도 결혼을 왜 해?' 하는 거죠. 무슨 '아동 수당'이니, '신혼부부 주거 지원' 이런 대책을 편다고 자유를 박탈당할 감옥에 들어가겠어요? 인간 개인이 얼마나 독립적으로 존중받으며 살 수 있는 사회인가에 대한 근본적인 고민을 해야죠.

페미니즘은 기본 소양, 필수로 교육해야

» 유학 시절 여성학을 본격적으로 공부하면서 페미니스트로서 자

각도 하게 된 건가요?

페미니스트는 자각의 문제가 아니죠. '나는 페미니스트다' 이렇게 선언을 하는 건 사실 각자가 바라는 상, 아이디얼 타입(이상형)이 되고 싶다는 의미이죠. 의식과 노력, 실천을 통해서. 완성된 페미니스트란 존재할 수 없어요. 지향을 하는 것이죠. 저 또한 계속 만들어지고 있고, 또 제가 지향하는 페미니스트의 상도 계속 변하고 있죠.

» 지금은 뭔가요?

저는 '포스트식민·사회주의 페미니스트'라고 말해요. 포스트식민을 지향하는 사회주의 페미니스트라는 거죠. 미국에서 공부하면서 오히려 한국의 지정학적 위치에 대해서 훨씬 이해가 깊어졌어요. 그래서 한국 사회가 아직도 탈(벗어나지)하지 못한 식민 사회라는 것, 그리고 이를 이해하려면 페미니즘이 굉장히 중요하다는 걸 알았죠. 그래서 '포스트식민 페미니즘' 이론을 글로 만나게 됐고요. 거슬러 올라가 보니 반자본, 반남성중심, 반인종주의에서 출발한 급진 페미니스트가 원조라는 걸 알았죠. 그리고 여기서 사회주의 페미니스트도 등장해요. 신자유주의 체제와 가부장제가 연동되는 방식을 고민하는 게 사회주의 페미니스트니까요. 포스트식민·사회주의 페미니스트라고 하면 사람들이 쉽게 알아듣지 못하니 페북 소개에 쓴 것처럼 '반차별, 반자본, 반식민주의, 반인종주의……' 이런 말로

페미니스트는 자각의 문제가
아니죠. '나는 페미니스트다'
이렇게 선언을 하는 건 사실
각자가 바라는 상,
아이디얼 타입(이상형)이 되고
싶다는 의미이죠.
의식과 노력, 실천을 통해서.
완성된 페미니스트란 존재할 수
없어요. 지향을 하는 것이죠.
저 또한 계속 만들어지고 있고,
또 제가 지향하는 페미니스트의
상도 계속 변하고 있죠.

설명을 하죠.

» 대학에서, 그것도 여대가 아닌 남녀공학에서 여성학을 가르치는 일은 또 다른 의미가 있을 것 같아요.

우리 사회가 가부장제에 남성 중심 사회잖아요. 거기다가 이성애 중심 사회. 자본도 남성이 대부분 갖고 있고요. 그러니 남성 우위 사회죠. 이런 사회에서 남성들이 변하지 않으면 지구가, 우리나라가 망하겠죠. (웃음) 그런데 몰라서, 무지해서 나쁘게 행동할 수도 있기 때문에 교육자로서 남성들이 훌륭한 시민이 될 수 있도록 키워야죠. 그 자질이란 건 성차별이나 인종차별을 하지 않는 것 이런 거예요. 인간으로서 기본적인 소양, 상식과 교양이죠. 그러니 여성학은 모든 남녀공학의 교양 필수가 돼야 해요. 제가 다닌 미국의 학교는 인문·사회 계열은 페미니즘을 필수로 듣도록 했어요. 이·공계는 그쪽 (페미니즘) 수업이 따로 있었고요. 우리는 그런데 (여대가 아니면) 페미니즘 과목을 필수로 두기는커녕 페미니스트 교수도 거의 없죠. (남녀공학 중에서는) 유일하게 우리 학교 사회학과가 한 학기에 다섯 과목을 개설해요. 우리나라도 모든 학과에서 페미니즘 수업을 듣게 해야 한 30년 지나면 어느 정도 인권 지향 국가가 돼 있을 거예요. 사실 유치원부터 초·중·고에 이르기까지 페미니즘 교육을 해야 해요.

» 강의를 할 때 중요하게 여기는 건 뭔가요?

학생들에게 질문을 많이 던지려고 해요. 그래야 본인들이 생각할 여유를 갖거든요. 또 최근 이슈 중심으로 수업을 하려고 하죠. 과거와 연결돼 있다는 걸 보여줘요. 예를 들어, '미디어와 재현'이란 걸 꼭 다루거든요. 지금은 눈떠서 감을 때까지 스마트폰을 쥐고 있으니까, 완전히 재현물로 세상을 보는 시대잖아요. 서구의 순수미술부터 그 속에서 여성이 어떻게 재현됐는지, 이것이 (현재의) 광고나 드라마와 어떻게 연결이 되는지, 그 과정에서 여성들이 어떻게 저항했는지, 서구의 페미니스트들이 미러링(차별, 혐오 행위를 반사하듯 뒤집어 보여주는 일)하고 패러디한 순수예술 작품도 보여주고요. 그러면 페미니스트들은 '나 혼자만의 싸움이 아니구나'라는 생각을 갖게 되고, 페미니스트가 아닌 학생들도 '이것이 과거부터 축적된 문제구나' 심각성을 새삼 깨닫게 되죠.

» 연구실에 갇힌 학자가 아닌 '현장 학자'라는 생각이 들어요.

저란 사람은 운동 현장에서 만들어졌어요. 이론으로 할 수 있는 일은 별로 없어요. 이론을 어떻게 실천하느냐에 따라 세상이 변하는 거지. 이론을 공부하게 한 동력은 현실이었죠. 성매매 현장에 관심을 갖고 있으니 이론을 읽는 거예요. 현장에 가야 답답하지 않아요. 집회나 시위에도 꼭 가죠. 저것들도 다 집회, 시위에서 가져온 것들이에요.

그는 연구실 책장 곳곳에 놓인 카드들을 가리켰다. '나는 여성에 대한 차별과 폭력 없는 국가를 원한다', '여혐 OUT', '성매매 방지 대책 제대로 집행하라', '일본군 위안부 진상 규명' 등의 구호가 적혀 있었다.

» 페이스북 활동도 열심히 하시죠?

SNS는 2016년부터 본격적으로 하기 시작했어요. 일종의 아카이빙(자료 저장, 보관) 역할을 하는데다 다른 사람들의 생각을 빠르고 쉽게 볼 수도 있죠. 젊은 사람들이 어떻게 생각하는지 이해하게 돼서 하길 잘했다고 생각해요. 물론 그 덕분에 악명도 높아졌지만. (웃음) 페이스북을 하지 않았다면 제가 중고생들의 '스쿨 미투'를 어떻게 알았겠어요?

그는 페이스북에 페미니즘 이슈와 관련된 행사나 기자회견 소식과 자료, 기사 같은 정보뿐 아니라 신랄한 비판, 응원과 연대의 글, 분노와 슬픔의 표현도 자주 올린다.

» 요즘 젊은 세대가 쓰는 표현도 종종 보여요. '빡침 주의', '빨은 말 대잔치' 같은 거요.

저는 일종의 거간꾼이라서 이들이 어떤 생각을 하고, 어떤 언어를 쓰는지 기성세대에게 전해줘야 한다고 생각해요. 행정부 고위 공무원 대상으로 강의를 한 적이 있는데, '빨은 게 뭔지 아세요?'라고 물으니 한 명만 답을 하더라고요. '강남역 시위'

가 뭔지, 왜 일어났는지도 거의 모르죠.

» 집회, 시위에도 많이 나간다고요?

평범한 참여자로 가죠. 특히 '강남역 사건'(2016년 5월 서울 강
남역 인근 주점 건물의 공용화장실에서 한 남성이 여성을 노려 살해한
사건) 시위가 저한테도 큰 충격이었어요. 누군가 SNS에 '강남
역 10번 출구, 국화꽃 한 송이와 쪽지 한 장. 이젠 여성 살해에
사회가 답해야 할 차례입니다.'라고 올린 글이 엄청나게 퍼졌
고, 실제 시위로 이어지는 걸 보면서요. 여성 살해, 페미사이드
femicide는 1970년대 급진 페미니스트들이 만든 단어거든요. 그
런데 일반 여성 시민이 어떻게 그 단어를 정확하게 알고 다른
시민들을 불러내는가, 이전에는 여성운동가나 선생들이 주도
해서 따라가는 방식이었는데 말이에요. 반성했어요. '내가 안
다는 게 뭔가, 이론으로 어떻게 세상을 다 얘기하겠나?' 싶었
죠. 강남역 시위에 가 보니까 분위기가 굉장했죠. 뭐, 가슴이
막 뛰더라고요. 자기 자리에서 삶을 고민하는 이렇게 많은 사
람들이 있구나, 일상에서 여성의 불안이 성차별과 연결되고 그
게 성폭력과 살해로 갈 수 있다는 걸 너무나 잘 아는 여성 시민
이 등장했구나⋯⋯. 이들과 더욱 연대하고, 이들을 더욱 지지
하는 좋은 선생이 돼야겠다, 운동을 더 열심히 해야겠다는 생

각을 했죠.

» 분노가 중요하다고 느껴져요. 우리가 왜 분노해야 할까요?

분노가 없으면 세상이 안 변하죠. 세상은 항상 사회적, 상대적 약자의 분노에 의해 변해왔어요. 모든 혁명은 그 분노에 기반을 둔 집합적 행동에서 시작해요. 위정자나 권력자들이 스스로 변하기를 바라면 안 돼요. 그들이 세상을 바꾸는 게 아니죠. 여성 문제도 분노하는 여성들 덕분에 집합적 행동이 일어나고 있고, 바뀌지 않으면 안 된다는 걸 온몸으로 보여주고 있고 실천하고 있죠.

» 올해는 성폭력 '미투(#MeToo)'가 잇달았죠.

강남역 사건이 젊은 세대를 깨웠다면, '미투 운동'은 세대를 넘어서 저변의 많은 여성들을 일깨웠죠. 특수대학원에서 강의를 하는데, 수업을 받는 어느 (장년층 여성)분이 그러더라고요. '나도 데이트 성폭력을 당해서 결혼했네.'

'열 번 찍어 안 넘어가는 나무 없다'는 속담 있잖아요? 그게 성폭력이죠. 여성이기 때문에 불이익을 받는 대표적인 게 성폭력이라는 것, 이것이 사회적·실존적 타살까지 가게 한다는 것, 그런 걸 깨닫게 된 거예요. 자기의 삶을 이해하는 하나의 창을 열어준 거죠. 법이나 제도의 개선 말고도, 많은 여성들의 의식을 깨우고 그들이 연대하기 시작한 건 일종의 혁명이죠. 혁명

분노가 없으면 세상이 안 변하죠. 세상은 항상
사회적, 상대적 약자의 분노에 의해 변해왔어요.
모든 혁명은 그 분노에 기반을 둔 집합적 행동에서
시작해요. 위정자나 권력자들이 스스로 변하기를 바라면
안 돼요. 그들이 세상을 바꾸는 게 아니죠.
여성 문제도 분노하는 여성들 덕분에 집합적 행동이
일어나고 있고, 바뀌지 않으면 안 된다는 걸 온몸으로
보여주고 있고 실천하고 있죠.

이 무슨 정부를 뒤엎어야만 혁명인가요? 의식 혁명이 얼마나 대단한 건데요.

» 용기 내서 미투를 하고도 많은 이들이 재판 과정에서 지치기도 하고, 사회의 시선에 좌절하기도 하지요.

학생들이 그런 문제로 상담을 해오기도 해요. 그러면 제가 그런 말을 해줘요. '이 싸움이 만만치 않을 것이고, 또 실패할 수도 있다. 그래도 우리는 성장할 것이다. 죽지 않을 만큼 상처를 입는 게 꼭 나쁜 건 아니다. 맷집이 생길 거다. 더 강해질 수 있다. 그리고 너는 혼자가 아니다. 그게 더 중요하다. 꼭 법적으로 이겨야 승리는 아니다.'라고요. 슬픈 일이지만 그렇게 해서 세상은 조금씩 변할 거예요.

그는 '강남역 시위', '혜화역 시위'에 나선 영 페미니스트의 외침이 한국판 '세컨드 웨이브'(두 번째 물결)라고 말했다.

나혜석(최초의 여성 서양화가, 신여성 대표)이, 고애신(드라마 〈미스터 션샤인〉의 주인공인 여성 독립투사)이 말했잖아요? 우린 꽃이 아니라 불꽃이라고. 한 줌 재가 될지언정 후손 여성이 기억할 거라고. 늦더라도, 새 물결로 또 돌아올 거예요.

» 일각에서는 요즘의 흐름을 '여혐(여성 혐오) 대 남혐(남성 혐오)의 대결'로 몰기도 해요. 성폭력 사건이나 불법 촬영물이 문제라고 하면서도 '혜화역 시위'에서 나온 일부 과격한 구호나 '워마드'(여성 우월주의 사이트)를 들어서 또 다른 혐오라고 주장하는 거죠.

남혐이란 존재하지 않아요. 성립하지 않는다는 뜻이죠. 자, '백인 혐오' 존재하나요? 백인의 인종차별을 비판하는 거지, 백인 자체를 비판하는 게 아니에요. '자본가 혐오'는 어때요? 재벌의 이중적인 행태를 비판하는 거지, 돈이 있는 걸 혐오하지는 않잖아요. 다 돈 많이 벌고 싶어 하니까. 더 중요한 건, 거꾸로 백인이 흑인을 혐오하면 어떤 일이 일어나죠? 인간으로 안 보죠. 그러니 노예제를 만들었고 흑인을 비하하고 멸시, 조롱하고 폭력이나 착취, 심지어 살인도 정당화하죠. 그래서 흑인이 백인에게 저항한다고 그게 백인 혐오는 아니죠. 그 효과가 백인에 대한 차별, 멸시, 비하, 폭력, 살인 같은 구조적 차별로 이어지나요? 그럴 수 없어요. 힘이 없으니. 마찬가지 아니에요? 개인 남성이 여성들의 언어로 충격을 받거나 마음의 상처를 입을 수는 있겠죠. 그런데 그 다음 무슨 일이 일어나나요? 실제로 남성 차별, 폭력, 성폭력, 살인이 비일비재하게 일어나고 이를 정당화하는 기제가 되나요? 혐오 발언은 효과를 봐야 해요. 특정 집단을 열등한 집단으로 만들고 그럼으로써 차별 구도가 확증,

재생산돼야 혐오라는 거죠. 같은 발언을 해도 집단마다 효과가 그래서 다른 거예요. 그걸 종합적으로 판단해야죠.

» 페미니즘이 자신에게 어떤 의미인가요?

페미니즘이 저를 인간으로 만들었고, 지금도 조금 더 나은 인간으로 만들고 있죠. 더 괜찮은 사람이 되어야 한다고 나를 계속 환기시키는 굉장히 중요한 원리죠. 저한테는 거의 모든 것이에요. 이것 말고는 사생활도 없어요. 페미니즘과 상관없는 모임에는 가지 않고, 영화를 봐도 페미니즘과 관계있는 것만 보죠. 책도 마찬가지고요. 그것만 해도 끝이 없어요. (웃음) 페미니스트로서 저를 추동해준 이들, 운동을 함께한 사람들을 친구나 동지라고 여기죠. 가족들은 그래서 저를 사회에 내났다고 해요. 특히 아이들에게 가장 미안하죠. 아이들을 낳고 나서 엄마가 페미니스트가 됐고, 공부를 하고, 운동을 하고, 지금도 계속 하고 있고, 그 과정에서 국가도 옮겨 다니고…… 아이들이 상처를 가장 많이 입었죠. 딸들이었다면 자부심이 있었겠지만, 아들들이라 남성 사회에 속해 있으니 어디서 엄마가 누구라고 말도 잘 못하고 언행도 조심스러울 테고요. 지금도 힘들겠지만, 언젠가는 이해해주리라 믿어요.

» 지금도 차별과 폭력에 맞서 싸우고 있는 많은 여성들에게 혹시 해주고 싶은 말이 있나요?

비록 마치 세상에 혼자 던져진듯한 생각이 들겠지만, 지금도 보이지 않는 곳에서 비슷한 피해를 입고 싸우는 여성들이 있어요. 이만큼이라도 세상이 바뀌어온 건 수많은 (투쟁의) 선배들이 있었기 때문이죠. 우리가 서로 지지하고 연대하면서 이 길을 걸어 나가면 우리 세대가 아니라도, 다음 세대 혹은 그 다음 세대에는 더 나은 세상에서 우리의 후배들, 딸들이 살 수 있지 않을까 하는 기대로 부디 버티시기를 바라요. 그 버틴다는 게 죽을 만큼 버텨서 내가 사라지면 안 되는 거니까, 내가 살수 있을 만큼 버텨야죠. 버티는 과정에서 나 자신도 성장해요. 인생의 또 다른 어려움이 닥쳤을 때 내가 견뎌 나갈 힘을 만들어줄 거예요. 또 언젠가는 다른 피해자를 돕는 사람이 될 수도 있을 테고요.

최근 몇 년을 보내며 본 문구 중 마음에 남은 게 있다. '언니가 있다'는 말이다. 당신 혼자가 아니라는 의미다. 그 언니는 비빌 언덕일 수도 있고, 나를 잡아주는 위로의 손일 수도 있고, 게으르고 나태해진 나를 등 떠미는 채찍일 수도 있다. 이 교수와 얘기하면서 그 문구가 퍼뜩 떠올랐다. 아마 든든해서일 거다. 이 '쎈' 언니가 우리 옆에 있어서.

김일란,
기록으로 질문하는
언니

"이 공간에서 배제되고 있는 사람은 누구지?

그 이유는 뭐지?"

김일란

2018년을 보내며 언니가 받은 상은 화려하다. '2018 올해의 여성영화인상', '제38회 한국영화평론가협회상 독립영화지원상', '제19회 부산영화평론가협회상 대상', '제6회 들꽃영화상 대상'까지. 잊힐뻔한 '용산 참사'를 스크린에 소환한 다큐멘터리 영화 〈두 개의 문〉(2012)과 〈공동정범〉(2018) 덕분이다. 대부분의 언론이 추적을 놓아버렸던 1년 10개월간의 재판, 이어 실형을 살고 나온 철거민의 삶을 언니는 끈질기게 카메라에 담았다. 큰돈을 벌어주거나 엄청난 명예가 따르는 일이 아니었다. 그런데도 언니는 왜 카메라로 기록하는 일에 자신을 쏟아부은 걸까. 언니가 카메라로 관객에게 건네려는 말은 무엇일까. 그것은 언니가 여성이기에 전할 수 있는 메시지다.

김일란 씨는 기자인 나를 부끄럽게 한 감독이다. 2012년, 잊힐뻔했던 '용산 참사'를 3년 만에 스크린에 소환했다. 그가 만든 다큐멘터리 영화 〈두 개의 문〉을 보며 얼굴이 달아올랐다. 그 영화가 관객들에게 호평을 받고 흥행하는 게 기쁘고 반가웠다. 그를 당시 인터뷰하고 그의 영화를 소재로 기획 기사를 썼던 데에는 속죄의 심정도 있었음을 고백한다.

〈두 개의 문〉에는 단독 사실들이 촘촘하게 들어차 있었다. 대부분의 언론이 추적을 놓아버렸던 1년 10개월간의 재판을 끈질기게 기록한 덕분이다. 압권은 이미 알려졌듯 제목인 '두 개의 문'이었다. 경찰이 왜 협상을 사실상 포기하고 철거민의 망루 농성 시작 7시간여 만에 특공대 투입을 결정했는지, 옥상에 있는 문 두 개 중 어느 것이 망루로 가는 문인 줄도 숙지하지 못한 채 왜 그리 성급하게 작전을 몰아붙였는지 영화는 묻는다.

2018년 1월에 그는 후속 작품 〈공동정범〉을 내놨다. 그걸 보고는 더욱 기가 눌렸다. 영화는 참사 이후 생존 철거민의 삶을 좇았다. 검찰은 농성 철거민 전원을 공동정범으로 기소했고, 대법원은 유죄를 확정했다. 당시 주심 대법관은 사법 농단의 양승태 전 대법원장이었다. 용산철거민대책위원장이었던 이충연 씨를 비롯해 7명이 징역 4~5년형을 선고받아 실형을 살았다.

영화에는 남일당(참사가 발생한 서울 용산의 건물)에서 헤어 나오지 못한 정신적인 괴로움, 철거민 사이의 반목과 화해, 아직도 의문투성이인 참사의 원인을 둘러싼 의혹이 담겼다. 그리고 또다시 물었다. 이들이 과연 철거민 5명과 경찰 1명의 생명을 앗아간 참사의 공동정범일까. 무리하게 경찰특공대 투입을 지휘했던 당시 김석기 서울경찰청장(현 자유한국당 의원)과 당시 청와대의 주인 이명박 전 대통령의 책임은 무엇일까. 참사의 진정한 공동정범은 누구인가. 언론이 던졌어야 할 질문, 정부가 규명에 나섰어야 할 물음표였다.

극장을 찾아 두 영화를 본 8만 5천여 관객의 가슴도 기자처럼 뜨거워졌을 것이다. 문재인 정부 들어 이뤄진 경찰과 검찰의 진상 조사에도 두 영화의 힘이 컸다.

다행히 인정도 받았다. 김 감독과 인터뷰를 한 게 2018년 10월이었는데, 그 이후 줄줄이 그의 수상 소식이 들렸다. '2018 올해의 여성영화인상', '제38회 한국영화평론가협회상 독립영화지원상', '제19회 부산영화평론가협회상 대상', '제6회 들꽃영화상 대상'까지. 그를 인터뷰하길 정말 잘했다는 생각이 든 건 물론이다.

김 감독은 '다큐멘터리는 결국 질문'이라고 말한다.

좋은 질문, 제대로 된 질문을 하는 게 다큐의 역할이라고 생각해요. 다큐로 사실들이 정확하게 제시되기만 한다면 시민들이 상식적이고 합리적으로 판단할 거라는 믿음이 있거든요.

그의 영화가 역동적인 것은 영화 안에 빼곡한 팩트 때문이다. 그는 기록의 힘을 믿는 감독이다. 기지촌 성매매의 과거와 현재를 기록하다 〈마마상〉(2005)을 만들었고, 둘째 작품인 〈3×FTM〉(Female to Male, 2009)도 시작은 성전환자의 인권 실태 조사였다.

기록이 결국 증거라는 사실을 깨달았어요. 기록하면 공유도 할 수 있죠. 게다가 시간이 갈수록 의미의 두께가 더 두터워져요. 미래에 말을 거는 일이기도 하죠. 반성과 성찰의 계기가 되니까. 그게 기록의 힘이에요.

그 기록은 좀 더 살아가기에 나은 세상으로 바꾸는 동력일 것이다. 그래서 김 감독은 자신을 감독이라기보다 활동가, 운동가라고 칭한다. 그가 속한 집단도 '성적소수문화인권연대 연분홍치마'라는 인권 단체. 소수의 눈은 그가 세상을 바라보는 프레임이다.

어떤 사건을 바라볼 때 '이 공간에서 배제되는 사람은 누구지?', '그 이유는 뭐지?', '이들을 소외시키는 권력은 뭘까?', '배제의 매커니즘이 어떻게 돌아가고 있나?' 같은 질문을 던져요. 페미니스트로서 훈련돼온 사유의 방식이죠. 결국 다큐를 만드는 이유도 나 같은 소수자가 더 살기 편한 세상을 만들고 싶어서죠.

기자에게 수치심을 안긴 그와 서울 서교동 연분홍치마 사무실에서 마주했다. 그간 위암 수술로 과거에 만났을 때보다 말랐지만 더 단단해져 있었다.

기록이 결국 증거라는 사실을
깨달았어요. 기록하면 공유도
할 수 있죠. 게다가 시간이 갈수록
의미의 두께가 더 두터워져요.
미래에 말을 거는 일이기도 하죠.
반성과 성찰의 계기가 되니까.
그게 기록의 힘이에요.

» 요즘 어떻게 지내세요?

〈공동정범〉이 극장에서 내려온 뒤에 한동안 '시간 부자'로 살다가 슬슬 일을 시작했어요. 우선은 아르바이트로 영상 만드는 일을 하고 있죠.

» 김 감독이 속해 있는 연분홍치마는 어떤 단체인가요?

준비 모임까지 따지면 2002년부터 활동을 시작했고, 정식 발족한 것은 2004년이에요. 새로운 여성주의 문화운동을 해보려고 모였죠. 처음에 공부 모임으로 시작했다가 운동 단체가 됐어요. 저까지 5명이 상근 활동가죠. 인권 관련 집회에 참여하고 그 현장을 기록하다가 영상(다큐)으로도 만들게 됐는데, 다큐 제작이 주된 활동이 될 것이라고 우리도 생각하지 못했죠.

연분홍치마에서 제작한 다큐 영화는 김 감독의 작품 말고도 〈레즈비언 정치 도전기〉(2009), 〈종로의 기적〉(2010), 〈안녕 히어로〉(2017) 등이 있다. 최초의 커밍아웃 레즈비언의 총선 출마기, 쌍용자동차 해고자 문제를 다룬 작품들이다. 연분홍치마는 편견, 자본, 권력과 싸우는 소수자, 약자들에게 초점을 맞춰왔다. 이들의 작업은 팀워크 방식이다. 한 사람이 작품 연출에 들어가면 다른 이들은 조연출, 기획, 프로듀서, 촬영, 편집 같은 스태프를 맡아 돕는다.

» 이름이 독특해요. 왜 연분홍치마인가요?

우리 조직의 색깔을 이름으로 드러내고 싶었어요. 브레인스토밍하면서 아이디어를 내는데, 누군가 '연분홍이 어떠냐?'고 했죠. 퀴어(성 소수자)의 색인 핑크는 다양성을 상징하니까요. 여성주의 관점에서 사회의 소수자 문제를 바라보고 변화를 이끌자는 게 우리 모임의 지향점이니 적합했죠. 또 고착적인 여성의 이미지인 치마를 넣어서 전복적인 의미도 담아보자, 뭐 이런 취지도 보탰고요. 그래서 연분홍치마가 됐어요. 가끔 '자주고름'으로 오해받기도 했지만. (웃음)

» 어렸을 때부터 영화감독이 꿈이었나요?

선망은 있었지만 영화감독이 돼야겠다는 생각은 없었어요. 영화를 무척 좋아하셨던 할머니 덕분에 예닐곱 살 무렵부터 손잡고 극장에 갔던 기억이 나요. 또 제가 비디오 세대이다 보니 비디오테이프를 빌려서 영화를 즐겨 봤죠. 중학교 때 취미는 영화 포스터 모으는 거였고요. 수백 장쯤 됐죠. 《스크린》,《로드쇼》같은 영화 전문지도 사 봤죠.

» 다큐멘터리를 만들게 된 계기는 뭔가요?

2003년 국가인권위원회에서 기지촌 성매매 여성 인권 단체 '두레방'에 기지촌 혼혈인 실태 조사 용역을 맡긴 적이 있어요. 그때 저도 외부 연구원 자격으로 참여했죠. 당시에 미군 남성과 한국인 여성 사이에서 태어난 혼혈 자녀를 인터뷰하고 보고서로 만들면서 기지촌 여성들의 삶에 관심을 갖게 됐어요. 글뿐 아니라 그들의 목소리와 이미지를 영상으로도 기록하면 좋겠다는 생각이 들었죠. 다큐멘터리라는 걸 어떻게 만드는지 전혀 몰랐을 때인데, 모르니까 (무모하게) 시작할 수 있었나 봐요. 그래서 만든 작품이 〈마마상〉이에요.

» 촬영이나 편집 기술도 몰랐다고요?

네. (웃음) 그저 제가 기지촌에서 만난 한 여성의 삶이 기록되면 좋겠다는 생각만 있었죠. 연분홍치마 활동가들에게 얘기를 했더니 동의를 했고 작업을 시작했어요. 심지어 촬영 카메라가 없어서 대학원(영화 전공)에서 알게 된 언니한테 빌려야 했죠. 이유를 들은 언니가 당시 6밀리미터 캠코더를 사서 쥐어주더라고요. 그걸 들고 경기 송탄 기지촌으로 갔죠.

기지촌을 취재해본 적이 있다. 한국에 있는데도 굉장히 이질적이고 폐쇄적인 곳이었다. 왜 아닐까. 과거에는 정권이 '외화벌이'를 위해 미군을 상대로 한 성매매를 사실상 방조했다. 그렇지만 기지촌 사람들은 기지촌 밖의 누구에게도 당당하게 나설 수가 없다. 손가락질 받기 십상이니까. 그들 마음의 문을 열고 그들의 인생을 카메라에 담는 건 며칠로 가능한 일이 아니다.

김 감독은 연분홍치마 활동가인 조혜영·이혁상 감독과 함께 여관방을 얻어 3개월을 살며 촬영했다. 이후 5개월간 통근을 했다. 제작 기간 8개월 만에 〈마마상〉이 탄생했다. '마마상'은 중간 포주 역할을 하는 나이 든 기지촌 여성을 가리키는 은어.

» 〈마마상〉은 어떤 의미가 있는 작품인가요?

카메라를 매개로 촬영 대상을 어떻게 만나야 하는지, 인터뷰는 어떻게 하는 건지, 에피소드로서 대화와 차이는 뭔지, 편집은 어떻게 하는지, 다큐 주인공에게 감독은 어떤 책임을 져야 하는지 아무것도 몰랐죠. 그래서 저에게 많은 교훈을 준 작품이에요. 기술적인 건 배워가며 했고요. 돌이켜보면 촬영을 여기서 끝내자는 결정을 어떻게 했는지 신기해요. 다큐는 촬영 종료를 결심하는 일이 굉장히 중요하거든요. 이야기가 완성됐다 싶을 때 끝내야 하니까. 아마도 막연하게 사계절이 다 담겼으니 그만 찍어도 되겠다 싶어 끝낸 거 같은데. (웃음)

» 그래도 대학원에서 영화를 공부했으니, 도움이 되지 않았을까요?

제 전공이 영화 이론이었거든요. 감독이 되고자 했다면 제작 과정을 택했을 텐데. 기술적인 지식은 없었지만 대학원에서 문화연구방법론이나 페미니즘 공부를 했던 게 도움이 됐어요. 어떤 현상에 담긴 의미를 읽어내는 방법, 연구자의 위치나 시각 같은 것들이죠. 사실 〈마마상〉의 경험 때문에 지금까지 오게 됐어요. 서울여성영화제(2005년)의 프로그래머들이 이 작품의 의미를 긍정적으로 읽어준 덕분에 상영됐거든요. 첫 작품이 영화제에 걸려 운이 좋게도 그게 격려든 비판이든 평가받을 기회를 얻은 거니까요. 다큐가 현실과 만났을 때 갖는 의미나 힘도 깨달았죠.

'용산 참사' 재판 보며 "팩트 다 보여주자!"

» '용산 참사'를 다큐로 다뤄야겠다고 생각한 이유는 뭔가요?
처음부터 다큐를 만들 의도로 현장에 간 건 아니었어요. 철거민들이 남일당 옥상에 망루를 짓고 농성을 시작하며 상황이 급박하게 돌아갈 때였어요. 현장에 먼저 달려간 인권 활동가들에게 '와달라'는 요청을 받고 우리(연분홍치마)도 참여했죠. 그런 상황에서 카메라는 일종의 증인이 되거든. (2009년 1월 20일 참사 이후) 이 어마어마한 사태 앞에서 무얼 할 수 있을까 고민했어요. 그건 기록이었죠. 재판에 참여하며 쟁점, 증언을 기록하기 시작했어요.

» 그래서 당시 널리 알려지지 않았던 사실을 알게 됐군요?
그렇죠. 재판을 쭉 지켜본 사람들은 아마 비슷한 생각일 텐데, 이건 유죄(판결)가 날 이유가 없다는 의구심이 들었죠. 근거가 부족했어요. "그렇다면 이걸 다큐로 만들어서 일종의 '국민 참여 재판'을 시도해보자. 경찰 채증 영상, 재판 과정 같은 팩트를 모두 다 보여주자. 그런 뒤 상식적이고 합리적인 시민에게 판단을 맡겨보자.” 이런 심정으로 영화를 만들었죠.

재판은 논란의 연속이었다. 위법이라는 지적에도 검찰이 3000쪽 분량의 수사 기록을 공개하지 않아 의혹이 일었고(헌법재판소의 위헌 결정에도 검찰은 일부만 제출했다.), 경찰이 과잉 진압했다는 농성 철거민 측 변호인의 주장도 받아들여지지 않았다. 망루 화재의 원인도 명확하지 않다. 철거민 측이 ‘가능성만으로 화인을 농성자들이 던진 화염병으로 단정했다’고 주장하는 이유다.

» 독립 영화인데도 〈두 개의 문〉을 7만 명이 넘는 관객이 봤죠.
감동적인 순간이 많았죠. 다큐인데도 재미있었다거나 그간 한국에서 볼 수 없었던 형식의 다큐 영화라는 호응도 있었고요. 그 무엇보다 유가족에게 위안이 돼서 의미 있었어요. 나중에 들어보니 당시 교도소에 있었던 철거민들도 위로를 받았다고 하더군요. 이 영화 때문에 언론에서 용산 참사를 다시 다뤄줘서 잊히지 않았다는.

» 그래도 이명박 정부는 꿈쩍하지 않았죠.
당시 대법원 판결의 주심 대법관이 양승태였어요. 이후 대법원장에 취임했죠. 철거민에게만 책임을 지운 것으로 결론 낸 재판 결과가 영향을 미쳤을 거라고 생각해요. 용산 참사는 당시

이명박 정부에 위기가 될 수도 있는 사건이었으니까요. 법무부 검찰과거사위원회가 재조사 권고 사건 중 하나로 용산 참사를 지목했는데, 반드시 진상이 규명돼야 한다고 생각해요.

» 후속 작품 〈공동정범〉도 큰 역할을 했죠. 왜 후속을 만들게 됐나요?
〈두 개의 문〉은 잘됐는데 현실에서 변화된 건 없으니 미안한 마음이 들었어요. 그러다가 주인공들(철거민)이 2013년 1월 (특별사면으로) 출소하면서 기록을 해놔야겠다고 생각했죠. 이들이 겪는 후유증과 갈등은 모두 국가 폭력으로 인한 트라우마의 한 형태이자 피해거든요. 그리고 참사 당일 망루 안에서 무슨 일이 있었는지도 이들의 기억이 사라지기 전에 기록해야 할 필요가 있었죠.

» 참사를 다룬 다큐 영화에 적합한 표현인지 모르겠지만 박진감 있게 흘러가요. 쉽게 말하면 재미가 있다는 거죠.
활동가이자 감독으로서 다큐가 제대로 현실에 개입하려면 재미있어야 한다고 생각해요. 극장의 관객은 곧 광장의 시민이고 그들을 설득할 최고의 언어는 재미이기 때문에. 재미라는 표현을 썼지만 그건 새로운 정보를 알게 돼서 느끼는 유희이기도 하고 어떤 사건으로 쌓인 울분을 터뜨려주는 희열이거나 사회가 변화할 수 있다는 가능성을 보는 희망이기도 하죠. 저는 시민의 힘을 믿거든요.

김 감독은 생각났다는 듯 생전의 노회찬 정의당 의원과 나눴던 대화 얘기를 꺼냈다. 김 감독이 우연한 자리에서 노 의원을 만나게 돼 이렇게 물었다고 한다.

"소수 정당 소속으로 정치를 하다 보면 가끔 대중에게 실망할 때도 있지 않나요? 사회 분위기는 우호적인 것 같은데 실제 투표 결과로 반영되지 않으니 섭섭할 만도 한데요."

그랬더니 노 의원은 이렇게 답했다.

"대중은 언제나 옳아요. 그렇게 생각하지 않으면 내가 상처받죠. 또 그래야 무엇을 고쳐야 할지 길도 보이고요."

저도 그렇게 생각해야 이 작업을 오래 할 수 있겠구나 싶었어요. 독립 영화도 비슷하거든요. 배급 구조나 마케팅비용 이런 환경의 차이도 있겠지만 그래도 대중에게 선택받는 영화들은 있어요. 대중이 외면했다면 나름의 이유가 있는 거죠. 그게 합리적이든 그렇지 않든. 〈두 개의 문〉이 예상하지 못한 흥행을 거두면서 오히려 저를 스스로 다독여야 했거든요.

》 왜요?

선택됐을 때 기쁨을 알게 됐기 때문이죠. 앞으로 아마도 이런 성취감을 두 번 다시 맛보지 못할 가능성이 많은데, 그럴 때 나는 어떤 마음으로 그 시간을 견뎌야 할까 이런 생각을 했거든요. 그렇더라도 과거의 성취에 머물러 있지 말자, 과거로 회귀하지 말자고 스스로 다독였죠. 연분홍치마 활동가들, 또 20년 이상 인권 운동 현장에 있는 활동가들도 제게는 큰 힘이 됐고요. '저들이 있으니 나도 견딜 수 있겠구나' 싶었죠.

600명 후원 회원이 우리를 끌고 가는 힘

» 영화 중에서도 독립 영화, 독립 영화 중에서도 다큐, 거기다 여성 감독이라는 현실적인 굴레가 많은 길을 가고 있어요. 쉽지 않은 여건임에도 이 일을 왜 하는 건가요?

사실 하다 보니까 하게 된 건데…… (웃음) 저도 가끔 '내가 왜 하고 있나' 생각해요. 그런데 계속하게 만드는 계기들이 이어져 왔더라고요. 예를 들어 (첫 작품인) 〈마마상〉 이후에 〈3×FTM〉을 만든 것도 (옛) 민주노동당 성소수자위원회의 성전환자의 인권 실태 조사에 참여하면서죠. 조사만으로는 아쉬워 다큐로도 남겨보자는 생각이 들었죠. 또 〈마마상〉을 만들 때 부족했던 걸 보완해보고 싶었고요. 그런 식으로 자연스럽게 흘러왔죠. 마치 새로운 사랑이 시작되는 느낌 같은 건데……. (웃음)

» 그거, 힘든 사랑 아닌가요?

그렇지만은 않았어요. 감동도, 성취도, 재미도 있었어요. 어떤 면에서는 독립 다큐가 상업 극영화보다 수월하죠. 훨씬 여성에게 적합한 장르예요.

» 어떤 점이 그런가요?

제작 규모가 작다 보니 속도를 조절할 수 있어요. 또 스태프 수가 적으니 친밀한 관계에서 토론하며 작업할 수 있고요.

» 자본 같은 외부 압박 요인도 덜하겠군요?

그런 면도 있죠. 독립 다큐도 자본이 중요한 요소지만 돈에 얽힌 압박이나 이해 요인이 상대적으로 덜하니 그만큼 연출의 자유가 보장되기도 해요.

» 그걸 선택해서 포기한 것들도 있을 텐데, 아쉽진 않나요?

별로요. '나이 들어 잘 먹고살 수 있을까' 하는 불안하고 두려운 순간이 지금도 없지 않지만 포기하고 싶을 때마다 조금씩 문제가 해결돼 왔거든요. 그중 가장 큰 게 후원 회원들이에요. 연분홍치마에 정기적으로 후원금을 내는 회원이 600명쯤 되거든요. 이게 저를 비롯한 활동가들에게 굉장한 안정감을 주죠. 자동이체서비스CMS로 후원금이 들어온 지 3년쯤 됐어요. 그전까지 아르바이트로 연명하며 활동을 했죠. 최저임금도 안 되는 액수지만 매달 안정적으로 활동비를 받게 된 건 의미가 남달라요. 아직도 사무실 월세나 운영비까지 치면 매달 적자이지만 600명의 회원들이 우리의 활동을 지지하고 격려한다고 생각하면 액수에 상관없이 굉장히 큰 힘이 되죠.

» 든든한 '뒷배'군요?
그렇죠. 더 모아야 해요!

» 평범하게 살 수도 있는데. 왜 세상의 변화를 위한 길을 택했나요?
영화 이론, 문화 이론을 더 공부해보고 싶어서 대학원에 갔다가 석사 과정을 마치며 내가 공부한 걸 실천해보고 싶은 생각이 들었어요. 페미니스트이자 문화연구가로서 적극적으로 현실에 개입해보자는.

» 여성으로서 자각한 계기가 있나요?
대학(숙명여대)에서 여성학을 공부하며 그간 막연하게 느꼈던 불만을 표현할 언어를 찾게 됐죠. 재미있고 신기했어요. 그것과 관련해 좀 우스운 에피소드가 있는데.

» 뭐죠?
설명하기 부끄러운 얘기라…….

» 더 궁금한데요.

새내기 때 친구를 만나러 다른 (남녀공학) 대학에 갔는데 영화 동아리 모집을 하는 걸 봤어요. 우리 학교는 없었거든요. 친구와 가입을 했죠. 동아리란 게 그 학교 학생만 대상이라는 걸 그때는 몰랐죠. 심지어 가입 원서에 학교 이름도 썼는데 (선배들이) 눈여겨보지 않았나 봐요. 한 달쯤 됐을 때 어느 날 동아리방에서 얘기를 하다가 학교 얘기가 나오게 됐죠. 선배들이 깔깔대고 웃으면서 '아니 숙대생이 왜 여기 와서 동아리 생활을 하냐?'고 묻더라고요. '우리 학교에 영화 동아리가 없어서요'라고 했더니 '그래 좋다'며 함께하자고 하더군요. 그래서 학교는 우리 학교로 다니고 동아리 생활은 그 학교에서 했죠. (웃음) 그때 느낀 게 있어요.

» 뭔가요?

담배요.

» 담배요?

네, 동아리에서 회의를 하다 보면 남자 선배들과 동기들이 담배를 피우러 나가는 때가 있어요. 그런데 들어올 때 자기들끼리 다 정리해서 오더라고요. 당시 담배 피우는 여학생은 없었을 때라 남자들끼리의 결정이었죠. 되게 이상했어요. 담배로 남자 선배들과 남자 동기들 사이의 연대가 생기더니 그건 정보 접근권의 차이로, 나중에는 실력 차이로 이어지더군요. 또 동아리 생활을 하다 보니 남자들이 성차별적 언행을 하는 일도 있었고요.

이 대목에서 나 또한 공감이 됐다. 처음 기자로 회사에 입사했을 때 같은 상황에 여러 번 맞닥뜨렸기 때문이다. 그래서 남자 동기에게 속으로는 자존심이 상한데도 안 그런 척, 지나가는 말로 포장해 물은 적이 있다. "담배 피우면서 무슨 얘기해?" 시답잖은 얘기들이라는 답을 듣고도 안심이 되지 않았다. '저런 담배 피우는 시간이 쌓여서 친분이 되겠지'라는 생각에.

» 부당하다는 생각이 들지 않았나요?
그랬죠. 그런데 어떻게 부당하다고 설명해야 할지 그때는 몰랐어요. 우리 학교에서 여성학을 공부하며 내가 느낀 감정을 표현할 언어를 찾았죠. 대학 4년 동안 그래서 혼란의 연속이었어요. (사회의 부당함에) 순응하는 삶을 택해도, 적극 저항하는 삶을 택해도 힘들 거 같아서요. 순응하면 내가 나를 속이며 사는 것이고, 저항하면 또 그것대로 외롭고 불안정하게 살게 될 테니까. 일단 대학원에 가는 것으로 내적인 고민을 봉합했죠. 그런 뒤 연분홍치마란 단체 활동을 하면서 마음도 훈련되고 내 길도 찾게 됐어요.

» 조심스런 얘기인데, 2017년 위암 수술을 받았다는 얘기를 듣고 놀랐어요.

5년 만에 부모님 따라 건강검진을 받으러 갔다가 우연히 발견했어요. 종양의 위치 같은 걸 고려해서 전이 가능성을 막으려고 위를 모두 절제한 상태죠. 1년 검사 때 다행스럽게 전이 없이 잘 유지하고 있어요.

» 처음 진단을 받고 놀라지 않았나요?

그럴법하다고 생각했어요. 무척 고단하게 살았기 때문에 몸이 망가져도 망가지겠구나 하는 생각을 했거든요. 그래서인지 담담하게 받아들였죠. 또 '이 정도면 다행'이라는 생각도 했고요. 다만 회복하는 과정은 좀 힘들었어요. 지금은 잘 먹고 잘 쉬면 일상생활에 큰 어려움은 없죠. 아프고 나서 다시 한 번 생각한 게 있어요.

» 뭔가요?

연분홍치마라는 제가 돌아갈 공간, 또 우리를 지탱해준 후원인들, 그간 했던 활동이 나를 단단히 붙잡고 있다는 거요. 병이라는 인생의 홍수가 왔는데, 제가 쓸려가지 않았다는 느낌이 들었거든요. 가지도 좀 손상되고 열매도 떨어졌지만 뿌리는 손상되지 않은 거죠. 그러니 나는 재생할 수 있겠구나 싶었어요. 내가 틀리게 살지 않았다는 걸 확인한 계기가 됐죠.

» 일각에선 여성주의 문화운동하는 사람들이 무슨 '용산 참사'까지 다루냐는 시선이 있을 수도 있을 거 같아요.

페미니즘은 젠더 이슈뿐 아니라 세상의 모든 사건을 바라보는 인식의 틀이자 실천의 방법론이에요. 페미니스트인 저한테 익숙한 사유의 방식은 '이 공간에서 배제되고 있는 사람은 누구지? 그 이유는 뭐지? 어떤 힘이 이를 배제하고 있는 거지?' 같은 질문 던지기죠.

» 카메라를 들면서 늘 갖고 있는 신념이나 원칙이 있나요?

그게……, 저는 특별한 게 없는데. 음, 물어본다는 거밖에 없어요.

» 물어보는 거요?

네, 사실 모르는데도 묻지 않아서, 지레 짐작해서 문제가 발생하는 경우가 많거든요. 다큐도 마찬가지예요. 섬세하게 물어야 하죠. 좋은 질문을 제대로 만드는 게 다큐의 역할이라고 생각해요.

'그렇구나!' 새삼 생각했다. 질문은 변화의 시작이니까. 묻지 않고서 바꿀 수 있는 것은 없다. 그러니 묻지 않는 것은 무관심이고 포기다. 질문은 그렇기에 사랑의 징표일까. 나는 얼마나 질문하며 살고 있나. 점점 질문의 수가 적어지고 있는 건 아닐까. 역시 그와의 인터뷰는 그의 작품처럼 나를 되돌아보게 했다. 사람과 세상을 사랑하는 김 감독의 다음 질문이 무척 기대되는 이유다.

이진순,
열릴 때까지
문 두드리는 언니

"그날 그 거리에 있던 사람들은
아직 남아 여기에 살고 있다."

이진순

언론학 박사, 전직 교수, 살림하고 애 키우는 오십대 아줌마, 공부하고 글 쓰는 열혈 시민, 그리고 정치운동가. 언니 이진순을 설명하는 단어들이다. 다른 것 같지만 언니에게 이 모든 명함은 결국 하나다. 세상을 바꾸는 일이라서다. 최초의 서울대 총여학생회장이었던 언니는 '대통령 직선제 개헌'을 외치다 구속까지 됐고 출소해서는 구로공단의 여공으로 6년을 살았다. 그렇게 치열하게 살았던 20대의 시간이 남긴 것은 무엇일까. 질문을 안고 떠난 유학길의 답은 11년 만에 돌아와 만든 풀뿌리 정치 실험실 '와글'에 있다. 세상은 영웅호걸에 의해 바뀌는 게 아니라는 것 말이다.

그를 인터뷰하자고 생각한 건 다소 엉뚱한 생각에서였다. 포장한다면 '발상의 전환'. 인터뷰어가 인터뷰어를 인터뷰한다는. 무려 5년간 100명이 넘는 인물을 인터뷰한 그의 독한 끈기가 궁금했다. 아마 기자가 아닌 외부 필자로서 이처럼 장기간 인터뷰를 연재한 이는 그가 아직까지는 유일할 거다. 그 인터뷰 간판이 '열림'이었다.

'열림'은 어쩌면 자신의 생을 압축한 말이었는지 모른다. 대통령 하나 내 손으로 뽑지 못하는 닫힌 사회를 바꿔보고자 싸워봤고, '그럼에도 아직 믿어볼만한 세상'이라는 희망을 지닌 122명의 마음을 열고 들어가 보기도 했다. 이제 그는 시대 변화에 눈 감고 귀 막은 정치의 벽 앞에 서 있다. '두드리면 열릴 것이다. 아니 열려야 한다. 열리지 않으면 어떡할 건데?' 이런 생의 믿음과 의지가, '열림'이라는 두 글자에 담겨 있는 것이다. 사람을, 세상을 지독하게 사랑하지 않으면 만들 수 없는 족적이다.

'언론학 박사', '전직 교수', '살림하고 애 키우는 오십 대 아줌마', '공부하고 글 쓰는 열혈 시민'.

이진순 씨는 자신의 정체성을 이렇게 소개한다. 이제는 여기에 '인터뷰어'라는 수식어도 덧붙일 수 있겠다. 2013년 6월 시작해 2018년 8월 끝낸 연재 〈이진순의 열림〉에서 5년간 122명을 인터뷰했으니.

2015년에는 비영리 재단법인 '와글'을 만들어 '진짜 새 정치'에 뛰어들었다. '와글'은 대표인 이 씨를 포함해 5명이 멤버인 '풀뿌리 정치 실험실'이다. 디지털이란 도구가 어떻게 시민 참여를 촉진시킬 수 있는지, 정치권이 구태의연한 방식으로 계속 정치를 하면 왜 안 되는지를 기획하고 증명한다. 디지털 시대의 청년 리더들을 발굴하고 키우는 것도 와글의 중요한 사업이다.

많은 이들이 '열림의 이진순'하고, '와글의 이진순'이 다른 사람인 줄 알더라고요. 동일 인물인 줄 몰랐다는 사람들도 여럿 만났고요. 공정이야 다르지만, 제게는 같은 일이죠. 둘 다 '열린 사람들과의 어울림'이잖아요.

나 역시 인터뷰어로서 짐작이 간다. 5년간 그가 얼마나 많은 계단을 오르며 숨 가쁘고 뿌듯하고 막막하고 보람찼을지. 진득한 눈물의 농도와 빼곡한 생의 밀도가 그의 삶에도 배었을 테다.

우스갯말로 제가 '풀타임으로 일하는 파트타이머'였다고 말해요. 하하, 끈기요? 글쎄요. 사람을 좋아하고 오지랖이 넓었으니 할 수 있었던 것 아닐까요.

'와글'은 '열림'과도 일맥상통하는 시도다. 취지야 좋지만, 이 역시 쉽지 않은 일이다. 정치가 그렇게 시민의 요구대로 잘 변해왔다면 이 지경이 되지는 않았을 거니까. 이른바 '386 세대'로서 누구보다 이를 잘 아는 그가 시동을 건 이유가 있다. '87년산産 진보론'이다.

진보가 무슨 와인인가요? '87년산 진보'라서 오래됐으니 더 비싸고 맛이 좋다? 과거 87년 (민주화) 운동했던 시절에 만들어

진보가 무슨 와인인가요?
'87년산 진보'라서 오래됐으니 더 비싸고 맛이 좋다?
과거 87년 (민주화) 운동했던 시절에 만들어진 시각과
태도로 정치하는 것, 이게 진보인가요? 이런 건 보수죠.
다른 영역은 다 바뀌는데, 정치만 변하지 않으면
체증이 생기지 않겠어요?

진 시각과 태도로 정치하는 것, 이게 진보인가요? 이런 건 보수죠. 다른 영역은 다 바뀌는데, 정치만 변하지 않으면 체증이 생기지 않겠어요?

'열림'에서 잔잔했던 그는 '와글'에 이르자 폭발했다.

글로 써본 인터뷰는 '열림'이 처음

» 5년간 122명을 인터뷰하다니 대단해요.

오래 했으니까요. (웃음) 기사를 연재해준 《한겨레》에 많은 혜택을 받았지요.

» 어떻게 시작하게 된 건가요?

미국에서 (유학과 교수 생활을 마치고) 2013년에 귀국했는데, 그때 마침 전임 인터뷰어였던 김두식 교수(경북대 법학전문대학원)가 그만두게 됐어요. 김 교수와 담당 에디터가 해보면 어떻겠느냐고 권유를 하더라고요. 김 교수의 추천으로 이미 작은 칼럼을 쓰고 있기도 했고요.

» 인터뷰를 글로 써본 건 그때가 처음이었죠?

그렇죠. 방송 작가 생활은 해봤지만. 그러니 처음에는 서너 번 에디터에게 '까이면서' 썼죠. '에이, 나 못해요', '안 할래요', '다른 분 시키세요' 하기도 했어요. 고치라는데 도저히 못하겠더라고요. (웃음) 나중에는 '에라, 내 식대로 쓰자' 했는데 그 원고를 에디터가 만족스러워 하더군요.

그는 지금도 5년의 기록을 버리지 못하고 있다. 출력해둔 녹취록과 취재원의 자료가 종이 상자 여러 개에 담겨 베란다를 채웠다. "여기에도 있을걸요"라며 내민 수첩에는 마지막 인터뷰의 메모가 적혀 있었다. 그는 이런 수첩이 18권이라고 했다.

» 시작할 때 두려움은 없었나요?
걱정이 많이 됐죠. 사람 만나고 얘기 듣는 건 좋아하지만 나는 말하자면 '듣보잡'(듣도 보도 못한 잡것)인데, 무슨 힘으로 이걸 끌고 가나 하는. 어떻게 차별성을 살릴 수 있을지도 고민이 됐고요.

» 그래도 해보는 걸 전제로 한 고민이었네요?
일단 해보자는 생각이 컸거든요. (웃음) 인터뷰는 굉장히 주관적인 글이라는 게 제 생각이에요. 그러니 나는 어떤 정체성을 가진 사람인가, 나라는 프리즘은 어떤 건가, 그런 내가 이 사람한테 왜 이런 게 궁금했는지 정직하게 밝히고 인터뷰를 풀어나가려고 했죠. 나의 시선을 따라 그 사람을 만나는 것 같은 느낌을 주고 싶었어요.

» 인터뷰이를 선정할 때 기준이 있었나요?

제가 만났던 사람들을 돌아보니 '그렇구나' 하는 일종의 사후적인 평가인데요. 인터뷰할 때 여러 번 던진 질문이 있더라고요. 특히 사람에, 세상에 상처받았던 분들한테 '그래도 사람을 믿으세요?'라든지, '그래도 세상이 변한다고 생각하세요?'라는 질문을 반복적으로 했어요. 그런 걸 보면 부지불식간에 '그럼에도 불구하고 사람을 생각하고 좋아하는 이를 인터뷰하고 싶다'는 기준이 있었던 거 같아요.

그가 주로 했다는 질문을 보니, 그는 사람과 세상에 대한 애정이 깊은 사람이라는 게 짐작됐다. 그러니 사람의 힘으로 더 나은 세상으로 만들 수 있다고 믿고 있을 테다.

» 인터뷰는 섭외가 8할인데요.

후반으로 가면서 수월해지긴 했어요. '이진순의 열림'이라고 하면 호의적으로 생각하고 응해주시는 분들이 생겼으니까. 아무리 그래도 제가 열심히 쫓아다니고 설득해도 안 되는 경우도 있었죠.

» 원래 꿈이 기자였다고요?

어렸을 때 한번쯤 갖는 꿈 아닌가요? (웃음) 고등학교 때 사회학과를 지원한 건 기자가 되고 싶다는 생각 때문이긴 했어요.

대학 들어간 지 6개월 만에 '그게 아니구나'라고 깨달았고. (웃음) 제가 82학번인데, 그 시절에 신문은 그야말로 (정권에서 쓰라는 대로 쓰는) '개판'이었으니까요. 게다가 사회학과가 그렇게 데모를 세게 하는 데인 줄 몰랐죠.

시절은 그를 첫 서울대 총여학생회장으로 만들었다. '대통령 직선제 개헌'을 외치다 구속이 됐고, 나와서는 서울 구로공단에 여공으로 위장 취업해 노동운동을 했다. 그는 이 시기의 얘기를 자세히 하기를 꺼렸다. '할 사람이 없어 총여학생회장도 했고, 그러면 감옥 갈 수밖에 없다는 것도 알았지만, 그건 80년대 학생운동 했던 사람이면 다 겪은 일이지 특별한 게 아니'라면서.

나중에 복학이 되긴 했지만, 그러거나 말거나 그때(출소했을 때)는 상관없이 나는 공장 노동자로 살겠다고 생각을 했죠. 그래서 일당 3300원 받는 여공으로 일하면서 노동조합도 만들고 파업도 했죠.

» 그 시기가 자신한테 준 의미는 뭔가요?
음⋯⋯, 글쎄요. (몇 초간 생각하더니) 쉽지 않은 질문이네요. 나 때문에 세상이 달라졌다고 생각한 적은 없어요. 그런데 이런 힘은 생겼죠. '내가 이런 것도 해봤는데 이 정도 가지고 겁을 내나?' 살면서 누구나 힘든 순간이 있잖아요. 그럴 때 '옛날에

등 따순 데 찾아서 도망가지 않았잖아. 근데 지금 이런 것도 못하면 너무 맛이 간 거 아니야?'라면서 나 스스로를 과대평가 하게 만드는 거죠. (웃음) 나 스스로를 일으켜 세워야 할 때 도움이 되는 것 같네요.

122명과의 만남, 노화를 지연시킨 방부제

그 여공 생활을 6년이나 했다. 6개월이 아니라 6년. 정말 공장 노동자로 살려고 했구나 생각됐다. 아니, 그 시기에 그는 진짜 여공이었다. 어느 날 버스를 탔는데 대학교 마크가 박혀 있는 노트를 든 여학생을 보고 '아, 저 친구는 대학생인가 보다. 참 예쁘다. 부럽다.' 하는 생각을 한 적도 있었다니. 그랬던 그도 진로를 선택해야 할 시기가 왔다. 소련의 해체(1991년)가 국내 노동운동에도 영향을 미쳐 분화하고 변화했기 때문이다.

그가 택한 건 방송 작가였다. 서른이 넘어 방송사로 갔으니 '최고령 보조 작가'였다고 한다. 5, 6년 차부터는 메인 작가가 됐고 〈100분 토론〉, 〈이제는 말할 수 있다〉 같은 굵직한 시사·다큐 프로그램에 참여했다. 아직도 그가 기억하는 클로징 멘트가 있다.

방송사에 들어갈 때도 방송으로 세상에 도움이 되는 일을 할 수 있지 않을까 하는 생각이 있었어요. 1997년 〈MBC 스페셜〉에서 '6월 항쟁' 10년을 주제로 다뤘어요. '87년' 이후 10년이 지났는데, 과연 세상이 바뀌긴 한 것이냐는 물음을 가질 때였죠. 다큐멘터리를 만들려고 자료 화면을 죄다 찾아서 보는데, 볼 때마다 눈물이 나더라고요. 제가 겪은 일이기도 했으니까요. 그때 원고는 정말 많이 울면서 썼어요. 가장 큰 고민은 '6월 항쟁이 우리한테 남긴 건 뭔가?'라는 질문에 '답을 어떻게 할 것인가?'였죠. 다큐 마지막 장면이 '이한열 장례식'에서 시민들이 갑자기 '청와대로 가자' 해서 몰려가다가 경찰이 쏜 최루탄 소리에 흩어지는 거였거든요. 그리고는 클로징 멘트가 나갔는데 이거예요. '그날 그 거리에 있던 사람들은 아직 남아 여기에 살고 있다.' 얼마나 고민해서 썼으면 20년도 더 지난 지금까지 기억을 하겠어요? 하하. 그간의 변화가 새로운 세상을 열기에는 부족해서 실망스럽지만, 이게 끝은 아니라는 메시지를 주고 싶었죠. 우리가 아직 여기에 살아 있는 존재로 있다는 것, 그래서 뭔가를 더 해낼 수 있는 잠재력이 있으니 포기하지 말자는 거죠.

» 미국 유학은 왜 간 건가요?

2002년, 나이 마흔에 떠났죠. 사실 도피성 유학이었어요. 하하. 그때 소위 '386 세대'가 새로운 정치 운동을 해야 하지 않겠나 하는 생각에서 단체도 만들고 저도 참여했죠. 실제 '386 세대'가 정치권에 많이 들어가기도 했고요. 그런데 그렇다고 정치가 바뀌진 않더군요. 그래서 다 정리하고 별생각 없이 떠난 거였는데 11년을 살았죠.

미국 럿거스대학에서 그는 '인터넷 기반의 시민운동 연구'로 박사 학위를 받았다. 이후에는 올드도미니언대학에서 조교수로 '시민 저널리즘'을 가르쳤다. 남편을 만나 결혼도 하고 딸도 낳았다.

현실에서 풀리지 않는 문제가 있으니 공부를 하면 답을 찾을 수 있을지 모르겠다는 생각을 하긴 했어요. 그때 제 화두는 '우리가 새 세상의 불쏘시개가 되겠다며 학생운동도 하고 정치권에도 들어갔는데, 왜 바뀌지 않을까?'였거든요. 그래서 대학원에 갔고 '인터넷 시대에 변화된 소통 환경이 인간의 정치적 상상력을 어떻게 변화시키는가?', '사람 사이의 관계는 또 어떻게 다르게 만들까?', '사람들이 사회에 참여하는 방식은 또 어떻게 달라지게 하나?' 이런 걸 공부했죠.

그는 미국에 갈 때는 '내가 (한국에) 다시는 오나 봐라.' 하는 심정이었지만, 정작 미국에서 머무는 내내 레이더는 한국을 향해 있었다고 했다. 2013년 돌연 보따리를 싸서 한국에 돌아온 것은 어쩌면 떠날 때부터 예정된 일이었는지 모른다. 귀국하자마자 시민 단체 '희망제작소'에서 일을 시작했고, 비슷한 시기에 인터뷰 연재도 맡게 됐으니 쉼 없이 달린 셈이다.

» 122명의 마음에 들어갔다 와보니 달라진 게 있던가요?
제 나이가 되면 인간관계가 편협해지기 쉬워요. 이른바 학벌,

지위, 거주지에 따라 익숙한 사람을 만나기 마련이죠. 그런데 인터뷰를 하면서 다양한 분야에서 다양한 방식으로 사는 분들을 만날 수 있었어요. 신선한 자극이었죠. 끊임없이 새로운 것에 마음을 열고 배워야겠다고 생각했어요. 그렇지 않은 사람은 자연 퇴화할 테니까요. 그런 면에서 인터뷰 덕분에 노화가 더디게 되지 않았을까 하는 생각도 들고요. 2주에 한 번은 정기적으로 정신적인 운동을 하게 만들어줬으니까요. (웃음)

이 대목에서 얘기가 쭉쭉 뻗어 나갔다.

변화에 마음을 열지 않으면서 자기를 '진보'라고 생각하는 걸 저는 받아들이고 싶지 않아요. 진보냐, 보수냐 하는 건 이념에 따른 낙인이 아니고 삶의 태도에 달렸으니까요. 제가 그런 말 자주 하거든요. '진보가 무슨 와인이냐?' (웃음) 소위 진보(진영)에서도 '나는 87년산 진보인데, (20)18년산 진보 애네를 이해할 수 없어. 우리 때는 안 그랬거든. 애들은 조직도 없고 리더도 없고 이념도 없잖아.' 하는 사람들 많거든요. 세상이 변화했으니 자기의 기준이 바뀌어야 한다는 생각은 하지 않고. 그런 측면에서 인터뷰를 하면서 좋은 자극의 세례를 받을 수 있었다는 건, 저한테는 노화를 지연시키는 방부제였죠.

» '열림'을 연재하는 와중에 '와글'을 설립했죠? 찾아보니까 '와글
와글한 군중의 힘으로 세상을 바꾸는 실험을 한다'는 취지였군요?
평범한 보통 사람들이 주인공이 될 수 있게 하는 정치, 그런 세
상을 만들어보자는 얘기죠. '열림'과 같은 맥락이기도 해요. 예
전에 조직이라는 건 위계적인 질서에 리더십은 중앙 집중적이
었지만 지금은 달라졌죠. 이미 '촛불 항쟁'으로 많은 사람들이
경험을 했고요. 이걸 구현해보고 싶었죠. '와글'이 하는 일은,
구체적으로는 시민 참여 플랫폼이나 온라인 도구를 기획하는
것과 청년 세대 리더를 발굴하고 키우는 것이죠. 저까지 5명이
고정 멤버예요. 모두 2030세대죠.

» 대표적인 사례를 소개한다면요?
시민이 직접 입법에 참여하는 '국회톡톡' 사이트(toktok.io)를
2016년에 만들었어요. 시민이 손 쉽게 입법 제안을 하고, 이에
동의하는 국회의원들을 연결해서 실제 발의될 수 있도록 하는
'시민 입법' 플랫폼이에요.

'국회톡톡'은 일단 접속해보면 한눈에 원리를 알 수 있다. 시민이 이유와
함께 입법 제안을 하면, '참여하기'를 눌러 동의 의사를 표시할 수 있고,
동의한 시민이 1000명을 돌파하면 법안 관련 상임위원회 소속 의원들에

게 초대 이메일이 발송된다. 의원의 답변에 따라 얼굴 옆에 '참여', '불참', '무응답' 배지가 붙는다. '국회톡톡'으로 입법까지 이어진 첫 사례는 신입 사원에게도 입사 1년 차에 연차휴가를 보장해주는 근로기준법 개정안이다. 한 시민의 제안에 1789명이 동의했고 한정애 더불어민주당 의원이 법안을 발의해 국회를 통과했다.

의원과 매칭이 되면 시민 참여자들과 간담회를 해요. 그래서 '연차 보장 수다회'라는 간담회를 잡았는데, 청년들이 주로 올 줄 알았어요. 신입 사원 문제니까요. 그런데 간담회 때 실제로 보니 청년은 3분의 1 정도고, 나머지가 '직장맘'이더라고요. 임신하고 아이를 낳느라 경력이 단절됐다가 다시 신입 사원으로 취업하는 여성들이 많잖아요. 아마 엄마들이라면 알 텐데, 아이를 떼어놓고 직장에 다니기 시작하면 그 즈음에 아이가 유난히 자주 아파요. 그러니 갑자기 연차를 써야 될 경우가 많은데 법상 1년 차 신입 사원에게는 보장이 안 됐던 거죠. 문제라고 생각했던 사안을 누군가 제안하니까, 엄마들이 우르르 참여를 한 거예요. 간담회에 온 엄마들이 자신들이 겪은 일을 얘기하면서 나도 울고 너도 울고 엄청난 공감대가 만들어졌죠. 한정애 의원도 함께 울컥해서 간담회 마치고 뒤풀이까지 하고 돌아갔어요.

» 의원에게도, 시민에게도 의미 있는 경험이었겠군요?

맞아요. 법이라는 게 어마어마하게 어려워서 법대를 나오거나, 시민 단체 전문가이거나, 국회의원이 아니면 입도 뻥긋 못하는 문제가 아니거든요. 그 문제로 가장 피해를 많이 받는 당사자들의 주장이 입법 과정에서 가장 중요하다는 걸 체험할 수 있으면 좋겠어요. 그런데 의원이나 정당 관계자들 만나서 이런 얘기를 하면 별로 귀담아 듣지 않아요. 무슨 새로 나온 물건 팔러 나온 외판원을 대하는 느낌이죠. '당신이 정치를 몰라서 그러는 거야'라는 반응도 있고요.

» 디지털이 생활 깊숙이 들어와 세상을 변화시키고 있지만, 그러는 와중에도 정치가 가장 바뀌지 않는듯해요.

가장 후진적이죠. 전 세계적으로 봐도 디지털 기술의 세례를 가장 더디게 받는 영역이 정치예요. 정치는 디지털화하면 그간 의사결정 과정을 컨트롤해왔던 이들이 기득권을 시민에게 나눠줘야 하니 싫어하는 거죠. 디지털 기기의 일상화가 사람들의 정치적 상상력도 변화시키는데 말이죠. 광장의 변화에 정치, 제도가 조응해야 하는데 여전히 옛날 문법을 쓰면 엄청난 불일치가 생길 거예요.

» 대의민주제는 생명을 다한 걸까요?

대의민주제가 사라지진 않을 거라고 생각해요. 다만 두 가지 변화가 필요해요. 지금 선출직은 선출될 때만 선출직이잖아요? 다음 선출까지 민의를 제대로 대의할 수 있도록 아래로부터 당론을 모으고 시민의 의견을 수렴하는 과정이 있어야 해요. 다른 한편으로는 선거법을 개혁해서 제도 보완을 해야 하고요. 결국 국회가 법 개정으로 해야 할 일인데 중이 제 머리를 깎지 못하고 있으니, 일부 직접민주주의 요소를 가미해서 견제할 필요가 있죠. '국회의원 소환제' 같은 제도만 있어도 지금보다는 더 긴장하지 않을까요?

» 국회를 보면 너무나 굳건해서 변화하려는 의지가 보이지 않아요. 그래서 막막해요. 새로운 패러다임을 체화한 청년 세대는 아직 정치 세력이 되지 않은 상태니까. (그런 걸 생각하면) 그래서 잠이 안 와요. (웃음)

» 그런데 왜 시작하셨어요?
하하, 그러게요. 내가 될 일을 하고 있는 건가, 진짜……. 제 주변에는 기성 정당에 들어가 있는 사람들도 많거든요. 만나면 그래요. '될 일을 해라, 나잇값을 해라, 나이 오십이 넘어 애들이랑 무슨 일을 벌이냐? 우리 땐 그렇게 안 컸다……' 어제, 그제도 들었던 얘기죠.

» 청년 세대를 그렇게 여긴다는 건가요? 설마 현역 국회의원도 그중에 있나요?

노코멘트 할래요. 하하.

그는 쓴웃음으로 답을 대신했다.

» 시민의 자발적인 정치 참여도 중요할 텐데, 우리나라는 당비 내는 당원의 수조차 많지 않죠. 한마디로 정치에 돈을 쓰려 하지 않는 것도 걸림돌 아닐까요?

당원들도 뭐가 있어야 돈 내고 싶은 생각이 들지 않을까요? 예를 들어, 팟캐스트나 인터넷 방송을 보고 돈 보내는 사람들은 생각보다 엄청나게 많아요. 없는 살림에 낸다고요. 내가 당비를 낸다는 건 애정의 표현이자 격려, 공감과 연대의 표시인데 정당들이 그런 이들의 의견에 따라서 뭔가를 결정하는 일이 몇 번이나 될까요? 정당에서 '오픈 프라이머리'를 도입해서 일반 시민도 투표에 참여하게 하는 건 다행스러운 일이죠. 그런데 스페인의 '포데모스'(Podemos, 온라인 네트워크를 기반으로 한 대안 정당)도 당원, 비당원 구분 없이 의사 결정에 참여하게 해요. 시식 먼저 하게 한 뒤에 '맛있으면 사세요' 하는 거죠. 이것과 특정한 자격을 갖춘 사람만 '선 입장 후 구매 가능' 중에 뭐가 낫겠어요? 심지어 주요 정당이 '온라인 입당'을 가능하도록 한 게 얼마 안 된 일이에요. 그거 아세요? 그런데 '온라인 탈당'은 안 되는 거. 하하.

» 맞아요. 그래서 '팩스 탈당'을 하죠.

위선적인 시민 참여 정치가 아니라면 '온라인 입당'만 가능하게 할 게 아니라 그에 맞게 정당이 바뀌어야죠. 디지털 마인드를 탑재한 열린 정당이라면 누가 왜 어떻게 비례대표 5번을 받았는지, 심사위원단은 누구였고 누가 어떤 후보한테 몇 점을 줬고, 왜 낮은 점수를 줬는지 궁금하면 물어볼 수도 있고, 이런 걸 투명하게 공개해야지요. 그런데 우리는 과정 중에 공개되는 게 없죠. 이런 정치를 바꿔야 한다고 생각하는 사람들이 많아지면 좋겠어요. 지속 가능한 정당을 고민하는 이들이 많아져야 한다는 거죠. 지속 가능한 의석 말고!

청년이 살 미래, 그들이 직접 설계하게 해야

» 그런 정당을 새로 만드는 게 더 빠를까요?

기존 정당이 계속 바뀌지 않고 시대 변화에 뒤떨어진다면, 그런 움직임이 생길 수도 있겠죠. 그런 임계점까지 갈 것인지, 그 이전에 선도적으로 변화하는 정당이 생길지는 두고 봐야 할 것 같아요.

» 정치도 사람이 하는 일이라서, 결국은 세대교체가 답일 수도 있을 것 같아요.

아직은 모든 분야에 주도권을 쥔 세대가 4050 장년층이죠. 그들이 세상의 변화에 기여한 바가 있지만, 특정 시점을 지나면서부터는 변화의 걸림돌이 되는 측면이 있다고 생각해요. 아까 말한 '87년산 진보'는 아직 자기들만큼 훌륭한 세대를 보지 못했다고 생각해요. 그러니 청년 세대를 끊임없이 질타하죠. 저의 개인적 고민이 그거예요. 다 제 친구들이고 저도 그 세대인데, 저는 그들과 시각 차이가 있는 거죠. 아직은 후대 세대의 도전이 그만큼 강하지 않은 측면도 있고요. 저는 그 세대에 도전하고자 하는 청년 세대를 위해서 뒤에서 물도 날라주고 접이의자도 들고 따라다니는 역할을 하고 싶은 거죠.

» 2018년 6·13 지방선거 때 성과가 좀 있었나요?
'와글'의 청년 리더 캠프 참가자 28명 중에 7명이 출마해서 3명이 당선됐죠. 떨어졌지만 득표율이 15퍼센트를 넘어서 선거 비용을 보전받은 친구도 있고요. 기본적으로 비당파적인 조직이기 때문에 소속 정당이 어디든, 있든 없든 각 분야에서 활동력이 뛰어나고 의지가 있는 청년 리더가 대상이에요. 일회성 교육이 아니라 이후에도 그들이 연대하면서 정치적인 상상력을 펼 수 있도록 네트워킹의 기반을 제공하려고 해요.

» 청년 리더를 키우는 일을 시작한 이유는 뭔가요?
새로운 당원을 재생산하거나 키우는 정당이 별로 없어요. 거칠게 말하면 다 '노인네 정당'으로 가고 있는 거죠. 정당이 청년층을 별로 두려워하지 않는 거죠. 그러니 저한테도 '쓸데없는 일을 한다'고 나무라는 거고요. 괜찮아요. 그러거나 말거나 나는 할 거니까. 다만 좀 외로울 뿐. (웃음)

» 정치가 그만큼 중요하기 때문인 거죠?

그럼요. 시대 흐름에 맞게 제도권이 화답을 해서 변화하는 게 진보지요. '87년산 진보'들은 계속 자기들은 건강한 청년의 몸과 마음을 가졌다고 착각하면서 노화하고 있죠. 동맥경화 온 지는 오래됐는데. 이런 얘기하면 무슨 정치 혐오주의냐고 하는 사람도 있는데, 사람들이 들어가고 싶은 정당을 만들어달라는 게 제 요지입니다. (웃음)

» 3년 남짓 '와글'과 '열림'을 병행했는데, 서로 통하는 게 있던가요?

세상은 영웅호걸에 의해 바뀌는 게 아니라는 것. 장삼이사張三李四, 이름 없는 한 사람 한 사람에 의해 바뀌는 것이란 생각을 많이 하게 됐어요. 그 과정에서 몇 명의 이름과 얼굴이 알려지는 것뿐이죠. 우리 각자의 빛나는 부분을 어떻게 더 돋보이게 응원할 수 있을까. 그런 것들이 어떻게 연쇄반응 할 수 있게 할까. 그게 '열림'을 쓸 때나 '와글'을 할 때 갖는 마인드예요. 특히 청년 세대는 그간 너무 많은 기회를 박탈당했죠. 기대 여명이 더 긴 세대가 이 세상을 더 오래 살 거잖아요. 그러니 그들 자신이 살아갈 세상을 어떻게 설계할지 고민하게 하고, 미래를 결정하는 데 참여하게 하는 건 중요한 일이죠.

이런 게 정치의 본질이다. 정치는 개인과 개인의 연대에서 시작하니까. '사람'에 집중하는 그가 진짜 새 정치를 여는 일에 도전하는 건 당연한 일이었던 거다.

저는 할 줄 아는 게 말하고 글 쓰는 것밖에 없는 인간이에요. 그런 표현을 좋아하지는 않지만, 언필칭 지식인이라고 불리는 집단이라면 공개적으로 한 말과 쓴 글은 약속이라고 여기고 지켜야 한다고 생각해요. 어기게 됐다면 다시 공개적으로 이유를 밝히고 사과를 해야지요. 지킬 자신이 없는 말은 하지 말고, 했으면 지켜야 하고! 말이나 글과 다르지 않게 살아야 하는 것, 그러지 않을 거면 그냥 입 닫고 쓰지 않는 게 세상 도와주는 일이라고 생각해요.

섭외를 할 때 그는 이 인터뷰의 도발적 발상에 까르르 웃으면서 수락했었다. 그러더니 인터뷰를 마치면서도 '그간 내가 많은 이를 괴롭혔다는 생각이 든다'며 까르르 웃었다. "그래서들 그렇게 (영혼이) 털렸다고들 한 거였군요. 저도 털린 기분이에요."
'열림'을 말할 때 그의 눈빛은 몽글거렸지만, '와글'에선 이글거렸다. 어떤 대목에서는 한숨도 쉬었다. 그런데 이상하게 꽉 찬 에너지를 느꼈다. 아마 '열림'으로 만난 122명에게서 확인한 사람이란 희망이 '와글'의 동력이 됐을 것이다. 정치를 바꾼다는 것만큼 허망한 구호가 없다. 한반도의 3대 불가사의 중 하나가 '안철수의 새 정치'란 우스갯말이 달리 나온게 아니다. 그런데 그가 말하는 새 정치에선 희망의 실마리가 보였다면 섣부른 판단일까.

2

세상이 원하는
공식은 버려

"내 방식대로 사는 거야"

장혜영,
혜정이의 생각 많은
둘째 언니

"'장애인으로 태어나지 않아 다행'이라
생각하도록 만드는 사회에 희망이 있을까?"

장혜영

2011년 '이별 선언문'이란 대자보가 언론에 떠들썩하게 보도됐다. 연세대 4학년 학생이 공개 자퇴를 한 거다. 심지어 4년간 등록금을 후원해준 장학 단체의 행사장에서도 '자퇴 선언'을 한 옹골찬 언니다. 2018년 그는 다큐멘터리를 하나 들고 다시 나타났다. 중증 발달 장애 동생과 함께 찍은 영화 〈어른이 되면〉의 감독으로 말이다. 7년 동안 그에게는 어떤 일이 생긴 걸까. 동생을 장애인 시설에서 데리고 나와 자립을 하기까지, 그리고 그 이후의 생활을 유튜브로 방송하고 영화로도 만든 이유는 무얼까. 발달 장애인을 영원한 '아이'로 대하며, 사회의 구성원이 아닌 시설에 갇혀 살게 만드는 세상에 그가 질문을 던진다.

세상은 동생에게 '어른이 되면 할 수 있다'고 주문을 걸었다. 중증 발달 장애가 어른이 되면 정말 나을 수 있는지, 어른이 된다는 건 뭔지, 언제 어른이 되는 건지 말해주는 사람은 없었다. 덕분에 진작 어른이 된 건 언니인 그였다. 동생을 낫게 하겠다고 엄마가 종교에 매달리는 동안, 아빠가 생계로 몸을 분주히 움직이는 동안 동생을 돌보는 건 오롯이 그의 몫이었다. '동생을 잘 돌보면 엄마, 아빠가 기뻐해.' 그는 자신의 이름보다 '혜정의 언니'라는 역할을 먼저 받아들였다.

열세 살 동생을 장애인 수용 시설에 맡기겠다는 부모의 통보로 그는 처음 혼자 남겨졌다. 그리고 자신에게 물었다. '나는 누구지? 뭘 좋아하지? 뭘 싫어하지?' 나이 열넷이 될 때까지 자신을 중심에 두고 생각해본 적이 없던 거다.

'혜정의 언니'라고 생각하면 지금 당장 무얼 해야 하는지가 떠올랐는데, 동생이 없어지니 뭘 해야 할지 모르겠더라고요.

'장혜영'이란 자신의 이름을 세상에 각인시킨 건 연세대에 다니던 2011년이었다. 학내에 '이별 선언문'이란 대자보를 써 붙이고 공개 자퇴한 바로 그 사건 때문이다. 서울대 유윤종 씨, 고려대 김예슬 씨와 함께 'SKY 자퇴생'으로 언론에 오르내렸다.

대학을 다니면서 내린 결론이 이 세상을 사는 데 대학 졸업장은 필요 없겠다는 거였어요. 명문대 타이틀로 사람을 판단하는 게 우습다고도 생각했고요. 그런데도 나중에 나 역시 졸업 장에 기대게 될까 봐 그럴 여지까지 깔끔하게 없애고 싶었죠.

4년간 등록금을 대준 장학회 행사장에 나가 '4년간 장학금을 받아 얻은 귀한 결론'이라며 '자퇴 선언'을 했으니 말 다했다.

속으로 '지원금 도로 내놓으라고 하면 어쩌나?' 걱정했는데, 다행히 환수 조건이 없더라고요. (웃음)

대학을 벗어나 2년을 떠돌았다. 친구, 그 친구의 친구를 타고 유영하듯 세계를 다녔다. 재워줄 이가 있고, 영어와 일어가 가능했으며, 일할 수 있는 몸이 있으니, 비행기 삯만 벌면 가능한 일이었다. 그러나 결국 돌아왔다. 동생 혜정에게로다.

늘 마음속에 있었어요. 내가 언젠가는 책임져야 한다는…….

장애인 시설에 살던 동생을 데리고 나오기로 결심했다. 동생의 삶에서 생각해보니, 그건 당연했다. '생각의 시작을 동생의 삶에서 해보라'는 장애인 인권 활동가의 말 덕분에 깨달았다.

동생에게 일어났던 일들에 저를 대입해보는 순간, 말할 수 없는 수치심에 휩싸였어요. 동생은 발달 장애인이니까 시설에서 사는 게 당연하다고 여겨왔던 거죠. 내가 만약 열세 살 때 내 의사를 묻지도 않고 부모님이 낯선 시설로 데려갔다면, 거기서 17년을 살았다면 어땠을까……. 끔찍했어요.

그때부터다. 동생과 함께 사는 것에 인생을 걸었다. 열심히 돈을 모으고, 한편으론 동생과 지내는 시간을 서서히 늘려갔다. 동생에게 시설 밖의 세상을 느끼게 했다. "언니랑 살래?" "그래!" 마침내 동생은 마음을 열었고, 17년 만에 자매는 다시 한 집에 있다.

스티커 사진 찍기가 취미이고, 히딩크 감독의 광팬이며, 노래와 춤을 즐기는 동생이 그의 카메라에 담겼다. '어른이 되면'이 아니라 지금 현재, 세상에 존재하는 한 인간이.

동생의 자립을 담은 다큐멘터리 〈어른이 되면〉의 감독이자 유튜버 '생각 많은 둘째 언니' 장혜영 씨를 만났다.

대학 4년 다닌 결론 '졸업장은 필요 없다'

» 연세대 4학년생이던 2011년 공개 자퇴했죠. 그 뒤에 후회하지 않았나요?

한 번도 후회 안 했어요. (웃음) 지금도 역시 잘했다고 생각해요. 저는 아니다 싶은 것을 지워가며 사는 사람이거든요. 그때 대학 졸업장은 받지 않는 게 좋겠다고 판단했죠.

그래도 완전히 이해가 되는 건 아니었다. 자퇴할 거라면 왜 4학년에 했는가. 너무 아깝지 않나.

» 시간과 돈을 들여 입학했는데, 왜 4학년이 되어서야 그만뒀어요?
대학에서 대학의 가능성이 아니라 한계를 체감했거든요. 상아탑도 아니고 지식의 전당도 아니고 (19)80년대처럼 정의의 공간도 아니었죠. 그저 취업하려고 거쳐 가는 공간, 다들 냉소적으로 생각하면서도 문제 제기조차 하지 않는 이상한 대합실 같았어요. 물론 배우는 즐거움이 없지는 않았어요. 특히 저는 실업계 특성화고교인 (경기 하남시의) 한국애니메이션고(애니고)를 나왔거든요. 고등학교 때 학문의 기초를 배울 기회가 없었어요. 그래서 전공(신문방송학)과 상관없이 듣고 싶은 강의를 찾아 들었죠. 4학년이었지만 졸업 요건을 채우려면 1년을 더 다녀야 하더라고요.

» 그래도 공부를 잘했고, 장학금도 받지 않았나요?
1학년 때의 성적으로 외부 장학회에서 4년 장학금을 받을 기회를 얻었죠. 두 곳에 신청했는데 둘 다 될 정도로 학점은 좋았어요.

그는 재미있는 일화를 들려줬다. 4학년 때 자퇴를 하면서 그 장학회에 가서도 신고를 한 일이었다. 해마다 하는 신년회 자리에서다. 연단에 나가 마이크를 잡고 일종의 동정을 알리는 시간, 이렇게 말했다.

"여러분이 주신 학자금으로 4년 열심히 다녔습니다. 그래서 얻은 결론은 대학 졸업장이 필요 없다는 거예요. 이런 귀한 결론에 이르도록 장학금을 주셔서 감사합니다."

대부분 황당한 표정이었고, 일부는 깔깔 웃었다. '무슨 저런 별종이 다 있나?' 하는 얼굴로.

저한테는 떳떳한 게 중요하거든요. 어쨌든 4년간 장학금을 받아 대학을 다닌 걸 정말 고맙게 생각했어요. 그러니 자퇴한 사실도 알려야 한다고 생각했죠. 슬쩍 빠져나오고 싶지 않았어요.

≫ 애니고는 왜 간 건가요?

기숙사가 있는 학교였거든요. 할아버지, 할머니로부터 벗어나고 싶었어요. 중학교 때 어머니가 집을 나가 맡겨졌죠. 동생은 그전에 시설에 보냈고, 고등학생인 언니는 기숙사에 있었죠. 아버지 혼자 저를 키울 수 없으니 할아버지 댁에 저를 맡긴 거예요. 좋은 분들이었지만 많이 힘들었죠. 할아버지, 할머니는 제게 양가감정兩價感情이 있을 수밖에 없었을 테니까요. 그분들의 입장에서 저는 아들 고생시키고 도망간 나쁜 며느리의 자식이자 불쌍한 아들의 자식이기도 했죠. 그 감정을 받아내는 게 힘들었어요. 언니가 기숙학교인 애니고에 다니고 있었기 때문에 저도 그곳으로 탈출한 거죠.

» 애니고에서 대학을 간 건 쉬운 일이 아닐 텐데요?

한국예술종합학교 영상원에 수시를 넣었는데 떨어졌죠. 재수를 할지, 다른 길을 갈지 고민하다가 그래도 키워준 아버지가 고마우니 자랑을 시켜주고 싶다는 세속적인 욕망이 생겼어요. 그래서 석 달간 눈뜨고 자는 것 외에는 무조건 기출문제집 풀고 인강(인터넷강의)을 들으면서 입시를 준비했어요.

» 그렇게 공부해서 들어간 대학인데, 학교 밖에서 가치를 찾겠다고 자퇴한 거군요?

대학 다닐 때 일본으로 교환학생을 간 게 중요한 경험이 됐어요. 그때 다른 종류의 삶이 있다는 걸 처음 알았고, 자퇴하고 나서 많이 돌아다녔죠. 나에게 훨씬 더 잘 맞는 삶이 있을지 모르니, 한국에 갇혀 있지 말자는 생각으로요. 2년쯤 그렇게 다니다가, 2013년 모든 게 변했죠.

» 왜요?

비자 때문에 몇 개월에 한 번씩은 귀국해야 했는데, 그때 동생이 있던 시설에서 인권침해 사건이 일어났거든요. 동생도 주요한 피해자 중 하나였고요.

» 어떤 피해였나요?

부모님은 그곳이 종교 시설이기 때문에 동생을 더 잘 돌볼 것이란 판단으로 보낸 거였어요. 그런데 재활 교사 중 하나가 내부 고발, 일종의 양심선언을 했어요. 15명의 장애인을 교사 2명이 관리하는 곳이었으니 프라이버시 존중이나 청결 관리가 어려운 환경이기는 했지요. 그런데 교사들이 카톡방에서 자기가 돌보는 장애인들을 거론하면서 실질적인 위협 수준의 욕설을 주고받았던 거예요. '그○이 오늘 네 머리 잡아당겼지? 오늘 내가 복수해줄게. 미친○!' 하는 식이죠. 또 장애인들의 행동을 말린다는 이유로 힘을 써서 밀어붙인다거나, 안정실이라는 이름의 격리실에 가두거나, 밥 먹이는 게 힘드니 반찬을 잘게 잘라서 밥과 함께 국에 말아서 주고 마시게 한다거나……. 일상적인 인권침해였죠.

그런데 결과적으로 이 사건은 크게 공론화되지 못했다. 학부모들이 공론화를 되레 막았기 때문이다.

학부모 회의에 가서 정말 충격을 받았죠. 저는 모든 걸 불사하고 싸우겠다는 각오로 갔는데 말이에요. 그렇다고 당장 동생을 데리고 나올 형편도 되지 못했어요.

» 기분이 처참했겠네요.

죄를 지은 기분이었죠. 내가 책임지지 못할 일을 벌여서 그 뒷 감당을 혜정이 진다는 생각……. 문제 제기한 나 때문에 내가 보지 못하는 데서 혜정을 복수의 대상으로 삼는 건 아닐까 괴로웠죠.

» 그때 동생을 데리고 나와야겠다고 생각했나요?

인권 단체 '장애와인권발바닥행동' 활동가의 말이 결정적이었어요. 동생이 있던 시설 문제로 만났을 때인데, 갑자기 제게 동생은 자립 준비를 하지 않느냐고 묻더라고요. 저는 당연하다는 듯이 안 한다고 답했죠. 내 동생은 장애가 심해서 못한다고요. 그랬더니 그가 어이없다는 듯이 '자립할 수 없는 장애인은 없다'고 하는 거예요. 저는 속으로 '뭣도 모르면서 마구 말하네. 내 동생이랑 살아봤나. 내 동생을 세상에서 제일 잘 알고 제일 사랑하는 사람은 나인데. 이론만 갖고 얘기하네.' 했죠. 그게 느껴졌는지 그가 다시 말했죠. '생각을 시설에서 시작하면 시설로 돌아갈 수밖에 없지만, 생각의 시작을 동생의 삶에 두면 달라진다'고요. 수치심이 확 밀려왔어요. 나는 그간 이중 잣대를 갖고 살아왔던 거죠. 나와 동생은 다른 인간이라고, 동생은 장애가 있고 나는 장애가 없으니까, 동생이 시설에 사는 게 당연하다고. 그때부터 동생을 시설 밖으로 데리고 나오는 데 인생을 걸기로 결심했죠.

그의 다큐멘터리가 이런 고백의 내레이션으로 시작한 게 그 때문이었다. '만약 누군가 열세 살의 나에게 이렇게 말한다면 나는 어떤 기분이었을까? 너는 이제 가족들과 떨어져서 외딴 산꼭대기의 건물에서 지금까지한 번도 본 적 없는 사람들과 평생을 살아야 해. 그게 네 가족들의 생각이고 너에게 거절할 권리는 없어. 이게 다 네가 장애를 가지고 태어났기 때문이야.'

보는 이를 역지사지의 상황으로 이끄는 이 도입은, 자신의 경험에서 비롯된 거였다.

열세 살의 동생처럼 시설에 보내졌다면……

» '탈시설'에 준비가 필요했을 텐데, 어떻게 했나요?

일단 돈을 벌어놔야 했죠. 그리고 공부해야 했어요. 혜정이 정확히 어떤 상태인지, 우리 사회에 장애인지원제도는 뭐가 있는지, 또 혜정을 돌보는 데 나를 도울 수 있는 사람은 누군지. 우선 닥치는 대로 일을 했어요. 영상을 만들 줄 아는 재주가 도움이 됐죠. 소셜미디어 시대와 맞물려서 수요가 많아졌거든요. 하면 할수록 일이 계속 들어오는 상황이었죠. 또 장애에 관한 책을 찾아보고 인터넷을 검색하고 사람들을 만나고 다녔죠.

» 동생 혜정 씨도 준비를 해야 했겠죠?

네, 그리고 하나 더, 아버지를 설득하는 일도요. 아버지에게 슬

'만약 누군가 열세 살의 나에게 이렇게
말한다면 나는 어떤 기분이었을까?
너는 이제 가족들과 떨어져서 외딴
산꼭대기의 건물에서 지금까지 한 번도
본 적 없는 사람들과 평생을 살아야 해.
그게 네 가족들의 생각이고 너에게
거절할 권리는 없어. 이게 다 네가 장애를
가지고 태어났기 때문이야.'

쩍 말을 꺼냈는데, 처음에는 강하게 반대를 하셨죠. '혜정이는 내가 책임져야 할 내 딸이다. 형제인 네가 대신 감당하는 건 옳지 않다. 그리고 혜정이는 이미 17년을 시설에서 살아 거기가 집이라고 생각할 거다. 네 마음대로 데리고 나오겠다는 것 역시 폭력적인 생각일 수 있다.' 혜정의 의사는 저 역시도 중요하다고 생각했어요. 그래서 며칠씩 혜정을 데리고 나와 지내기도 하고 여행도 다니면서 1년 동안 꼬셨죠. (웃음)

〉 어떻게요?

혜정이 좋아할만한 일들을 했죠. 시설 밖에 좋아하는 게 많이 있어야 나오고 싶은 생각이 들 테니까. 오래 떨어져 살았으니 언니를 낯설어하지 않고 편안하게 느끼게 하는 것도 중요했고요.

〉 시설에서 나오고 싶어 한다는 걸 확실하게 느낀 일이 있었나요?

표정을 보면 알아요. 같이 지내는 시간이 길면 길수록 확신이 생겼죠. 한 번 자유를 맛본 사람이 그 이전으로 갈 수 없듯. 초반에는 며칠 나와 있으면 언제 돌아가냐고 묻던 혜정이 몇 개월 지나고는 기간이 길어져도 그런 얘기를 하는 횟수가 줄었죠. 또 공유하는 경험이 많아지니, 우리만의 대화를 할 수 있게 됐어요. 그렇게 1년을 공들인 구애 작전의 클라이맥스가 드디어 왔죠.

반짝이는 그의 눈빛이 듣는 이의 기대를 증폭시켰다.

» 뭔가요?

디즈니랜드요! 혜정이 〈토이 스토리〉와 〈인어공주〉를 굉장히 좋아했거든요. 일본 도쿄의 디즈니랜드에 '인어공주'의 세트와 에릭 왕자 코스프레가 있어요. '토이 스토리' 퍼레이드도 하고요. '왜 이제 왔을까' 싶을 정도로 좋아하더라고요. 다녀온 뒤에 처음으로 혜정이 저한테 먼저 전화를 했어요. 많게는 하루에 14, 15통씩. 가슴이 정말 두근두근했죠. 그 무렵 혜정한테 '언니랑 살래?'라고 물으니 너무 쉽게 '그래!'라고 대답하더라고요. 그런데 그 뒤에 '그럼 다른 시설로 가는 거야?'라고 묻는 거예요. 보여줘야 알 테니까 함께 살 집을 보러 다녔죠. 그리고 혜정이 '여기서 살래!' 하는 집을 택했고, 이사를 했죠. 그게 다큐멘터리의 시작이에요.

» 17년 만에 다시 함께 살게 됐죠. 어린 시절 동생은 어떤 존재였나요?

저의 전부였죠. 저의 세상을 지배하는 사람. 공장에 다니던 아버지는 돈을 버느라 늘 바빴고, 전생의 업보로 딸이 그렇게 됐다고 믿던 어머니는 기적으로 동생을 치료하겠다면서 종교(불교) 활동에 열심이었어요. 큰언니와 달리 저는 막내를 돌보는 착한 둘째 언니의 역할을 충실히 수행했죠. 게다가 저는 엄마를 너무 사랑하는 꼬맹이였기 때문에 엄마를 도와야 한다고 생각했어요. 장혜영이 아니라 '혜정의 언니'로 산 거죠.

어땠기에 '나의 전부'라는 표현을 할 수 있을까. 그저 동생을 사랑하는 마음만으로 그렇게 생각할 수 있을까. 그것은 맹목의 사랑, 부모의 심정이 아닐까.

» 혜정의 언니로서 삶이란 뭐였나요?
예를 들면, 장래 희망을 쓰면 추호의 망설임도 없이 '정신과 의사'. 왜냐면 동생을 낫게 해주고 싶어서. 학교 끝나고 친구들이 놀자고 해도 당연히 '안 돼!' 했고요. 동생을 돌봐야 하니까. 세상을 바라보는 관점은 늘 동생이었죠.

» 늘 함께했던 동생을 시설에 보냈을 때도 충격이었겠네요?
우리 집보다 더 전문적으로 잘 돌봐줄 수 있는 곳으로 가게 됐다는 부모님의 통보였죠. 엄청 울었어요. 악몽도 많이 꿨죠. 시설에서 동생이 (말을 하지 않고) 웅얼거린다고 괴롭히는 꿈이요. 나는 어렸을 때부터 같이 있어서 다 알아 듣는데, 그러니 내가 동생을 더 잘 돌볼 수 있는데…….

인터뷰를 하다 보면 하기 어렵지만 반드시 해야 하는 질문이 있다. 그에게는 어머니 얘기였다.

» 이 질문을 해도 될지 모르겠어요. 어머니는 왜 집을 나간 건가요?

제 생일이 얼마 남지 않은 때였어요. 학교에 있는데 엄마가 삐삐에 음성 메시지를 남겼죠. '엄마 이제 집에 안 돌아가.' 그걸 듣는데…… 이해가 되더라고요. 어린 제 눈에도 많이 힘든 게 보였으니까. 이러다 엄마가 무너지면 어쩌나 싶었거든요. 나중에 생각해보니 혜정을 시설에 보낼 때 엄마는 이미 집을 나가려고 준비를 한 거였죠.

» 엄마한테 당장 달려갔을 것 같은데요?

근데……, 그때 '엄마도 이제 자유를 찾을 때가 됐지' 하는 생각이 드는 거예요.

어떻게 그렇게 어른스러운 생각을 할 수가 있나.

» 가서 붙잡지 않았어요?

엄마에게 전화를 해서 나도 데리고 가면 안 되냐고 했죠. 안 된대요. 그 말에 더 이상 어쩌지를 못했어요. 그때 저는 제가 어른이라고 생각했거든요.

우는 그를 보면서 눈물을 꾹 참았다.

» 동생과 다시 함께 살아보니 어땠나요?

흠…! 안다고 생각하는 것만큼 독이 되는 게 없다고 느꼈어요.
(웃음) 이사한 집에서 처음 자고 일어났는데, 막막하더라고요.
아침밥 먼저 해야 하나, 아니면 씻는 것부터 해야 하나? 우리
는 그런 일상생활을 하나하나 '발명'해 나가야 했죠.

» 다큐멘터리를 보면 친구들이 시간을 나눠서 동생을 돌보는 장면
이 나오던데요.

장애인의 탈시설은 집으로 다시 돌아온다는 의미가 아니라
'한 시민으로서 사회에 돌아오는 것'이라고 생각하는 게 중요
해요. 가족이 장애인의 돌봄을 온전히 부과당하는 게 아니라
사회 구성원이 부담을 나눠야죠. 저 역시 그런 관점에서 생활
을 짜려고 노력했어요. 그런데 공적인 서비스는 당장 받을 수
있는 게 없었어요. 그래서 신뢰할 수 있는 주변의 동료, 친구들
에게 저의 계획을 알리고 도울 수 있는 사람을 모았죠. 마치 제
가 '장혜정의 자립 생활 주택 매니저'가 된 것처럼요.

» 다큐멘터리에 평범한 일상이 나오는데, 독특하게 느껴졌어요.

대개 장애인이 등장하는 서사는 '함께 살기 너무 어려운 사람'
이라는 프레임을 강조하죠. 읍소하지 않으면 받아들여지지 않

는 존재, '그런 안타까운 존재이니 제발 답을 주세요' 하는 식이죠. 그런데 장애인과 함께 생활하는 건 무슨 대단한 이타심이 필요한 일이 아니라 단지 생활양식을 조금만 바꾸면 가능하다는 걸 알리고 싶었어요. 사실 이건 노후 보장 보험이기도 해요.

» 무슨 뜻이죠?

제가 주위에 혜정을 함께 돌볼 수 있는지 의사를 물으면서 이기심으로 하라고 했거든요. 무슨 말이냐면, 혜정처럼 생산에 기여하지 않는 사람도 인간적인 존엄을 보장받으며 살 수 있는 사회가 된다면 너 역시 언젠가 노인이 됐을 때 잘 살 수 있지 않겠느냐, 그러니 미래에 언젠가 연약해질 너도 잘 살 수 있는 사회를 만드는 일종의 보험이라고요. (웃음)

다큐멘터리에서 그의 친구들은 혜정 씨와 산책을 하기도 하고 혜정 씨에게 노래를 가르치기도 한다. 마치 '돌봄 공동체'처럼. 사회가 이 같은 돌봄 시스템을 만들어야 한다는 의미다.

'장애인' 설명 없이 유튜브에 여행 영상 올렸더니

» 유튜브에 동생과 보낸 일상을 영상으로 찍어 올리기도 했죠?

유튜브 콘텐츠에서 중요한 건 아이덴티티(identity, 정체성)와 퍼스널리티(personality, 개성)예요. 장애 인권 얘기를 다루고 싶었지만 어떻게 해야 할까 싶어 미루다가, 동생과 일본 여행 다녀온 게 계기가 됐어요. 처음에는 별생각 없이 여행을 쭉 영상으로 찍었는데 다녀와서 보니 '이거다' 싶더라고요. 그 영상에는 내 동생이 장애가 있다거나 하는 설명이 전혀 없어요. 그저 자매가 여행한 영상이었죠. 이걸 유튜브에 올리면 어떨까 했어요. 장애인이 등장하는 영상에는 늘 장애인이란 꼬리표를 붙이잖아요. 비장애인의 영상을 디폴트(default, 기본)라고 생각하니까.

» 유튜브 반응이 어땠나요?

장애인이 여행하는 영상을 처음 봤다는 반응, 이런 걸 낯설게 느끼는 나 자신을 반성한다는 댓글, 장애인인지 몰랐다는 의견도 있었고요. 그때 알았어요. 일상의 순간에 장애인이 들어가는 순간 (장애인의) 부재를 환기시킨다는 걸. 무엇보다 그때 동생이 카메라에 찍히는 걸 좋아한다는 사실을 알았어요. 그렇다면 다큐멘터리도 찍어보자고 결심했죠.

다큐멘터리 제작비는 크라우드 펀딩으로 모았다. 1249명이 종잣돈을 보탰다.

» 제목을 왜 '어른이 되면'이라고 지었어요?

어렸을 때부터 엄마뿐 아니라 많은 사람들이 늘 혜정한테는 '어른이 되면'이라는 단서를 붙였어요. 혜정한테 뭘 하면 안 된다고 할 때마다요. 나중에는 혜정이 혼자서 '어른이 되면 할 수 있어'라고 중얼거리곤 하더라고요, 얼마나 많이 들었으면. 발달 장애인한테는 그런 영원한 미성숙의 저주가 있는 거죠. 이미 서른이 되어 어른이 되고도 남을 만큼 시간이 흘렀는데. 그간 혜정한테 무수히 '어른이 되면'이라고 말했던 사람들이 이걸 보고 뜨끔하면 좋겠어요. 장애인 영화라고 하면 보통 성장기라고 생각하는데, 이건 전혀 그런 얘기가 아니거든요. 그걸 역설적으로 제목에 담은 거죠. 장애인을 누가 어른으로 만들지 않고 있는지 생각해보기를 바라요.

나 역시 뜨끔했다. 나도 지금까지 자연스럽게 그렇게 여겨온 건 아닌가.

» 언제까지 동생과 살 수 있을까요?

모르죠, 뭐. (웃음) 평생 같이 살 수도 있고 혜정이 '도저히 언니와 함께 못 살겠어'라고 생각하면 독립할 것이고. 그런데 저는 동생을 워낙 좋아하니까 제가 먼저 나가라고는 못할 거 같아요. 제 목표는 제가 빨리 죽어도 동생이 아무런 문제없이 살아갈 수 있는 사회를 만드는 거예요. 24시간 활동 지원 서비스 제도만 자리를 잡아도 가능하죠.

» 관객의 반응은 어떤가요?

장애인 영화인데 밝다는 반응이 있어서 좋았고요. 또 어떻게 제도가 개선돼야 할지 의견을 묻는 분들도 많고요. 100년 전 조선은 독립을 마치 꿈처럼 생각했겠죠. 그렇지만 독립을 꿈꾸는 독립투사들이 있었으니 마침내 우리가 독립을 누리게 됐어요. 그런 걸 생각하면 장애가 있다는 이유만으로 가족과 떨어져서 자기가 전혀 선택하지 않은 삶을 살아야 하는 일이 없어지는 사회도 가능하지 않겠어요? 시간은 걸리지만 바뀔 거라고 생각해요.

» 유튜브 방송이나 다큐멘터리도 그래서 만든 거겠지요?

명확해요. 공적인 서사지요.

» 개인 장혜영의 삶은요?

저도 한때는 '혜정의 언니'와 '장혜영'이 분리될 거라 생각했어요. 그러니 (혜정의 언니로 사는 동안) 개인 장혜영은 어딘가에 넣어두자고. 그런데 동생과 함께 사는 저는 그 어느 때보다 저답더라고요. 그전이 오히려 저의 신념과 행동이 일치하지 않아 괴로운 삶이었죠. 모든 인간은 평등하다고 말하면서도, 나 개인은 장애인 삶과 비장애인 삶은 별개라고 생각했던 거죠. 대학 자퇴 후 2년간 떠돌 때 그래서 저 스스로를 위선자라고 여겼어요. 그렇게 동생이 소중한 존재라고 믿으면서 몸은 프랑스에서 친구들과 술 마시며 놀고 있으니까. 아무리 대단한 일을 해도 마음속에선 마구 바람이 불었죠. 지금의 삶은 내 것이 아니라는 생각 때문에. 그래서 지금 힘은 들지라도 잘 지내고 있어요. 힘들지 않은 삶이 없잖아요?

» 스스로 '생각 많은 둘째 언니'라고 하죠? 유튜브 활동할 때 이름도 그렇고요.
혜정의 둘째 언니라는 게 저의 가장 중요한 정체성이더라고요. 그리고 혜정의 둘째 언니로 살아간다는 건 정말 생각을 많이 해야 하는 일이기도 하고요.

» 생각 많은 둘째 언니, 장혜영이 늘 마음에 품고 있는 건 뭔가요?
호기심을 잃지 않는 것. 내가 납득할 답을 얻기 전에는 계속 질문인 상태로 남겨두는 거죠. 각자 삶을 살아내는 방법이 있을 테니까. 그 각자 삶의 답이 다르다고 생각하면 서로의 생각을 확인하고 합의점을 찾아나가면 되니까. 그렇게 생각하면 조급하지가 않아요.

» 동생의 문제도 연장선이겠죠?
그렇죠. 보통 사람들은 학습의 결과로 '장애인을 차별하면 안 돼'라고 생각은 하지만, '왜?'라고 되물었을 때 의외로 답하지 못하는 경우가 많아요. 심지어 불쌍하니까 차별하면 안 된다고 생각하는 사람도 많죠. 그건 내가 누리는 권리가 인간이기 때문에 누리는 천부인권이 아니라 운이 좋아 누린다는 걸 인정하는 것이나 마찬가지예요.

맞다. 우리는 아마 대부분 그렇게 생각할 거다. '장애인으로 태어나지 않아 정말 행운이다.' 그렇게 생각하도록 만드는 사회에 희망이 있을까. 이제야 알았다. 그의 다큐멘터리가 질문의 연속인 이유를. 그 무수한 질문 중 하나라도 답을 진지하게 생각해보기를 바라는 의도였다. 왜 지금까지 살면서 스티커 사진을 찍는 장애인을 한 번도 보지 못했는가. 왜 시상식에서 흥에 겨워 무대로 나가 가수와 함께 춤을 추는 장애인을 보지 못했는가. 왜 장애인은 시설에 있는 게 당연하다고 생각했는가. 장애인 차별이 부당하다고만 생각했지, 왜 차별하지 않을 기회를 충분히 갖지 못했는가. 동생과 함께 사는 일상을 담은 지극히 평범한 이 다큐멘터리가 낯선 이유다.

김인선,
남편과 이혼하고
여자와 사는 언니

"나는 후회하지 않아요.
지금 행복하니까!"

김인선

독일에 사는 60대의 레즈비언 언니가 한국의 성소수자를 위해 인생을 공개
했다. 결혼을 했던 언니는 동성에게서 확신의 감정을 느꼈고 이혼을 결행했
다. 가장 중요한 것은 나 자신이라는 진리를 알고 있었기 때문이다. 신학으로
석사 학위를 받은 언니는 '동성애 퇴치'를 외치는 한국의 보수 개신교 목사들
에게 이렇게 외친다. "하나님이 과연 동성애자는 사랑하지 않고, 이성애자만
사랑하시는 분일까요?" 언니는 목사 대신 호스피스가 되어 이민자들의 마지
막을 지키고 있다. '오늘을 행복하게 살아야 내일 죽어도 미련이 없다'는 언
니는 우리가 오늘을 어떻게 살아야 하는지를 조언한다.

돌이켜보면 인생에서 딱 두 사람이었다. 있는 그대로 자신을 인정해주고 사랑해준 이가.

태생이 혹독했다. 부인이 따로 있는 남자의 아이였다. 어머니는 그를 가졌을 때 떼어내려 부단히 애를 썼다. 찬 개울물에 몸서리가 쳐질 때까지 몸을 담갔는데도 떨어지지 않고 태어났다. '인테리'였던 어머니 인생의 혹 같았을까. "꼴도 보기 싫어.", "제 아빠처럼 어쩜 저렇게 고집이 세.", "(아빠를 닮아) 못 생겼어." 밀쳐내는 어머니 대신 그를 껴안은 건 외할머니였다. 지금도 생각하면 마음 저 아랫목이 뜨끈해져오는 기억. 그가 밤새 공부를 하고 있노라면 옆에 앉아 연필을 깎으며 자리를 지키던 외할머니. 어쩌면 사는 이유였을 외할머니는 그가 열다섯 살에 세상을 떴다. 그는 생각했다. '세상이 끝났구나.'

그로부터 23년 뒤 독일에서 만난 옆지기를 보면 이런 생각이 든다. '외할머니가 보내준 사람일까.' 어떻든 우연은 아니라는 생각이 드는 것이다. 굳이 표현하자면 운명적인 사랑이다.

어머니조차 나의 존재 자체부터 거부했으니, 나를 있는 그대로 봐주고 인정해줄 사람이 필요했던 건지도 모르지요.

이혼까지 감행할만한 확신의 감정이었다.

그 30년 동반자가 그와 같은 성별인 여성이라는 건 중요하지 않다. 하지만 현실은 다르다. 서울퀴어문화축제 20주년을 맞아 올해(2019년) 6월 1일 서울광장 주변에서 열린 '서울퀴어퍼레이드'에 참석한 그를 한국은 떠들썩하게 반겼다. 보수 개신교 목사들은 도로 하나를 사이에 두고 '동성애 퇴치, 깨끗한 한국'을 외쳤다.

하나님이 과연 동성애자는 사랑하지 않고, 이성애자만 사랑하시는 분일까요? 예수님이 만약 오셨다면 어떻게 하셨을까요? 내 생각에는 우리(퀴어)와 함께 행진하셨을 것 같은데!

신학을 공부한 그는 그래서 이번 축제에 다양한 성별을 상징하는 무지개 무늬 십자가를 만들어 들고 나갔다.

4월 30일 한국에 들어와 두 달간 한국에 머문 그를 만났다. 그는 한국에서 산 것보다 독일에서 산 기간이 배 이상 많다. 스물둘에 독일로 가 벌써 47년이 됐다.

세상은 주로 그의 성 정체성에 주목하지만, 실은 그는 독일에서 호스피스 자원봉사 단체를 만들어 일한 지 15년이 됐다. 다른 나라에서 이주해 온 이들의 죽음을 지키는 일이다. 수없는 생의 종말을 목도한 그는 '오늘을 행복하게 살아야 내일 죽어도 미련이 없다'고 말했다. 쳇바퀴 돌 듯 노동의 계획에 짜 맞춰진 삶에선 기대하기 힘든 일일 거다. 그를 넉 달째 쫓으며 촬영하고 있는 다큐멘터리 감독이 인터뷰에 동행했다.

'무지개 십자가' 들고 퀴어 퍼레이드

» 나이를 물어도 되나요?

하나님이 과연 동성애자는
사랑하지 않고, 이성애자만
사랑하시는 분일까요?
예수님이 만약 오셨다면
어떻게 하셨을까요?
내 생각에는 우리(퀴어)와 함께
행진하셨을 것 같은데!

그냥 (이름 옆에) 괄호 열고 퀘스천 마크(물음표)를 찍으면 어때요? 하하하.

» 독일에선 나이 질문 받는 일이 별로 없죠?

맞아요. 나이가 뭐 중요해. 물어보는 사람도 없고요! 하하.

» 다른 기사를 보니 1950년생이라고 돼 있더라고요?

맞아요.

마주한 지 몇 분 안 됐는데 호탕한 웃음이 연이어 터져 나왔다. 입을 크게 열고 웃는 모습이 보는 이를 시원하게 한다.

» 이번 20주년 퀴어축제 어땠나요?

내내 분위기가 아주 좋았어요. 한채윤(축제 기획단장) 씨가 이렇게 지속적으로 행사를 해낸 게 정말 대단해요. 퀴어축제에 거의 매년 왔는데, 그간은 공식적으로 초청받고 온 건 아니었어요. 호스피스학회에 오거나 한국에 다니러 온 김에 들른 거였죠. 지난해 인천디아스포라영화제에 참석했을 때 내가 성 소수자란 걸 밝혔거든요. 그 뒤에 한채윤 씨가 공식 초청을 했죠.

» 이번에도 개신교 단체들이 퀴어축제를 노골적으로 혐오하는 집회를 했죠?

맞아요. 내가 온 이유는 성 정체성 때문에 고통받는 젊은 사람들을 돕고 연대할 수 있는 방법을 찾아보기 위해서죠. 그런데 교회 목사들이 그렇게 반대한다고 해서 대체 이유가 뭔지 얘기라도 해보려고 했는데, 그건 안 됐고요. 보니까 치료를 받아야 한다느니, 지옥에 가라느니 상식에 어긋나는 주장을 하더군요.

» 신학으로 석사 학위까지 받았고 또 개신교 신자인데, 그들의 주장을 어떻게 생각하세요?

내가 공부한 하나님은 그렇지 않은 분이죠. 사람이 다른 사람을 정죄할 수는 없어요. 근본적인 기독 정신과 맞지 않아요. 각자 살아가는 태도나 방법이 다르다고 모욕을 할 수 있나요? 그건 그 사람의 삶이에요. 신앙은 나와 하나님과의 관계죠. 왜 목사가 야단인가요? 자기 믿음이나 좀 검토해봤으면 좋겠어요.

» 독일에선 동성애자들을 어떻게 대하나요?

(성 정체성을) 물어보는 사람은 없어요. 수현이와 함께 산 지 30년이니 알 사람은 다 알겠죠. 베를린에 사는데 한인 교회도 함께 다니거든요. 그런데 한인 교회에서도 (성 정체성은) 터부 테마(금기)예요. 실례라고 생각해서일 수도 있고요. 그런데 한국와서 언론에 제 얘기가 나오고 하니까 벌써 한인 교회 분위기

가 싸늘하다는데요? 하하.

나는 어머니 인생의 혹이었을까?

» 고향이 경남 마산이죠?

국민학교(현 초등학교)도 마산에서 나오고 중학교도 마여중(마산여중) 들어갔죠. 2학년 때 서울로 왔어요. 서울에서 고등학교 졸업하고, 혼자서 고생 많이 하다가 독일로 갔죠.

그는 태어나서부터 독일로 가기 전까지 우여곡절을 '고생 많이 하다가' 란 말로 압축해 말했다. 그 고생이 궁금했다.

» 외할머니 밑에서 자랐다고 들었어요.

갓난이를 외할머니가 받아서 키우셨죠. 아버지에겐 본처가 있었어요. 본처한테 낳은 아들이 셋, 그리고 바람을 피워 생긴 다른 자식들이 많았죠. 제가 그 집에 갔을 때 보니, 본처 아들 셋 말고도 자식이 일곱이 있었던가 그래요. 완전 고아원 같았죠. 거기다 저까지 왔으니, 맨날 큰엄마와 아버지가 싸웠죠. 할아버지, 할머니가 살아 있을 때는 많던 재산도 아버지가 노름을 해서 다 팔아먹었고요. 그러니 제가 그 집에 잘 있을 수 있었겠어요?

» 어머니는요?

아마 어머니는 지금처럼 인공유산을 할 수 있으면 그렇게 했을 거예요. 그런데 그 시절에는 그럴 수가 없으니 찬물에 몇 시간씩 들어가 앉아 있었대요. 그런데도 제가 안 떨어진 거죠. 어쩔 수 없이 낳고 나서 외할머니가 일본에 사는 외삼촌한테 가서 공부를 하라고 해서 바로 건너갔다가 내가 여덟 살 때쯤 돌아왔어요. 보자마자 엄마는 '어서 지 아빠한테 보내라'고 난리고, 외할머니는 '어떻게 키운 내 새끼인데 보내냐'고 하고. 어머니가 신新마산의 아버지 집으로 보내면, 외할머니가 보고 싶어 서너 시간 거리 구舊마산의 외가까지 걸어오곤 했어요. 어머니가 또 가라고 하면 외할머니와 껴안고 울다가 다시 가고. 그걸 수없이 했죠.

» 어머니는 왜 그랬을까요?

순진한 때 아버지 만나서 (실수로) 나를 낳았다고 생각했던 것 같아요. 내가 엄마한테 혹이었던 거죠. 제가 또 아버지를 많이 닮았대요. 저를 보면 자기를 그렇게 만든 남자가 생각나니까 싫었던 건지.

» 그 시절에 어머니가 일본으로 유학을 갈 정도면 외가도 유복했나 봐요?

맞아요. 거기다 우리 어머니는 뭐랄까 '인테리' 같았어요. 하

하. 외국어도 몇 개 국어를 했고요. 그러니 나만 없으면 완전한 자기의 삶을 살았을 테니 내가 미운 거죠. 같은 여자 입장에서 보면 이해가 전혀 안 되는 것도 아닌데, 어머니와 딸 사이잖아요. 나는 상처를 많이 받았어요. 보기만 하면 나한테 안 좋은 얘기만 했죠. 사랑은 한 번도 보이지 않았어요.

» 어린 시절에는 힘들었겠네요?

굉장히 힘들었죠. 그러니 그게 어떻게 나타나느냐면, 학교에 가면 선생들 늘 골탕을 먹이는 거죠. 문제아였어요. 하하. 부모님 모시고 오라고 그러면 외할머니가 가니까, 선생이 '이 집은 엄마 없어요?' 그랬죠. 엄마는 절대 안 갔어요. 딸이 없다고 생각하고 사는 거 같았죠.

나를 살린 외할머니가 돌아가시니 세상도 끝나

» 외할머니에게는 엄마한테 못 받은 사랑을 다 받았나요?

많이 받았죠. 완전히 핏덩이를 받아서 키우셨으니까. 밤에 공부를 하고 있으면 안 주무시고 옆에서 연필을 깎아줄 정도로, 나한테라면 모든 정성을 다 쏟았어요. 외할머니가 엄마한테 늘 그랬죠. '인선이는 내가 키울 테니 걱정하지 말고 일이나 하라'고.

그는 생각났다는 듯 아버지와의 일화를 꺼냈다.

그 집 오빠(본처의 아들)가 대학에 들어가서 서울에서 자취를 했어요. 그러니까 우리 아버지가 나한테 편지를 보내서 뭐라고 했느냐면 가서 오빠 밥도 해주고 빨래도 해주라는 거예요. 내가 답장을 이렇게 썼죠. 아버지라고도 안 불렀어요. '당신 한 사람 때문에 얼마나 많은 자식들이 불행해지는 줄 아느냐. 아이만 세상에 태어나게 해놓고 책임도 안 지면서. 오빠는 무슨 오빠냐. 왜 내가 밥해주고 빨래를 해주느냐. 다시는 편지하지 마라.' 아버지 돌아가시고 나서 들어보니 그때 며칠을 그 편지 붙들고 울었다고 하더군요. '당돌한 년'이라고 하면서. 하하.

그런데 더 재미있는 건 어머니의 반응이다.

그 얘기를 듣고는 엄마가 막 야단을 치는 거예요. '그래도 아버지인데!'라면서.

» 편지 쓸 때가 몇 살이었나요?
중2 때였어요. 얼마나 속이 시원했는지 몰라요.

» 어머니한테 받은 상처가 치유가 되던가요?
어머니가 돌아가실 때까지 아무리 이해하려고 해도 안 되더라고요. 나에 대한 증오가 왜 그렇게 컸는지. 지금이라면 이해를 할 수 있을 것 같기도 하고.

» 어머니한테 받지 못한 사랑을 준 외할머니가 돌아가셨을 때 어땠나요?

열다섯 살 때였어요. 할머니가 많이 편찮으셨는데, 내가 다 수발을 했죠. 엄마는 얼씬도 안 하다 어느 날 와서는 가서 영화를 보고 오라더군요. 처음 있는 일이었어요. 그런데 다녀오니까 할머니가 돌아가신 거예요. 가시는 모습을 보이고 싶지 않아서 그러신 건지, 왜인지 이유는 모르겠어요. 외할머니가 돌아가시고 나서 '세상이 끝났구나', '고생길이 열렸구나' 생각했죠.

» 외할머니에게 받은 것이 뭐라고 생각하나요?

무조건적인 사랑, 조건이 없는 사랑. 그냥 우리 외할머니는 나라면 다 좋은 거야. 내가 원하면 뭐든지 해주셨어요. 그런데 지금 함께 살고 있는 친구가 그래요. 나에게 뭐든지 다 해주고, 내가 하는 건 무조건 좋아하죠. 우리 외할머니가 보냈나 할 정도예요.

» 외할머니가 돌아가신 이후에는 어떻게 살았나요?

어머니는 교사 생활을 했는데 그때 인천으로 파견을 나와 있던 계부를 만났죠. 그때 어머니가 계부와 결혼하고 독일로 떠났어요. 어머니는 세계를 돌아다니면서 (교사로) 사셨죠.

뜻하지 않게 독일로

» 그때 어머니를 따라 독일로 간 건가요?

아니에요. 그래서 한국의 이모들이 엄마한테 인선이는 어떻게 하느냐고, 혼자 잘살겠다고 가버리면 어떻게 하느냐고 계속 편지를 했죠. 그러니 엄마가 '니가 원하면 독일로 와. 내가 간호 학생으로 초청해줄게.' 한 거죠. 나는 간호 학생으로는 안 간다고 하니 엄마가 '주제에 이거저거 가리고 있어. 어쨌거나 와.' 해서 간 거예요. 가보니 어머니는 이미 아프리카로 떠났고, 수녀님들이 저를 맞이하더라고요. 엄마가 수녀원에 가서 저를 받아달라고 한 거예요.

» 그때 뭐가 되어야겠다 이런 생각은 없었던 건가요?

그렇죠. 어렸을 때도 그랬고요. 그런데 수녀님들이 참 잘해주셨어요. 항상 평화로워 보였고요. 그 힘은 신앙 아니겠어요? 그래서 나도 수녀가 되고 싶다고 말했죠. 그러니까 원장 수녀님이 그러시더군요. '수녀원은 인생의 도피처가 아니야.'

땅은 낯설지, 말도 통하지 않지, 막막했다. 다시 한국으로 돌아가고 싶었지만, 어머니는 '벌어서 가라'고 했다. 그러니 일을 해야 했다. 음식점에서 서빙을 하고, 수녀원의 허드렛일을 도왔다. 스물둘에 왔는데 3년 반이 그렇게 훌쩍 지났다. 그렇게 번 돈으로 겨우 돌아온 한국은 예전의 한국이 아니었다. 그가 달라진 거였다. 그때 그는 결심했다. '나는 여기서 못 살아. 여기서 살면 뻔해.' 전근대적이고 가부장적인 그 시절 한국 사회에서 혼외자의 인생은 험난하기 십상이었다.

» 다시 독일로 갔나요?

마음을 잡고 다시 독일로 갔죠. 수녀원의 원장님을 찾아갔어요. 이제부터 공부를 하겠다고. 그랬더니 기다렸다고 하시더군요. 그때 간호 공부를 해서 간호사로 쭉 살았죠.

» 결혼도 했었죠?

본에 있다가 쾰른으로 가서 한인 교회를 다녔어요. 거기서 (전남편을) 만났죠. 그 사람은 두 번째 결혼이었어요. 아들이 하나 있었지만, 수입도 괜찮았고 책임감도 있어 보였죠. 이 남자라면 무난하게 살겠다 싶어서 결혼을 했어요. 그때 나는 공부를 하고 싶었는데 남편이 그럼 공부를 하라고 밀어주기도 했고요. 독일은 학제가 한국과 달라서 다시 야간 고등학교를 다니면서 대학 입학 학력을 따서 대학(훔볼트대학) 신학부에 들어갔죠.

꽃으로 다가온 이수현

한인 교회에서 지금 함께 사는 이수현 씨를 만났다. 교회 세미나를 갔을 때였다. 수현 씨가 언덕 비탈에 핀 꽃을 꺾어 그에게 내밀었다. 1년쯤 뒤 다시 만나게 됐다. 그때 첫 입맞춤을 했다. 수현 씨에게서 전복의 감정을 느꼈다. 지금까지 알았던 사랑을 뒤바꿔놓은 거다.

» 전 남편과 결혼할 때는 사랑해서 한 건 아니었나요?

사람이 그리고 조건이 좋았죠. 결혼 전에도 여러 번 남자들과 교제도 했어요. 내가 여자를 좋아할 수 있다는 건 상상을 못했어요. 그런데 이 친구를 만나면서 완전히 바뀐 거죠. 이혼해야겠다고 생각했어요.

» 안주하는 삶을 살 수도 있었을 텐데요. 그걸 버릴 정도로 확신이 있었나요?

어느 쪽이 나한테 유리하고 안정적인가는 중요하지 않았어요. 내 존재의 이유, 내가 행복한가, 내가 나한테 충실한가가 중요하죠. 돈을 몇 억 원 갖고 있다 하더라도 내일 사고로 죽을 수도 있는 거예요. 나는 애초부터 나한테 가장 중요한 사람은 나 자신이고 내가 다른 사람을 위해서 뭘 하기 전에 내가 이걸 진심으로 하고 싶은지에 따라 결정해왔어요. 남편하고 살면 평범했겠지만, 수현이한테 느낀 감정이 너무 절박했어요. 첫 키스를 하는 순간 '내 운명이 바뀌는구나' 하는 느낌을 받았죠.

» 신학을 공부할 때잖아요. 고민은 없었나요?

그래서 그때 평소 따르던 교수님을 찾아갔어요. 이러저러하게 돼서 목사고 공부고 다 그만둬야 할 것 같다고요. 그랬더니 그러셨죠. '자기 자신을 있는 그대로 받아들이지 못하는데 어떻게 다른 사람이 나를 받아들이겠나? 나를 먼저 있는 그대로 사랑해야 한다. 하자 없는 사람은 없다. 목사가 되든 안 되든 먼저 자신과 솔직하게 대화를 해보라.'

그에겐 아마 최초의 지지자가 아닐까. 서른넷에 결혼했던 그는 3년여 만에 이혼하고 수현 씨와 지금에 이르고 있다.

어머니도 변했다 '나도 한번 여자랑…….'

» 이혼하고 여자와 산다고 할 때 어머니 반응은 어땠나요?

어머니가 찾아왔는데, 시어머니가 왔는지 친정어머니가 왔는지 모르겠더군요. 밤새 남편과 내 흉을 보고는 나와 인연을 끊자고 하더라고요. 저도 좋다고, 언제는 크게 인연이 있었느냐고 했죠. 몇 년 뒤에 부활절 TV 프로그램에 내가 나간 적이 있어요. 어머니가 그걸 보고는 방송사에 연락처를 수소문해서 전화를 하더니 집으로 찾아왔죠. 수현이와 산다고 하니까 눈으로 확인을 해야겠다면서요. 그런데 수현이가 일주일 동안 너무 잘해준 거예요. 어머니가 가면서 그랬죠. '나도 20년 젊었으면 여자랑 한번 살아보고 싶네.' 어머니가 돌아가시기 전 6개월쯤 우리가 사는 베를린에 머물렀는데, 그때는 이렇게 말하시더군요. '나는 일생을 나를 위해 살았는데 너는 다른 사람을 위해 살려고 신학을 공부했으니까 잘 해보라'고.

» 그래도 어머니와 진정으로 화해하기는 어려웠을 것 같아요.
어머니는 자기가 져야 할 책임마저도 거부하고, 아니 그런 걸 마치 모르는 것처럼 살았으니까요. 계부한테도 처음에 저의 존재를 말하지 않았죠. 나중에 계부가 그러더군요. 처음부터 얘기했으면 양자로 들였을 거라고. 그런데 어머니는 자존심이 상해서 말하지 않았던 거죠. 저와는 사는 게 완전히 달랐어요. 받아들이기 힘들었죠.

어머니는 외할머니와 비슷한 폐 질환을 앓다가 세상을 떴다. 간호사였던 수현 씨는 어머니의 마지막 순간에도 정성을 다했다.

병상에 누워서 누군가는 대소변을 받아줘야 하는데 어머니가 저는 안 시키더라고요. 수현이가 그 수발을 다 들었어요.

어머니는 화장을 해 유골을 바다에 뿌려달라고 유언했다. 평생 그랬던 것처럼 세상 곳곳을 여행하고 싶었던 거다.

그는 2004년 수현 씨와 생명보험까지 헐어 호스피스 자원봉사 단체를 만들었다. '이종 문화 간 호스피스–동행'이다. 2010년에 그 공로를 인정받아 여성가족부와 삼성생명 공익재단이 주는 비추미여성대상 특별상과 KBS 해외동포상을 받기도 했다. 그러나 재정난에 운영이 쉽지는 않았다. 결국 파산했지만, 다행히 2014년 독일인도주의협회에서 이어받아 운영하고 있다. 이름도 '동반자'로 바뀌었다. 퇴직한 이후 그는 동반자의 슈퍼바이저(관리자)로 일한다. 호스피스는 죽음이 임박한 환자들이 편안하고도 인간답게 마지막을 맞을 수 있도록 돕는 봉사나 봉사자들을 일컫는다.

◦ 동행은 왜 만들었나요?

나도 독일에서 죽을 거 아니에요? 47년간 살면서 아무리 독일 사회에 적응을 잘했다고 하더라도 사람이 죽음 앞에 섰을 때는 한국적인 걸 그리워하지 않을까요? 어머니가 돌아가시기 전까지 적극적인 지지자였죠. 그런 분이 아닌데 말이죠. 좋은 생각이라고 흐뭇해했어요. 아마 다른 나라에서 오래 산 경험이 있지 않으면 이해하기 어려울 거예요.

동반자는 그래서 호스피스들에게 각국의 문화, 종교, 언어를 두루 교육한다.

» 신학과 호스피스 사이에 어떤 연결고리가 있었나요?

신학에서 보면 모든 생명은 존중받을 권리가 있죠. 인간에 한정하면 본인의 마지막 순간도, 원하는 대로 행복하게 결정할 수 있도록 해주는 게 신학과 일맥상통해요. 돈이 있어야 잘 죽을 수 있는 건 아니죠. 특히 독일에 사는 이주민 중에는 형편이 어려워서 호스피스를 구하지 못하는 사람들도 있어요. 그들이 삶을 잘 마감하려면 사명감이 있는 사람이 해야 하지 않을까요? 독일에서도 이종 문화 간 호스피스는 우리('동반자')밖에 없어요.

» 생의 마지막 순간에 주목하게 된 이유가 뭔가요?

끊임없이 일만 하면서 자기 자신을 정리하지 못한 채 소진하다가 어느 날 갑자기 죽어야 한다고 하면 죽지 못해요. 저축만 해놓고 제대로 써보지도 못하는 사람들도 있죠. 그러면 죽음과 싸움이 시작되는 거예요. 그러니 하루에 한 3분 정도는 내 인생이 내일 끝날 수도 있다는 생각을 하며 사는 것도 좋을 것 같아요. 그런데 대부분 죽음에 대해서 생각하고 싶지 않아 하죠. 하지만 죽는 순간은 우리가 몰라요.

끊임없이 일만 하면서 자기
자신을 정리하지 못한 채
소진하다가 어느 날 갑자기
죽어야 한다고 하면 죽지 못해요.
저축만 해놓고 제대로 써보지도
못하는 사람들도 있죠. 그러면
죽음과 싸움이 시작되는 거예요.
그러니 하루에 한 3분 정도는 내
인생이 내일 끝날 수도 있다는
생각을 하며 사는 것도 좋을 것
같아요. 그런데 대부분 죽음에
대해서 생각하고 싶지 않아 하죠.
하지만 죽는 순간은 우리가
몰라요.

» 그간 지켜본 많은 죽음 중 인상적인 기억이 있다면요?

내가 어릴 때 지냈던 수녀원의 원장님이요! 원장님이 암으로 돌아가셨는데, 항암 치료를 안 했어요. 그리곤 매일 기도하셨죠. '하나님, 오늘은 데려가주십시오.'라고. 그런데 정말 자는 듯이 돌아가셨어요. 아침에 식사 드셔야 하니까 (수녀원 내의 병원) 근무자가 방에 갔는데, 누워 계시기에 아직 주무시나 했더니 가신 거예요.

» 마음이 아팠던 죽음은요?

한국에서 온 파독 광부 출신 남성이었어요. 그런데 독일 사회에 적응을 잘 못한 거죠. 친구도 없고 독일어도 잘 배우지 못하고요. 그러니 술에 의지하게 되고, 그러다 보니 부부 싸움도 많이 하게 돼서 부인과도 사이가 그리 좋지 못했죠. 본인은 한국에 돌아가고 싶은데 부인은 또 반대하고요. 그러다가 암에 걸린 거예요. 현실을 받아들이지 못하는 거죠. 저한테 3년만 살게 해달라고 지금 못 죽는다면서 매달리는데, 제가 어떻게 하겠어요. 하나님도 아니고. 할 일이 태산 같으니 놓지 못하는 거죠. 내 생에 가장 젊은 날인 오늘을 잘 사는 사람이 잘 죽을 수도 있는 거예요.

» 암 투병할 때도 생사를 진지하게 생각해봤을 것 같은데요?

10년쯤 됐어요. TV를 보는데 유방암 자가 진단법을 알려주더라고요. 그래서 따라 해보니까 뭐가 걸려요. 병원에 가보니 (종양이) 엄청 크다더군요. 당장 수술을 해야 한다고 해서 수술을 받고 항암 치료도 했죠. 머리가 다 빠지더군요. 하하. 항암 치료는 정말 힘들었어요. 그렇게 독한 줄 몰랐어요. 정말 죽을 맛이었죠. 기운이 없어서 친구가 집에 찾아왔는데도 문을 열어주지 못해서 친구가 그냥 돌아간 적도 있어요. 수술 뒤 10년 동안 거의 매년 병원에 가서 검사를 했어요. 내가 수현이한테 올해부터는 안 갈 거라고 했더니 왜 그러느냐고 해요. 제가 그랬어요. '이 나이에 재발했다고 하면 다시 수술을 하겠어, 항암 치료를 하겠어? 그러면 병원에 가나 안 가나 똑같아. 그냥 있으면 돼!'

» 호스피스 활동을 하면서 죽음을 늘 생각했을 텐데, 유언장도 혹시 미리 써두었나요?
어머니가 돌아가시고 나서 수현이하고 함께 써놨어요. 회복 불가능한 불치병이라면 불필요한 연명 치료하지 말고 유골은 바다에 뿌려달라고요.

» 그것 말고 남기는 말은요?
그건 뭐……. 하나 안 하나 소용 있나? 하하하. '잘 있어, 나는 간다!' 하는 거죠.

소진하며 살다가 죽음과 싸울 텐가?

» 죽음을 편안히 받아들이려면 어떻게 해야 할까요?

평소에 어떤 마음으로 사느냐가 중요해요. 영원히 살 것처럼 생각하면 어렵죠. 언제든 (죽을) 가능성이 있으니 오늘을 열심히 살자! 이름을 남기자가 아니라 오늘을 행복하게 살자! 그렇다면 내일 간다 해도 미련이 없을 거예요. 16시간 일하면서 6시간 겨우 자고 그렇게 다람쥐 쳇바퀴 돌듯 사는 게 사는 건가요? 그러다 죽는다고 생각해봐요. 억울해서 못 가는 거예요.

움찔했다. 쳇바퀴에 있는 것 같아서.

» 인터뷰로 기꺼이 자신의 얘기를 하는 이유가 궁금해요.

재작년까지만 해도 나는 호스피스로서 한국에 왔어요. 그런데 작년 디아스포라영화제에 갔을 때 성 소수자들과 얘기를 나누는 시간에 젊은 사람들을 보니 본인의 고민을 얘기할 데가 없어 갑갑해하는 것 같았어요. 교회에서 말하는 것처럼 동성애가 죄인가 하는 생각도 할 테고 말이죠. 수현이와 함께 거기서 커밍아웃을 했어요. 누군가는 앞에 나서서 '죄가 아니다. 하나님은 누구나 다 사랑하신다. 그러니 당당하라.'고 말해야 할 것 같았죠. 그게 나와 수현이가 해야 할 몫이 아닌가 생각해요. 나이가 들어가면서 '뭐 어때. 알려서 젊은 사람들에게 힘을 주고 도움이 된다면 못할 것도 없지.' 하는 용기가 생긴 거죠. 한국은 특히 기성세대가 많이 바뀌어야 하거든요. 인간이 인간을 사랑하는 데 제3자가 윤리적 잣대를 들이대면서 이래라저래라 하는 건 말이 안 돼요.

들어보니 쉽지 않은 인생길이었는데, 그는 참 쉽게 말했다. 그렇게 명쾌하게 살 수 있었던 비결은 이것일 테다.

가장 중요한 사람은 나예요. 내가 존재하지 않으면 다 끝나요. 돈도, 명예도 다 소용없는 거죠. 나는 후회하지 않아요. 지금 행복하니까!

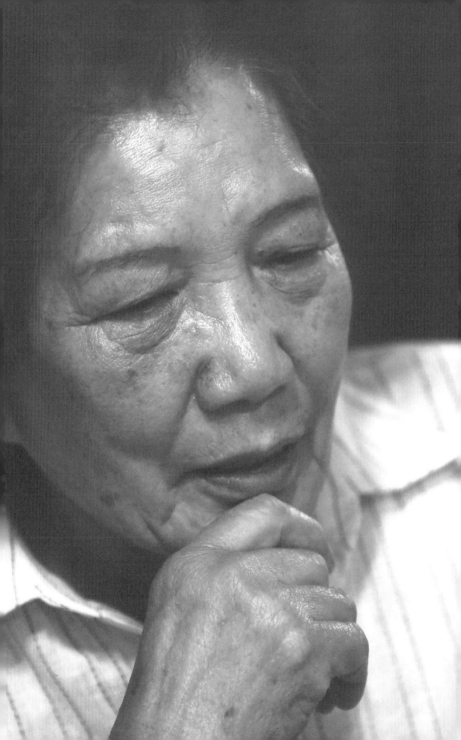

배은심,
거리의 어머니가 된
언니

"아들 눈에 보이든 않든
엄마가 아들 욕을 먹이면 안 되는 것이지."

배은심

"경험도 참 지랄 같은 경험을 쌓고 살고 있지만, 힘내서 우리 애기들 모습 잊지 말고 사십시다. 나도 우리 한열이 모습 안 잊을라고 대중들 속으로 들어간 거예요." 열사의 어머니 배은심. 세월호 유족 앞에서 큰언니가 한 이 연설은 듣는 이들의 가슴을 울렸다. 경험에서 나온 진짜 연설이어서다. 자식들 낳아 잘 키우는 낙에 살았던 언니의 삶은 1987년 시위에 나섰던 아들 이한열 열사가 경찰의 최루탄에 맞아 쓰러지면서 송두리째 달라졌다. 거리의 어머니가 된 거다. 아들을 보내는 장례식, '나도 한마디 해야겠다'고 자처해 연단에서 했던 약속을 지키며 살고 있는 거다. 언니가 말 못하는 사람 편에 서서 살기로 한 이유, 무서울 것 없이 아스팔트에 설 수 있는 까닭이 여기 있다.

'우리 한(열)이가 왜 저(기에) 가 있으까……. 왜 저 속에 가(서) 들어 있으까잉. 후……, 우리 한이 진짜 죽었으까.' 내가 지금 도 그런 멍청한 소리를 해싸. '죽는 게 뭔데?' 이러고 혼자 물어 봐. 우리 한이가 그러면 진짜로 죽었나. (영정 사진 쳐다보며) 내 가 너를 진짜 낳았냐. 얼마나 답답허냐. 아이고 답답해. 진짜 답답한 세상이여. 아무 말도 못 허고 죽어버리니, (너는) 좋기는 헌가 모르겠다만은.

어머니가 앉은 자리는 알고 보니 아들에게로 가 닿을 수 있는 곳이었다. 시선은 종종 기자의 어깨를 훌쩍 넘어 아들의 사진으로 헤엄쳐갔다. 어머니에게는 갓 성인이 된 21살에 멈춰 있는, 그래서 아직도 '애기'라 부르는 고 이한열 열사다.

듣기로는 세계적으로도 이렇게 집(서울 종로구 창신동 '한울삶')에 열사들 사진이 (100장 가까이) 주욱 배치된 경우는 없다는 거여. 여기 있는 이 사람들 사진이 한 장씩 있으면 사람들이 벨로(별로) 관심을 안 두겠지만은, 모아놓으면 알지. 이렇게 많은 사람들이 희생당한 줄을. (19)70년 (분신한 노동 열사) 전태일부터 (19)97년까지 열사들 영정이 있어. 그 이후 노동자, 농민의 죽음은 미처 우리가 다 흡수를 못 허고. 전두환·노태우·김영삼(정부)까지 그 정권에서 희생된 사람들 영정 사진은 여기 있는 거여. 그런 일(사망)이 벌어졌을 때는 많은 사람들이 알지만, 시간이 지나면 다 남의 일이라 잊어버려. 이 사람들이 이렇게 다 보고 있는데 어떻게 여기서 헛짓거리를 허겄어. 어쩔 때는 눈들이 막 나를 따라와. 글서 '나 좀 따라오지 마라'고 할 때도 있지.

세상이 모두 아들을 잊어도 결코 잊을 수 없는 단 한 사람, 어머니 배은심 씨다.

한열이가 간 지 30년이 넘었다고……? 그러네……, 꼽아보니까 낳아 기른 (21년) 시간보다 더 갔네. 내가 마흔아홉에 (한열이가) 그렇게 됐응게. 한열이가 86학번이여.

옆에서 카메라를 들고 있던 사진기자가 "저도 86학번이에요"라고 말한다. 그 말에 어머니의 입가가 누그러진다. 순간, 마치 다시 살아 돌아온 아들을 보는듯한 미소가 스쳤다.

어여, 86학번? 지금 쉰셋이네. (모습이) 저만큼 됐겠어, 우리 한이도. 나는 지금도 받아들일 수가 없어. 믿기지가 않아…… 광주 집에서 이렇게 (밖을) 내다보면 '엄마!' 하고 올 거 같고. 그러니 내가 이렇게 정신이 없이 살고 있어.

어머니를 만난 건 2018년 8월 초, 박종철 열사(1987년 경찰의 고문치사 사건 희생자)의 부친 고 박정기 선생의 장례를 치르고 올라온 지 이틀째 되는 날이었다. 거리의 '가족'이자 '동지'였던 박 선생의 입관까지 지켜보며 어머니는 안녕을 고했다.

글쎄, (한열이를) 다시 만날 수 있을까? 나 그것이 참말로 숙제여. 종철 아버지가 (하늘나라) 가서 (아들) 만났으면 만났다고 나헌티 얘기 좀 해주므는 좋을 틴디……. 그런 능력이 있으신가, 없으신가. 우리 (전태일 열사 모친) 이소선 어머니도 (작고 후에 와서) 그 소리 않거든. 맨날 (생전에) '아멘, 아멘' 하던데, (아들) 만났으면 만났다고 얘기 좀 해줄 것 아니여. 천당이 정말 있으까, 그럼 나도 만날 수 있을까. (아들 사진 보며) 나를 만나면 저 애가 좋아할까.

(한열이) 이름을 나는 '한아, 한아' 이렇게 불렀어. 제 동생은 훈열이라 '훈아' 이렇게 부르고. 한열韓烈이라는 이름은 지 아버지랑 백부님이 함께 지었을 거여. 어렸을 때는 집에서 '상호'라고 부르고 살았어. 출생신고 할 때 한열이라고 했지. 항렬을 따라 지으면서 없는(흔치 않은) 이름 찾아 한열이라고 한 거여.

한열이란 이름이 (뜻이) 강하지. (한열이가 생전에) 글 써놓은 걸 보면, 자기 이름 '열' 자가 김주열 열사(1960년 3·15마산의거에서 경찰에 의해 사망·유기당한 희생자)의 '열' 자 같다고 했더라고. 한열이가 대학교 1학년 때인가 봐. 같이 외갓집에 가는 버스를 탔는데 갑자기 '엄마, 내 이름을 한번 바꿔볼까?' 그러는 거야. 글서 '왜 이름을 바꿔?' 했더니, 지 이름이 어렵다는 거예요. '한아, 이름을 바꿀라믄 힘들어. 법원에 가서 뭣도 해야 허고, 뭣도 해야 허고……. 쉽게 안 돼. 왜 그러는데?'라고 하니까, '내 이름을 사람들이 잘 못 외지 않을까? 쉬운 이름으로 (다시) 짓고 싶어' 하더라고.

그러구선 말았는디, 그러고 얼마 안 돼서 사고가 났어. 연세대에 가니까 대자보에 한열이는 없고 '혁'이라는 이름이 붙어 있드랑께. 이것이 지가 말한 그 쉬운 이름이었으까. 운동권은 가명을 쓰니까, 혁이라고 한 거야. 지금 생각해보믄 누군가가 이름이 세다고 했을 때 바꿔줄 것을……. 그랬으면 이런 일이 없지 않았으까. 지금도 그게 항시 마음에 새겨져 있는 거여.

어머니의 눈가에는 세월을 따라 눈물의 계곡이 패였다. 고 이한열 열사의 생일은 8월 29일이다. 어머니는 산고가 어제인 듯 생생하다.

양력으로 8월 29일이 (한열이) 출생 날이지. 그때 큰애(맏누나)가 (초등학교) 3학년이었는데, 여름방학 끝나고 개학 날이었어. 화순(군) 능주(면) 집에서 낳았지. 암만! 기억이 나지. 누나가 셋이거든. 근데, 태몽에 여자아이가 나와서 나는 한열이도 딸인 줄 알았어. 그 집 마당에 샘(우물)이 있었거든. 꿈에 그 위로 무지개가 뜨더니 그네를 타고 아이가 내려오는 거야. 보니까 여자아이여. 그래서 딸인 줄 알았는디, 낳아서 보니까 고추가 달려서 걱정이 순식간에 싹 달아났어. 이런 이야기를 하면 젊은 사람들이 '미개인인 갑다' 하겠지만은 '넷째도 딸이면 어쩌지?' 그때는 걱정을 한 거예요.

(한열이는) 착했어……. 좋은 아들이었어요. 속 썩인 것도 없고……. 내 자랑거리였어요. 그 정도로 무난히 잘 커줬어요. 우리는 종교도 없고, 가족끼리 그저 서로 믿는 걸로 (의지하고) 살았어요. 한열이 밑으로 세 살 차이 나는 막내까지 2남 3녀. 나름대로는 잘 살았어요.

어머니가 이 넷째 아들을 얼마나 아꼈는지 알 수 있는 일화가 있다.

애들이 학교에 맨날 뭔가는 빠쳐(빠뜨려) 놓고 다닌단 말새(말이야). 수업에 필요한 거 뭐 놓고 갔다는 거지. 그럼 거리가 먼디, 내가 택시를 타고 갖다 주러 가. 가믄 나는 그렇게 웃어싸. 선생님도 보고, 아들도 보고 그러니까 좋은 거여, 그게. 또 우리 이한열이는 맨날 실장하고 있으니까. 가서 보믄 키가 이렇게 커가지고 이쁘지. 내 평생에 그때가 최고로 좋았어. 아무 걱정이 없었지.

고등학교 때 한열이가 학교 끝나고 올 때마다 내가 마중을 갔어요. 집 근처에 광주(지방)법원이 있었는데, 스쿨버스를 거기서 내렸어. 밤 11시면 하차를 하니까 10시쯤 되면 내가 집을 나서요. 가는 길이 머니까 무서워서 뒤도 못 돌아보고 가도, 아들 만나러 갖게 좋았지. 그놈 생각하고 부지런히 가는 거여. 지금 생각하면 그때가 참 좋았드만. 가믄서 빵 하나 사고 우유도 하나 사고 그것 든 까만 (비닐)봉지를 달랑달랑 들고 가서 한이 만나면 먹으라고 줬지. 한번은 만나서 돌아오는디 한이가 그래. '엄마, 요즘 가정 실태 조사를 하는데, 슬픈 사람이 너무 많애.' 왜 그러냐니까, '엄마가 없는 친구도 있고, 아빠가 없는 애도 있고, 슬픈 사람이 많애.' 하는 거여. 그럼서 '엄마, 나는 그런 게(슬픈 사정이) 없어서 좋아.' 하드라고. 그래서 내가 '아이고, 그런 소리 하지 마라. 무섭다.' 했는데, 2년 뒤에 저러고 돼버렸다잉…….

어머니는 영정 속 아들을 바라봤다. 남의 불행에서 자신의 행복을 찾는 것이 죄스러울 만큼 착하고 순한 어머니였다. 그런 어머니에게서 나고 자란 아들 역시 마음이 깊고 낙천적이었다.

한이가 고3 때 서울대학교 경영대 시험을 봤는데 떨어져버렸거든. 그간 어려움 없이 잘 컸으니, 세상맛을 모르잖애. 그래서 내가 한열이 보고 그랬어요. '떨어졌다고 섭섭허게 생각하지 말고 1년 더 세상을 배와바(배워봐). 그런 의미에서 재수하는 거는 긍정적으로 받아들이고 열심히 해.' 그러니까 한열이도 '엄마, 내 생각도 그래'라더라고.
연세대에 들어가서는 (서울 구로구) 개봉동에 집을 얻어놓고 지 셋째 누나랑 살았어요. 누나가 영어교육과를 나와서 인천

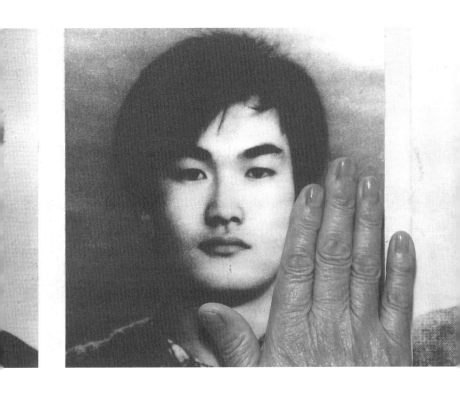

으로 발령을 받았거든. 거기가 (연세대와 인천의) 중간이래. 근디 지 누나가 나헌티 그러는 거여. '엄마, 암만 해도 한열이 옷에서 최루탄 냄새가 나싸.' 그거를 알고 내가 맨날 한열이한테 전화를 하는 거여. 하지 마란다고 잖겠어? 그러니까 '한아, 비리를 보고도 가만히 있으면 못쓰고. (학생) 운동도 할 줄 알아야지. 근디 뒤에서 해라, 뒤에서. 앞에 가지 말고 뒤에서 해.'라고 했다고. 아침마다 전화를 하니까, 하루는 한이가 이래요. '엄마 아들을 왜 못 믿냐'고. '(엄마 말대로) 뒤에서 한다고 했는데, 왜 아침마다 전화하느냐'고. 그러면서 승질을 내는 거지. 하이고…… 근디……, 딱 사건이 나고 보니까 젤 앞에 가 서 있던 거여, 애가…….

어머니의 입에서 깊은 한숨이 새어 나왔다.

하루는 내가 개봉동 집에 가서 한열이랑, 지 누나랑 새벽 2시까지 이야기를 하는 도중에 그런 적이 있어요. '왜 공부를 않고 그런 거(학생운동)를 하냐'고, '내일 엄마랑 같이 집에 가자'고. 그러니까 이한열이 뭐라고 하냐면, '엄마, 나 약속이 돼 있어. 나는 그 약속을 안 지키면 위선자가 돼.' 이렇게 나오는 거야. 나도 승질을 내면서 '엄마 말은 말이 아니고 느그 동료들 약속만 약속이냐?' 이랬지. 그래도 자기는 못 간대. 그러다 아침 8시쯤 되니까 가방에다 책을 죄 넣어 갖고는 '엄마, 가요' 하더라고. '곰곰 생각해보니까 안 가면 안 되겠어. 엄마 말을 안 들으면 안 되겠어.'라는 거여. 같이 버스를 타고 내려오는디, 지금도 (고속도로) 휴게소 가면 파는 그 뭐이냐……. 왜 오뎅(어묵)국. 그것을 두 개를 사서 하나는 아들 주고 하나는 내가 먹는데, 가만히 보니까 한열이가 맛있게 먹는 거여. 그걸 보니 내가 내 거를 다 먹을 수가 없잖애. '한아, 이거 더 먹어' 하니까 한이가 두 그릇을 다 먹으브렀다. 그게 그렇게 이뻐 갖고 속으로 내가 '아이고, 잘 먹네' 했던 기억이 나. 그러니 내가 지금도 휴게소 가면 그 오뎅국을 못 사 먹는다. 그걸 사 먹을 수가 없는 거여. 눈에 (예전에 잘 먹던 한열이 모습이) 다 보이니까. (광주) 집에 가서 '한아, 왜 못 온다고 해놓고 왔어?' 그러니까 '지금 엄마 말 안 들으면 안 될 거 같아서 왔어' 그러는 거여. 그 소리에 '이놈이 그래도 엄마 말 거역을 안 하네' 해서 또 이쁜 거여.

그때가 1987년 4월, 이 열사가 변을 당하기 두 달 전이었다.

그러고선 어머니날(지금의 어버이날)이 돌아왔다, 인자. 한이가 매년 카네이션을 줬거든. 재수할 때도. 그때는 인자 2학년 땐디 기다려도 편지도 없고 전화도 없고……. 그러니 밤쯤 되니까 내가 안절부절못해. '이놈 자식이 이제 다 컸다고 엄마도 잊고 아빠도 잊고 집도 다 잊어브렀나?' 이튿날 아침 10시쯤 되니까 (우편)배달부가 뭘 던져놓고 가. 보니까 편지야. '엄마, 올해 어머니날은 바빠서 못 해드렸지만, 내년에는 내가 카네이션 갖다 달아드릴게'라고. 그게 좋아서, 직장 가 있는 지 아버지한테 전화까지 해서 '아들이 이렇게 편지에 써 놨고만. 역시 아들이 내 활력소고만.' 하고 자랑을 했어. 그게 잊어지믄 좋은데 엊그저께 같아. 왜 못 잊으까 몰라…….

아들의 육필 편지는 이한열기념관에 가 있지만, 모든 글자 하나하나는 어머니 마음에 각인돼 있다.

(마지막으로 본 건) 그해 6월 6일이여. 5일 아침에 인자 누나들허고 같이 집에 내려왔어. 연휴였나 그래요. 와선 방에 꼬불치고 (틀어박혀서) 누웠는 거여. 지는 그때도 뭔가를 알았는가 어쨌는가는 모르것어. 지 누나가 자꾸 옷에서 최루탄 냄새가 난다고 해쌌으니까, 내가 종강하자마자 집으로 빨리 오라고 (당부를) 했단 말예요. 한이가 7일 저녁에 7시쯤 올라갔는데, 내 기억에 그때도 해가 있었나 봐. 밝았어. 내가 '잘 가' 하니까, 문을 다시 열드만 손을 막 흔들면서 '엄마, 종강하면 빨리 오께' 그려서, 내가 '응, 빨리 와' 했지. 그러곤 9일에 그렇게 돼버린 거여…….

어머니는 아들이 잘못된 데 자신의 책임은 없는지, 지금도 매일 반성문을 쓴다.

우연이었나, 아니면 내가 뭘 잘못했나⋯⋯. 그 (학생)운동을 한다고 했을 때, 학교에 보내지 말고 집에다 가둬놨어야 했나⋯⋯.

도저히 믿을 수 없는 소식을 들었던 그 순간 기억도 또렷하다.

큰애가 교편을 잡아서 그 애 딸(손녀)을 내가 키워줬어요. 그날 (6월 9일) 낮잠을 자는디 한 오후 5시경이었나. 잠을 푹 잔 게 아니라 가윗잠을 잤어요. 자고 있는데 누군가 막 나한테 고함을 지르는 거 같애. 아무리 눈을 뜨려고 해도 안 떠지더라고. 여잔디, '왜 잠을 자고 있어!'라는 거여. 그 소리를 듣고는 눈을 바딱 떠서 보니까 한 (오후) 5시 반쯤 됐더라고. 좀 있으니까 전화가 오는 거야. 한열이가 위급허다고. 위독허다는 건지, 위급허다는 건지 그때는 뭔 소린지 모르는 거지. 병원에 가니까 진짜 우리 한열이더라고. 정신이 있고 없고가 문제가 아니고, 하늘이 무너진 거여. 세상이 변해버린 거여. 암것도 안 보이는 거여.

그해 여름을 뜨겁게 달궜던 '한열이를 살려내라'는 구호를 처음 들은 것도 병원에서였다.

그때 병원에서 내려다보믄 재활 병동 환자랑 가족이 보였어요. 그걸 보면서 '우리 한열이도 의식만 돌아오면 내가 저렇게

(휠체어를) 밀고 다니게 돼도 그렇게 평생 살아야 되겠다' 각오를 했어요. '의식만 돌아와라. 평생 나랑 살자'고……. 근디 그것이 안 되드만……. 어쨌거나 일어나서 나랑 같이 살 수 있기를 원했지. 그러니 (한열이를 살려내라) 구호고 뭐고 들리지도 않았지. 아니 왜 '살려내라'고 하냐, 아직 안 죽었는데.

그러나 아들은, 황망하게도 가버렸다.

7월 1일 아침에 깨고 보니 새벽 6시여. 꿈을 꿨는디, (한열이) 아빠가 한열이를 안고 논두렁을 가. 꽃병 하나를 들고. 내가 '우리 한이 이러면 안 된다'고 울다 일어나니까 그때인 거여. 일어나선 올 것이 왔는갑다 하고 (한열이를) 지켜보고 있으니까 밤 10시에 갑자기 중환자실서 격리실로 가는 거여. 우리 한열이 손을 막 만져보니까 힘이 하나도 없어……. 그러고 5일에 죽었으니 며칠 전부터 그게 (꿈에) 보였나 봐.
철통같이 믿던 아들이 그랬으니 인자 내 (이유를) 알아야 안 되겠어요? 49재 지내고 연세대 노천극장에서 노동자들이 집회를 할 때도 아마 7, 8월쯤 됐을 거예요. 거기를 내가 갔어. 정문부터 (백양로를 따라) 가는디, 걸어가기는 허는디 내 발이 땅에 닿아 가는지 날아가는지 모르겠는 거여. 실감이 안 나. 우리 아들이 뭣하다가 그렇게 됐을까. 그런 죽음들이 생기면 옛날에는 정부에서 사람들의 삶을 왜곡을 했어. 내가 (집회를 쫓아

다니면서) 학생들 대열 속으로 들어가서 보니까 사수대란 게 딱 있어. 사수대는 뭣을 하는 곳인고 (물어)보니까, (집회에 참여한) 애들이 못 흩어지게 좁혀주는 사람들이래. (한열이가) 제일 앞에서 그 역할을 했으니…… 엄마한테 걱정 말라고 했던 놈이. (내가) 생각하는 거지. '이놈이 엄마를 돌려(속여) 먹었네.' 왜 그랬으까잉. 거기서부터 나는 대중들하고 길에서 살았지.

어머니의 연설은 유명하다. 2017년 5·18 때 세월호 유족을 만나 어머니는 이렇게 말했다.

"여러분은 지금 3년인데요, 저는 30년이 됐습니다. 그 30년을 살다 보니까 살아나온 것도 허무허고, 왜 살고 있지 나한테 물어보고도 싶고 괴로워요. 이게 세월이 간다고 해서 뭣이 잊혀진 것도 아니고, 세월이 간다고 해서 이 생활이 없어진 것도 아닙니다. 세월에 끌려간다고 하면 맞을 거예요. 여러분들 보니까 괴롭습니다. 안 당해보면 모른다고 했죠잉. 예전에 누가 그러대요. 죽어 잇는 이한열이가 불쌍한 것이 아니고, 그 세상을 짊어지고 살아갈 에미가 불쌍하다고. 죽은 사람은 아무것도 모른다고. 와서 불러도 말도 없어요. (중략) 우리 세월호 가족, 미수습자 가족들 보면서 가슴이 찢어져요. (중략) 미우나 고우나 좋으나 나쁘나 우리는 노란 옷 가족이 돼부렀네요. 가족들의 힘으로 이 나라가 좀 밝아질 수 있도록, 많은 사람들 앞에서 이끌어 나가는 게 경험입디다. 경험도 참 지랄 같은 경험을 쌓고 살고 있지만 힘내시고 우리 애기들 모습 잊지 마시고요. 나도 그 모습 안 잊을라고 대중들 속으로 들어간 거예요. 내가 가며는 이한

"경험도 참 지랄 같은 경험을 쌓고 살고 있지만
힘내시고 우리 애기들 모습 잊지 마시고요.
나도 그 모습 안 잊을라고 대중들 속으로
들어간 거예요. 내가 가며는 이한열이 어머니
왔다고 하니까요. 그거 간직하려고 30년 동안
대중 속에서 살았습니다. 여러분 너무 마음
아프지마는 간직하면서 애기 얼굴 그려가면서
사십시다잉."

열이 어머니 왔다고 하니까요. 그거 간직하려고 30년 동안 대중 속에서 살았습니다. 여러분 너무 마음 아프지마는 간직하면서 애기 얼굴 그려가면서 사십시다잉.”

왜 이렇게 가슴을 울리나 생각해보니, '진짜'라서 그렇다. 원고도 없고 매끄럽지도 않지만 한숨 소리마저 감동을 주는 이유다.

(연설은 이한열 열사) 발인할 때가 처음이었어요. 그때 (유족 인사는) 식순에도 없더라고. 자기들 할 말만 다 허고 나서 이제 곧 끝나겠더라고. 가만히 생각해보니까 승질이 나. (손을 드는 모양을 하면서) 그려서 '나도 한 말씀 드릴란다' 했지. 사람들이 깜짝 놀랬지. 내가 '이놈들, 살인마'라고 욕헌 것이 거기서부터 시작인 거여. 그것도 안 허고 새끼를 보내버리면 이 애미 애비는 뭣이냐……, 멍청이가 돼버리는 거지. 우리 아들이 삶을 다 못 살았잖아요. 하고 싶은 거 다 못했잖아요. 그때 내가 그랬어. '한열아, 니가 못했던 거 엄마가 죽을 때까지 할란다. 뭣인지는 몰라도 니가 못 다한 거 엄마가 열심히 할란다.' 수많은 사람들 앞에 서서 그때 약속을 한 거여.

어머니는 그날로부터 거리의 어머니가 됐다.

그 이후부터 집도 비아(비워) 놓고 서울로 갔어. 아침밥 차려 놓고 서울 가서 집에 돌아오면 어떤 때는 밤 12시도 되고, 새벽 2시도 되고. 나는 (다른) 자식들한테 미안한 거는 없어요. 내가 그랬어요. '다 갈칠 만큼 갈쳤으니(가르칠 만큼 가르쳤으니) 니들대로 잘 살아라. 이한열이는 말을 못하니까 나는 말 못하는 사람 편에 서서 살겠다.'고, '내가 (한열이와) 함께 산다'고 한 거지. 그래도 지금은 쫌 후회가 돼. 그때 (1987년에) 막내가 고3이었는데, 지도 충격이니 뭔 정신으로 공부했겠나. 막내 수발도 지 누나가 다 했고, 나는 그 이후부터 엄마 노릇, 할머니 노릇도 못해봤지. (한열이) 아버지도 5년 뒤에 돌아가셨어요. 아버지는 해마다 6월이 오면 그것이 오는 거여, 마비가. 그러다가 중풍이 돼버린 거여. 고생하시다가 돌아가셨지. 아버지는 말할 수 없이 아들을 제일 좋아한 사람이거든. 그러니 그 충격으로……. 긍께 집안이 그때부터 정신없는 집안이 되아브렀어.

어머니는 쓸쓸한 미소를 지었다. 어머니는 아직도 아들의 마지막 순간 한마디가 궁금하다.

이게 항시 마음에 남아 있는 거예요. 한열이가 (최루탄을) 딱 맞았을 때 '엄마!' 했는지, 안 했는지. (이)종창이가 (최루탄을 맞은) 한열이를 부축하고 갈 때 한열이가 '내일 시청에 가야 하는데……' 이 소리를 했다고 해. 그러믄 그것은 그 뒤니께, 직격탄을 맞는 순간에는 뭐라고 했을까. 엄마를 불렀으까……. 또 최초 쓰러졌던 사진이 있을 틴디 그 사진이 왜 안 나오까.

어딘가 그 사진이 있을 거 같은데. 그것이 항시 궁금했는데 (2017년에) 외신 기자(네이선 벤《내셔널지오그래픽》사진기자)가 그 사진을 내놓은 거 아녀. 그걸 보구서 '이 사진이다. 내가 기달렸던 게 이 사진이다. 이제 볼 거 다 봤다.' 했어. 음성은 못 들었어도 현장을 봤으니까. 어디 도망가다 스러진 게 아니고, 정문에서 (최루탄을) 맞은 게 역사적으로 증명이 된 거예요.

2017년 네이선 벤은 6월 민주항쟁 30주년을 맞아 이한열기념사업회에 최초 공개하는 현장 사진을 제공했고, 이를《한겨레》신문이 보도했다. 사진에는 이한열 열사의 피격 전후 모습이 담겼다.

꿈이 그렇게 안 꿔어. (아들) 꿈을 꾸고 싶어서 자기 전에 '오늘 저녁에는 꿈 좀 꿔봤으면 좋겠다' 하는 생각을 할 때도 많은데 이상하게 안 꿔져.

어머니는 아직도 해마다 6월이 되면 연세대에 걸리는 아들의 사진을 보고는 '왜 내 아들이 저기에 있지?' 싶다고 했다.

내가 그 뒤로 (집회) 현장에 가도, 1990년대 초까지는 '자네들 열심히 하라' 소리는 못했어. 잡혀가면 죽고 하니까. 형사들보고도 '느그도 한번 당해봐라' 소리도 못했다. 그게 얼마나 아픈 건데. 자식들 죽여놓고 미쳐서 다니는 게 얼마나 고통스러운데. 그걸 아니까 차마 그 말은 못했다. 세월이 약이라는 건 타인의 얘기지. 본인은 아니여. 해당이 안 돼. 약이 아니니까. 세월이 지나가면 갈수록 어떻게 보면 (그리움이) 더 짙어지는데. 그걸로 끝난 게 아니잖아요? 자식이란 것은 죽었다고 해서 거기서 끝난 게 아니여. 우리 애기가 살아 있으면 지금쯤은 이랬겠지, 하는 욕심을 부리는 거지. 가슴에 묻어졌냐고? 그랬는지 어쨌는지. 나는 같이 산다고, 같이 다닌다고 하고 있으니까. 나는 어디 가면 '둘이다' 하거든. 남들 보기에는 혼잔데 나는 둘이여. 그러니 무서운 것도 없고 두려운 것도 없고 둘이 다닌디 뭐가 무서워.

(2016년 말 '박근혜 탄핵 정국' 때) 촛불을 보고 얼마나 감사했는지, 얼마나 울었는 줄 아는가. (사람들이) 다 잊어버렸는 줄 알았는데 안 잊고 간직하고 있었더라고. '옛날에도 그랬으면, 최루탄이 없었으면 우리 한열이도 안 죽었을 턴디.' 또 그런 생각이 드는 거야. 근데 지금 기무사서 뭐가 나와 싸서 (계엄령 문건 보도를) 보니까 더 무서운 일이 벌어질 뻔했어.

아들의 죽음은 어머니의 생을 완전히 뒤바꿔놓았다.

뭐가 달라졌냐고……. 그것이, 참 어려운 얘기인데. '달라졌다'라고도 못하겠고, 달라진 줄도 모르겠고. 내가 좋은 게 없어. 아무리 좋은 일이 있어도 뭔가 내 마음 구석에는 보이지 않는 게 있어. 주변에서 뭔가를 만족해 하면은 안심이 되고, 불안해하면 같이 불안해지고 그러기는 헌디. 그것이 아니고 내 스스로 '아, 좋아!' 그 소리는 안 나와. 아마 나는 통일이 돼도 그럴 거여.

생의 가장 큰 기쁨이 사라진 결과다.

이런 거는 배웠지. 자기주장을 하고 권리를 찾을 줄 알고 허는 거. (권리는) 누가 갖다 주지를 않애. 그전에는 아예 모르고 살았지. 우리 애기(한열이)도 대학교 가서 비디오도 보고 유인물도 보고 하면서 멍청허니 산 게 후회가 됐든가 봐.

이 어머니의 생을 지금까지 붙든 건 무얼까.

그렇께……. 암튼 항시 내 맘에는, 내가 부자 되고 잘살고 이걸 생각한 게 아니었어. 예를 들자면, 우리 한열이 생각이 안 있었겠는가. 불의를 보면 못 스쳐가고 투쟁 현장에도 들어갔고 이런 것을 생각허는 거여. 나도 거기에 맞게 살고 싶고, 아들 눈에 보이든 않든 엄마가 아들 욕을 먹으면 안 되는 것이지. 아들이 눈에 안 보여도 나는 아들하고 같이 살기 때문에 아들의 삶을 헛되이 해서는 안 된다는 생각을 항상 마음에 갖고 있어. 바람? 내가 뭣을 바래고 사는 사람은 아니여. 그냥 살어. 뭐이 좋겠는가. 뭣이 좋은 세상인가.

그렁께……. 암튼 항시 내 맘에는,
내가 부자 되고 잘살고 이걸 생각한 게
아니었어. 예를 들자면, 우리 한열이 생각이
안 있었겠는가. 불의를 보면 못 스쳐가고
투쟁 현장에도 들어갔고 이런 것을 생각허는
거여. 나도 거기에 맞게 살고 싶고,
아들 눈에 보이든 않든 엄마가 아들 욕을
먹이면 안 되는 것이지. 아들이 눈에
안 보여도 나는 아들하고 같이 살기 때문에
아들의 삶을 헛되이 해서는 안 된다는
생각을 항상 마음에 갖고 있어. 바람?
내가 뭣을 바래고 사는 사람은 아니여.
그냥 살어. 뭐이 좋겄는가. 뭣이 좋은 세상인가.

어쩌면, 말하지 못하는 어머니의 마지막 소원은 그것. 아들을 다시 만나는 그것.

나 그것이 참…… 숙제여. 기독교 믿는 사람들이 들으믄 욕하겄다만은 천당이 있으까. 그러믄 (한열이를) 만날 수 있으까. 만나믄 저 애가 좋아하까?

그 말에 나도 모르게 '당연히 좋아하겠죠!'라는 말이 튀어나왔다. 그러자 어머니는 반문한다.

내가 혼내는데? 왜 너 먼저 갔느냐고 혼내봐야지. 엄마 먼저 가야 하는데 왜 먼저 갔냐고 혼낼 거여. 근디, 그런 얘기할 여유가 어딨겄어. 그래도 (한열이는) 능청맞어서 '엄마, 엄마' 할 거다. 만날 수 있으까? 만날 거 같으면 내가 더 열심히 살고. 할 말은 많애. 잊어버리면 큰일이다야. 그래도 만나면 좋아갖고 (혼낼 일은) 다 잊어버릴 거다야. 그챠?

상상일 뿐인데도, 어머니의 눈은 벌써 아들과의 재회에 가 있었다.
이 인터뷰에는 더 붙이고 뺄 말이 없었다. 어머니의 말은 그대로 진심의 고갱이였다. 그 자체로 역사였다. 구술을 가능한 한 그대로 살린 건 그 때문이다. 그 존엄에 감히 사족을 더할 재주가 내겐 없었다.

고민정,
첫 마음 그대로
꾸준히 지키는 언니

"나한테는 쪽팔리지 말자!
다른 사람은 몰라도 나는 아니까."

고민정

언니는 왜 잘나가는 KBS 아나운서 시절에 재벌이 아니라 가난한, 그것도 희귀병이 있는 시인과 결혼했을까. 한참 신나게 일하던 6년 차 즈음 왜 마이크 앞을 잠시 떠났을까. 정년이 보장되는 직장을 버리고 왜 대선 전 문재인 대통령의 참모가 됐을까. 모두 인생을 건 결정이었다. 돌이켜보면 그 시인과 결혼했기에 눈에 넣어도 아프지 않을 두 아이의 부모가 되어 행복하게 살 수 있었고, 훌쩍 떠났기에 마이크 앞에 선 아나운서의 책임감을 되새길 수 있었으며, 문 대통령에게 생의 핸들을 돌렸기에 청와대 대변인이 됐다. 지금이야 그렇지만, 선택할 때에는 미래가 불투명했고 속세의 기준에서는 이해가 되지 않는 결정이었다. 언니는 어떻게 첫 마음에게 의리를 지키며 살 수 있을까.

24시간이 매우 초조했다. 인터뷰 제안을 하자 그는 '하루만 생각할 시간을 달라'고 했다. '그래도 하고 싶은 마음이 있으니 고민을 하는 거겠지?', '상부에서 허락을 하지 않으면 어쩐담?', '업무가 너무 바빠서 회신 전화 주는 것조차 잊는 건 아닐까?' 온갖 생각이 머릿속을 날아다녔다. 다음 날 오후, 그는 다시 전화를 줬고 '하시죠' 했다. 그런데 일정이 문제였다. 그는 대한민국에서 가장 바쁘다고 해도 될만한 청와대에 근무하고 있으니까. 두 달 뒤로 잡았지만, 그 두 달 새 무슨 사건이 일어날지 모를 일이다. '이거 성사가 될 수 있을까?' 불안이 뭉게뭉게 피어오르려고 할 무렵 그의 한마디가 나를 다독였다.

약속은 꼭 지킵니다.

고민정 청와대 대변인은 그런 사람이었다. 인터뷰를 하기 전 그가 쓴 책들(《당신이라는 바람이 내게로 불어왔다》,《그 사람 더 사랑해서 미안해》)을 읽어 어렴풋이 어떤 사람일까 그림을 그렸다. 마주앉은 그는 예상보다 더욱 솔직하고 굳은 사람이었다. 화려한 직업인 아나운서 출신이지만 소박했고, 내뱉는 한마디에 신중을 기했다. 말로 먹고살아 왔으니 말의 무게를 아는 건 당연한 일인지 모르지만 진짜 그런 사람을 만나기는 드문 일이라 반가웠다.

살면서 해온 인생의 중요한 선택도 그를 닮았다. 새내기 때 만난 열한 살 연상의 시인 선배와 7년 열애해 잘나가던 아나운서 시절 결혼했다. 게다가 그 남자가 앓던 희귀병(강직성 척추염)까지도 그는 감당했다. 무슨 유행처럼 공중파 방송사 아나운서들이 재벌가로 시집갈 때, 그는 '아나운서, 시인과 결혼하다'라는 뉴스를 만들어냈다. 그러더니 14년 차에 공영방송이라는 안정적인 일터를 버리고 정치인의 참모가 되기로 했다.

저는 순간 '여기에 걸어야겠다' 싶으면 확 걸어요. 그러니까 남편과 결혼했죠. 문재인이라는 사람도 그가 대통령이 되든 안 되든 함께하는 게 내 생에 값진 시간이겠구나 생각해서 걸었어요. 저는 오늘만 생각해요.

그 현재의 '첫 마음'은 그를 버티게 하는 힘이다. 문재인 대통령에게로 인생을 걸게 한 것도 '(우리) 같은 과구만'이라는 한마디였다. 대선 넉 달 전에 문 대통령은 저녁식사를 함께하는 2시간 내내 '세상'에 대한 얘기만 했다. 선거에 나선 정치인이 '인재'를 영입할 때 흔히 하는 '무슨 역할을 맡아 도와달라'거나, '당신이 꼭 필요하다'거나, '이런 정치 상황에서 큰 힘이 될 것이다' 같은 말은 하지 않았다. '어떤 세상을 꿈꾸고 있나' 같은, 통상의 정치인이라면 '뜬구름 잡는다'고 했을 대화를 나눴다. 그러더니 헤어질 때 문 대통령은 허허, 웃었다. "저한테 '같은 과구만' 하시더라고요." 돌아오는 길, 남편 조기영 시인과 그는 거의 동시에 말했다. "가자!" 그렇게 그는 삶의 핸들을 '문재인'에게로 틀었다. 최순실 국정 농단으로 이미 판세가 '기울어진 운동장'이었으니 그게 무슨 모험이냐고, 안전한 선택 아니었느냐고 할 수도 있겠다. 그러나 그는 시가 돈이 되지 않는 이 나라에서 시인을 남편으로 둔 가장, 두 아이의 엄마였다. 더구나 대선 캠프는 생계를 보장해주는 곳이 아니다.

아나운서를 하면서 내일 당장 어떻게 될 지 알 수 없는 게 한국의 정치판이란 걸 너무 잘 알고 있었어요. '만약 당선되지 않아도 괜찮을까?'를 자문했고, '그래, 안 돼도 후회가 없다!'고 결심해서 인생을 걸기로 한 거죠.

삶을 바꾼 선택에 후회는 없을까.

한 번도 없어요. 그 선택들이 아니었다면, 편하게는 살지 몰라도 지금의 고민정은 없겠죠. 한 번을 살아도 멋있게 살아야지요.

'인생의 멋'을 논하는 여성이 청와대에 있다니, 다행이라는 생각이 들었다. 그를 만난 건 문 대통령의 취임 1주년 직후인 2018년 5월 13일이었다. 왼쪽 팔목에 찬 이른바 '이니 시계'는 양쪽 가죽 날개가 보기 좋게 닳아 있었다. 마치 청와대에서 보낸 시간과 고민이 응축된 흔적 같았다. 당시 부대변인이었던 그는 올해(2019년) 대변인으로 승진했다.

글 쓰는 아나운서

› 아나운서는 말을 하는 직업인데, 책을 보니 글도 담백하고 좋던데요.

글을 쓰기 시작하면서부터 말이 잘 안 나오더라고요. 하하. 말은 거름망 없이 나가면 끝이지만 원고는 퇴고를 할 수 있잖아요. 남편도 시 한 편을 1, 2년 걸려서 쓰는 사람이에요. 전업 작가들이 글 한 편을 쓰면서 고생하는 걸 옆에서 보다 보니 저도 글을 쓸 때 어떤 단어가 더 적합할까, 어떤 문장이 더 나을까 퇴고하는 게 버릇이 되더라고요.

» 글을 언제부터 쓰기 시작했어요?

한 10년 정도 됐어요.

» 계기가 있었나요?

입사 5, 6년 차쯤이었어요. 아나운서들은 슬럼프가 좀 빨리 오거든요. 소비되는 역할이다 보니까요. 5년 차쯤이 꽃피는 시기인데, 그 시기를 지나고 나서도 자기의 전문 분야를 명확하게 만들지 못하면 잊히게 돼요. 그러니 그것 때문에 스트레스가 많았던 모양이에요. 나의 길을 무엇으로 잡아야 될까, 그저 스피커로 내 목소리를 흘려보내려고 아나운서가 된 건가, 사람들한테 희망도 주고 용기도 주려고 마이크 잡은 건데 그러고 있나, 의미 없이 누가 써주는 원고만 읽는 거는 남들도 다 할 수 있는 것 아닌가, 하는 생각에 고민이 깊었죠. 거의 사춘기처럼. 그때 남편과 상의 끝에 휴직하고 중국으로 떠났어요.

» 중요한 시기인데 훌쩍 떠났네요?

그때가 방송을 가장 많이 했던 시기죠. 그런데 더 이상 아무것도 없고 아무도 알아주지 않을 때 떠나는 건 의미가 없잖아요. '나를 찾는 사람이 많을 때 놓을 줄 알아야 의미가 있다'는 걸 책에서 봐서 알고 있었죠. '정말 그럴까' 하는 의구심도 있었고요. 많이 가졌을 때 나도 한번 놓아보자, 그러면 내 그릇이 좀 더 커질 수 있지 않을까 생각했어요. 중국으로 여행을 떠났죠. 하루하루 지내다가 그냥 흘려보내기가 아까워서 사진도 찍고 그 아래 캡션처럼 짤막하게 글을 쓰기 시작했어요.

» 그게 책이 된 거군요?

처음에는 사진 캡션 같은 수준이었죠. 그런데 남편이 거기에 살을 붙여서 글을 써보라고 부추기더라고요. 그래서 그러면 한번 해볼까 해서 (첫 글을) 2박 3일 동안 썼어요. 하하. 남편에게 보여줬더니 첫째 줄부터 지적을 엄청나게 하더군요. 당시에는 충격을 받았죠. 그래서 다시는 안 쓰겠다고 절필 선언을 하고 남편과 대판 싸웠어요. 쓰랄 땐 언제고 기껏 썼더니 지적만 하니까 상처가 됐죠. 남편도 고민을 했나 보더라고요. 자신만의 문체가 있을 수 있는 거라는. 그래서 글을 쓰더라도 먼저 보이지 말라고 하더라고요. 일단 다 쓰고 퇴고할 때나 함께 보자고. 그래서 마음껏 글을 썼죠. 한 편당 6, 7번씩 퇴고를 했는데 토할 지경이더라고요. 하하. 나중에 책으로 냈는데, 출간하고

2년간은 못 볼 것 같더군요.

» 지금도 글을 쓰나요?
그럼요. 매일은 쓰지 못하지만, 그때그때 감정들을 기록해두려고 노력해요.

청와대에 근무했던 인사 둘에게서 똑같은 얘기를 듣고 놀란 적이 있다. 청와대 생활이란 게 끝도 없는 터널을 계속 걷는 느낌이라는 거다. 업무도, 스트레스도 너무 많으니 출근길에 그냥 쓰러지면 좋겠다는 생각이 들 정도로. 그는 어떨까.

» 청와대 생활이 고되지 않나요?
물론 굉장히 업무 강도가 강하죠. 초기에는 새벽 5시까지 출근했죠. 퇴근을 해도 기자들을 만나거나 해야 하고요. 그러니 가족과도 지내는 시간이 점점 줄어들었죠. 원래 한 달에 한 번은 주말여행을 갔고 평일 저녁은 늘 함께 만들어 먹었거든요. 요즘은 마치 중년 남자의 삶을 살고 있는듯해요. 하하. 그래도 정부 출범 1년 지나고부터는 일과 가정을 양립할 수 있게 근무 강도를 조절하도록 독려하는 분위기죠.

» 문 대통령과 인연은 언제 시작됐나요?

2017년 더문캠(경선 캠프) 들어갈 때요. 그전에 개인적인 인연은 없어요. 탁현민 (당시) 청와대 의전비서관실 선임행정관(현 대통령 행사기획 자문위원)을 통해서 문 대통령을 알게 됐죠. 탁 선임행정관과는 신영복 선생님의 제자라는 인연이 있고요. 2016년 여름쯤 그가 지나가는 말로 '(정치권에 가서) 해봐도 괜찮을 것 같은데'라고 한 적이 있어요. 'KBS 정상화' 때문에 고민이 많을 때였고, '내가 과연 언론 자유를 위해 할 수 있는 게 뭘까?'라는 생각에 자책하면서 무력감을 토로하니 한 말이었어요. 저는 장난으로 받아들였죠. 그런데 그해 12월에 (대선 캠프에서) 함께 일해보지 않겠느냐는 제안을 하더라고요. '쉽지 않을 테니 섣불리 결심하지 않아도 된다. (문 대통령을) 만나보고 나서 결정해도 된다. 네 삶이 더 중요한 거다.'라면서요. 혼자 벌어 세 식구를 먹여 살리는 처지라는 걸 아는 사람이니까요.

» 결정하기까지 쉽지 않았겠군요?

그럼요. 삼시 세끼를 다 먹어도 살이 빠지고, 잠을 자도 꿈속에서 그 생각을 하더라고요. 그렇게 딱 한 달을 고민한 뒤, 2017년 1월 (문재인) 후보를 만나고 결정했죠. (후보와 헤어지고) 나서면서 남편과 '가자!' 했어요.

» 문 대통령을 만난 건 그때가 처음이었나요?

네.

» 만나서 어땠기에 결심을 하게 된 건가요?

문재인이란 사람에게 굉장한 신뢰를 느꼈어요. '내가 원하던 지도자상이 이분이구나!' 하는. 제가 아나운서가 된 이유도 단순히 방송이 좋아서가 아니라, 나보다 힘든 사람에게 도움이 되고 싶어서였거든요. 비슷하게 그들의 삶이 좀 더 나아지게 하고 싶어서 누군가는 정치를 하겠지요. 그런데 아나운서가 되고 보니 원고라는 울타리를 벗어나기가 힘들었어요. 한계를 느끼던 시점이었죠. 게다가 대한민국이라는 큰 틀이 바뀌지 않고서는 내가 속한 KBS조차 바뀔 수 없겠다는 생각을 하고 있었고요. 그런데 문 후보를 만나고 나서 (KBS) 안에서 수많은 선후배들이 노력하고 있으니 나 하나 정도는 밖에서 힘을 보태면 알이 깨지고 새로운 세상을 만날 수 있지 않을까 싶더라고요. 그 좋은 직장 때려치우고 내 인생을 걸어야 하는데, 이분은 그런 세상을 만들 수 있는 지도자라는 신뢰가 생긴 거죠.

» 직접 만나본 문 대통령은 어떤 사람이었나요?

자신보다 힘든 사람들의 편에 설 수 있는 사람, 원칙을 지킬 수 있는 사람, 그런데 또 착한 사람! '착하면 바보'라잖아요. 그런데 이렇게 착한 사람이 이 나라 최고의 자리에 간다면, 내가 내 아이를 키우면서 '착하게 살라'고 가르칠 수 있겠구나 싶었어요.

» 어떤 얘기를 나눴나요?

권력이 어떻고, 자리가 어떻고 이런 얘기는 하지 않으시더라고요. 당신이 그리고자 하는 대한민국, 정의로운 대한민국, 그에 대한 열망을 많이 말씀하셨지요. 간절함이 느껴졌어요. 또 (공영방송 정상화와 관련해) 언론인들이 처한 상황, 어떤 세상을 꿈꾸는지, 왜 아나운서가 되었는지, 이런 것들을 물으신 기억이 나요. 여행 얘기, 사는 얘기 같은 것도 했고요. 그런 대화를 하면서 2시간 동안 저녁식사를 한 뒤 헤어지는데, '허허' 웃으시더니 '(나랑) 같은 과구만' 하곤 가시더라고요. (웃음)

» 그 말의 의미가 무엇일까요?

세상이나 사람에 대한 철학, 지향점이 같다고 느끼신 것 같아요. 저도 그랬거든요.

» 그래도 한 번 만나고 어떻게 인생을 걸기로 결단할 수가 있나요?

방송을 하면서 각계각층의 사람을 만나다 보니, 본능적인 감이 생긴 것 같아요. 직접 만나보면 말과 글이 다른 사람이 대부분이더라고요. 카메라에 비치는 모습과 실제 모습이 다른 거죠. 그런데 문 대통령은 그간 책이나 미디어를 통해 보면서 상상했던 그 사람이었어요. 허구가 아니고 진짜란 걸 2시간 동안 확인했죠. 1년이 훌쩍 지난 지금은 그 확인이 틀리지 않았다는 확신이 들고요. 말과 글이 일치하는 몇 안 되는 사람, 그래서 내동령은, 제게는 대통령이라기보다 닮고 싶은 스승 같은 존재예요.

» 처음에 회사를 그만두고 당시 문 후보를 돕겠다고 했을 때 부모님의 반응은 어땠나요?

우리 아버지는 장사를 하시는 분이고요, 어머니는 그런 아빠에게 잔소리를 많이 하시는 분이에요. 그런 평범한 아버지, 어머니예요. 남편과 결혼할 때도, KBS 나온다고 할 때도 부모님은 걱정하는 말은 당연히 하시지만 늘 믿어주셨어요. '너의 선택을 믿는다'는 그 말이 가장 힘이 됐어요.

» 대선이 끝나고 청와대에서 일해보자는 제안을 받았을 때는 선뜻 응했나요?

열흘간 고민했어요. 간다면 어떻게 해야 하나. 왜냐하면 제가 할 수 있는 게 결국은 말하는 거잖아요. 그런데 청와대 안에 어떤 임무, 자리가 있는지 몰랐으니까요. 대변인도, 부대변인도 뭘 하는 자리인지 구체적으로는 알지 못했으니까요. 또 진로가 완전히 바뀌는 거잖아요. 청와대에 들어가면 '정치'라는 꼬리표가 붙게 될 텐데 그게 맞는 선택인지, 내가 잘 해낼 수 있는

지도 고민이었죠. 가보지 않은 길인데다 주위에 청와대 근무해 본 사람도 없고, 그렇다고 대통령한테 물어볼 수도 없고요.

» 그런데 들어가기로 한 건 왜인가요?
본질적으로는 '할 수 없다'는 게 아니라 '내가 어떻게 잘 쓰일 수 있을 것인가' 하는 고민이었으니까요. 내가 문재인 정부를 만드는 데 함께했다면 책임도 어느 정도 지는 게 필요하다고 결론 냈죠.

그는 탁현민 자문위원을 인생의 첫 스승으로 섬긴 고 신영복 선생 덕분에 알게 됐다고 한다. 8년쯤 된 인연이다. 탁 자문위원은 정권 초 논란을 몰고 다녔다. 과거 저서에서 왜곡된 여성관을 밝힌 사실이 드러나 여성계와 정치권에서 거센 비판이 일었다. 사퇴 압박에도 문 대통령은 그를 내보내지 않았다. 은인자중隱忍自重하던 그는 남측 예술단의 평양 공연과 4·27 남북정상회담 만찬과 환송 공연 등 행사 전반의 연출을 맡아 호평을 받았다.

» 탁 선임행정관이 어려운 처지에 놓이기도 했죠?
옆에서 지켜보기가 힘들었어요. 그간 신뢰가 쌓인 관계였으니까. 언젠가 그가 그렇게 말한 적이 있어요. '나는 그동안 나 좋을 대로 살았던 사람이다. 내 위주로 생각하고, 남을 먼저 배려하는 마음도 없었다. 그런데 문재인이란 사람을 만나고 나서 저렇게 사는 것이 정말 의미가 있는 삶이라는 걸 깨달았다.' 한참 문제가 됐을 때 '왜 그런 책을 썼느냐?', '왜 그런 생각을 하고 살았느냐?' 뭐라고 하기도 많이 했어요. 하지만 그가 변한 사실도 감안을 해줘야 하는 것 아닐까, 죄를 지었더라도 교화 과정을 거쳐 다시 사회의 일원으로 발을 딛고 살 수 있도록 하자는 게 우리 사회의 합의 아닌가 하는 생각이 들더라고요. 과거의 일로 그의 현재와 미래도 평가절하 하고 예단할 수는 없는 거니까요. 지금은 자신이 스스로 과거를 깨나가는 과정이 아닐까 생각해요.

탁 자문위원은 올해 1월 청와대를 나왔다. 그 뒤 언론 인터뷰에서 '내가 쓴 책이니 비난하겠다고 하면 온전히 받아들일 수밖에 없지만, 12년 전 출간된 책의 내용'이라며 '이미 공직을 맡기 수년 전부터 여러 차례 강연·공연·트위터에서 그 책을 쓴 게 부끄럽다고 했다'고 밝혔다.

남북정상회담 때 15초 암전이 준 짜릿함

청와대에서 경험한 가장 의미 있는 행사는 지난해 판문점에서 열린 4·27 남북정상회담일 것이다. 그는 당시 만찬에서 사회를 봤다.

» 4·27 남북정상회담에서 가장 감동적이었던 순간을 꼽는다면요?

(평화의집 앞) 환송 공연 때 불을 다 끈 것이죠! 사실 조명 몇 개

는 켜놓을 줄 알았어요. 별빛 밖에 없는 곳이니까요. 불을 모두 끄니 정말 깜깜했죠. 순간 짜릿했어요. 정상 뒤로는 남측, 북측이 서로 뒤섞여 서 있었거든요. 제 옆에도 북측에서 온 여성(수행원)이 있었고요. 개구리 우는 소리가 들리더라고요. 평화로운 시골에서나 들었던 개구리 소리를 남과 북이 총부리를 겨눠온 군사분계선에서 듣다니, 남과 북이 아무것도 보이지 않는 곳에서 바로 옆에 있다니, 이런 게 서로를 믿는 거구나! 그런 짜릿함이었죠. '이런 게 통일이구나!' 싶었어요.

약 15초간의 암전. 이건 사실 사전에 알려지지 않은 깜짝 이벤트였다. 공연을 생중계로 내보내던 손석희 JTBC 앵커는 "방송 사고 아닙니다. 현장에서 불이 꺼진 거고요."라고 설명하기도 했다. 이는 공연이나 영화가 시작되기 전 통상의 소등과는 달랐다. 남과 북의 정상이 만났지만, 연내 종전 선언도 평화협정도 '약속'일 뿐이었다. 그러니 남북 정상의 경호를 담당했던 쪽에선 비상이었을지 모른다. 그래서 그날의 암전은 곧 '신뢰'였다. 그는 암전에 이은 공연 뒤 눈물이 핑 돌았다고 했다. 옆에 있던 북측 여성과 누가 먼저랄 것도 없이 껴안은 건 그도 같은 감정을 느꼈기 때문일 테다.

» 정상회담을 준비하면서 어떤 게 가장 걱정됐나요?
저는 조금도 걱정하지 않았어요. 대통령을 신뢰하기 때문에. 그간 이분이 정상들을 만나서 문제를 해결해나간 모습을 봐

왔으니까요. 물론 상대(김정은 북한 국무위원장)가 어떻게 나올지는 알 수 없는 것이니 그건 좀 우려가 됐지만요. 대통령이 늘 누구를 만나든 성심성의를 다해온 것을 봤을 때, 정상회담도 반드시 성공할 것이다, 김정은 위원장 역시 문 대통령에게 신뢰를 보낼 것이다, 그렇게 믿었어요.

» 정상회담을 가까이서 볼 수 있었는데 어느 대목에서 성공을 예감했나요?

도보다리 회담이 오랫동안 진행되는 걸 보고. (미소) 대통령의 일정을 잡을 때는 늘 대략의 시나리오를 짜요. 그러나 항상 시나리오대로 되지는 않죠. 이번 도보다리 회담을 준비하면서도 이미 협상은 실무 단위에서 상당 부분 진행했고, 두 정상은 공동성명에 도장을 찍고 발표하는 정도일 테니 그때 그리 할 얘기가 많지 않을 거라고 예상했어요. 그런데 30분 넘게 회담이 진행되는 걸 보면서 '아, 이거 진짜 뭐가 되는구나!' 싶었죠. 그때 우리(청와대 비서진)도 TV로 지켜봤는데, 훗날 교과서에 평화의 상징으로 실릴 세계사적인 장면이라는 생각을 했죠. 또 들리는 건 새소리뿐인데도 카메라에 비친 두 정상의 표정, 입모양만 보고서 모두들 해설위원이 돼서 지금 무슨 얘기를 했을 거라는 예측, 평가, 기대를 쏟아냈죠. 그 뒤 만찬장에 사회를 보러 섰는데 두 정상이 굉장히 많이 웃으시더라고요.

» 김정숙 여사의 대외 일정도 함께하면서 가까이 보셨을 텐데, 어떤 분인가요?

보이는 그대로예요. '유쾌한 정숙 씨'라는 별명대로 정말 유쾌한 분이에요. 밝고 에너지가 넘치시죠. 평창동계패럴림픽 기간에는 거의 강원도에서 살다시피 하셨어요. 저도 너무 힘들던데, 그 와중에도 에너지가 충만하시더라고요. 응원할 때도 얼마나 열과 성을 다해서 하는지요. 뭐든지 대충하는 법이 없는 분이죠. 대통령이란 자리는 스트레스도 많고, 공격도 받는 자리잖아요. 그렇게 힘들 때 누군가 에너지를 채워줘야 하는데, 그런 긍정 에너지가 남편에게 큰 힘이 되겠다는 생각이 들었어요.

가진 거라고는 세상밖에 없는 이들의 마이크

그는 산문집을 세 권 냈다. 그 책들 중 이런 대목이 눈에 들어왔다. '가진 거라곤 세상밖에 없는 이들의 마이크가 되고 싶었다.' 아나운서가 된 이유를 설명하면서였다. 정치인들도 흔히 출사표에서 이런 표현을 쓴다. 다만 당선되고 나서는 '표 있는 사람들의 마이크'가 돼서 문제일 뿐. 이미 정치권에 발을 디딘 이상 그 앞에 놓인 선택지에는 '국회의원' 같은 선출직 정치인도 있을 것이다.

» 정치할 생각이 있느냐는 질문도 많이 받지요?

최근 방송에 나갔을 때도 진행자가 물어보더라고요. (웃음)

그런데 저는 미래를 미리 따져보는 성격이 아니에요. 그렇다면 KBS를 나왔겠어요? 어떤 인간으로 살 것인지도 안갯속인데……. 하지만 무엇에 걸어야겠다 싶으면 확 걸어요. 그러니까 남편과 결혼했죠. 미래를 내다봤다면 가난한 시인과 결혼했을까요? 자신감 하나로 현재에 충실할 뿐이에요. 문재인이란 사람에게도 대통령이 되든 안 되든 그와 함께 하는 게 내 생에 값진 시간이 되겠다고 판단했으니 (인생을) 걸었지요.

≫ 아나운서가 되기로 결심한 이유도 따지고 보면 선출직 정치인이 할 수 있는 일이기도 한데요?

지금도 아나운서라는 직업을 가치 있는 일이라고 생각해요. 막상 아나운서가 된 뒤에는 공허하게 느껴진 때도 있었죠. 그들의 삶을 구체적으로 바꿀 수는 없으니까요. 그런데 지금 생각해보면, 사람을 위로하는 게 얼마나 의미 있는 일인지 알겠어요. 특히 세월호 유족을 2017년 8월 청와대로 초청했을 때 그분들이 했던 얘기가 마음에 남아요. '이렇게 쉽게 들어올 수 있는 청와대인데, 3년 넘는 시간 동안 왜 오지 못했을까?'라면서 펑펑 우시더라고요. 그런데 우리도 한 게 없거든요. 하늘나라로 간 아이들을 되살릴 수 있는 것도 아니고, 대단한 보상금을 안긴 것도 아니에요. 그저 대통령이 진심 어린 위로를 하고, 안아주고, 사과를 하고, 식사를 함께한 것뿐이죠. 그런데도 '응어리가 풀렸다'는 표현을 하시더라고요. 정치가 꼭 정책이

나 법으로 되는 것이 아니라는 걸 그때 깨달았어요.

그러면서 그는 "그렇게 '내가 사람들을 위로할 수 있는 일이 무엇일까?' 를 생각하지 '정치인이 돼 그 일을 해야겠다!'는 생각은 하지 않는다"고 말했다. 이럴 때 흔히 정치 기사에서는 '가능성을 열어뒀다', '그럴 가능성을 배제하지 않았다'고 쓴다. 계산하고 있다는 느낌을 그런 표현으로 풍기는 거다. 그런데 그의 말에선 셈이 느껴지지 않았다. 지금 그저 그렇다는 자신의 머릿속을 그런 말로 나타내고 있었다.

가진 거라고는 세상밖에 없는 이들의 마이크가 되겠다는 첫 마음은 변함이 없어요. 그 도구가 글이 될 수도, 방송이 될 수도 아니면 다른 무언가가 될 수도 있겠죠. 정치도 마찬가지예요. 지금 의지는 없지만 삶은 모르는 거니까.

첫 마음이란······

» 인생에서 했던 중요한 선택이 몇 가지 있을 텐데, 결정할 때 기준이 뭐였나요?

대학에 들어가 노래패를 택한 것, 남편과 결혼한 것, 그리고 문재인이란 사람을 만난 것이 그런 선택들이었죠. 돌이켜보면, '나를 믿어주는구나, 나의 가치를 알아봐 주는구나!' 하는 확신이 들면 고민 없이 택했어요. 그리고 그 기저에는 스스로한테 당당하고 싶은 욕심이 늘 있지요. 나한테는 쪽팔리지 말자! 다른 사람은 몰라도 나는 아니까.

» 아나운서의 삶을 버리고 정치권으로 들어왔는데, 이상과 현실 사이에 괴리를 느낀 적은 없나요?

있지요. 있지만, 대통령만 바라보고 가요. 어느 조직이든 그 정도 어려움 없는 곳이 있을까요? 그래도 이렇게 믿고 따를 수 있는 사장님(문 대통령)이 있는 회사는 처음이니까.

» 2017년 대선 전에 문 대통령을 지지한 각계 인사들의 글을 모은 책 《그래요 문재인》에 참여했죠. 거기 실린 글을 보니 '(캠프에 들어가서) 참 좋다, 재미있다, 행복하다.'는 구절이 있던데, 지금도 같은가요?

음……. 재미있느냐고 물으신다면 재미있진 않아요. 하지만 보람은 있어요. 행복한가? 행복……, 행복하니? 이건 어렵네요, 진짜 어렵다……. 자신 있게 답은 안 나오네요.

» 지금 고비를 넘고 있는 중인가요?

요즘은 '어느 자리에 있을 때 가장 행복할 수 있을까, (대선으로) 바뀐 세상에서 내가 어떻게 기여할 수 있을까?'라는 고민을 많이 해요. 답을 찾고 있는 중이죠. 어찌 보면 지금 제가 하는 일이 최선일 수도 있고요.

» 겁 없는 선택을 해오고, 그 선택을 했던 첫 마음을 끝까지 지키려고 노력해왔다는 생각이 들어요. 늘 마음속에 품고 있는 삶의 원칙이 있나요?

'말과 글이 다른 사람이 되지 말자!' 제가 가장 존경하는 분이 신영복 선생님이에요. 그분을 내 스승으로 삼자고 생각한 것도 이 때문이었어요. 직접 뵈니 책에서 쓰신 것과 실제가 일치하는 분이더라고요. 2008~2009년쯤 아는 선배를 통해 처음 뵈었거든요. 그런데 말할 때도 글이 나오는 분이더라고요. 그 뒤에 청강할 수 있는 강의는 직접 가서 듣기도 했어요. 글처럼 순수하고 맑고 강한 분이었어요. '나도 저런 사람이 되어야지!' 결심했죠. 두 번째로 본, 말과 글이 같은 이가 문재인이라는 사람이고요.

남편 조기영 시인은 어느 인터뷰에서 아내를 두고 '고민정 씨는 어떠한 어려움이 닥쳐도 처음 마음 그대로 꾸준히 지키는 사람'이라고 한 적이 있다. 이 얘기를 들려주자, 그는 쑥스러워 하면서도 '첫 마음이란, 위기가 왔을 때 나를 버티게 해주는 그 무엇'이라고 했다.

그가 아나운서 6년 차에 찾아온 슬럼프에 중국으로 훌쩍 떠나 썼던 그 책에는 이런 문장이 있다.

'하얀 도화지 같은 여백이 마음속에 있지 않으면 글이 잘 써지지도 않고, 썼다 하더라도 결국에는 지워버리게 되고 만다. 그런데 언어의 정수인 시를 쓰는 일은 오죽할까.'

정치권은 '마음의 여백'을 불허하는 영역이다. 재미있고 행복하냐고 물었을 때 그의 눈빛이 흔들렸던 게 이 때문인지도 모른다. 그래도 그는 배우고 있는 것 같았다. 앞서 나가는 게 아니라 함께 걸어가며 울어줄 수 있는 정치의 힘을, 언어의 하수종말처리장 같은 정치판에서 글만큼의 무게를 갖는 말의 정수를. 그래서 언젠가는 스스로도 기대하게 되는 날이 올 수도 있지 않을까. 가진 거라곤 세상밖에 없는 사람들의 진짜 마이크로서. 그의 말처럼 삶은 모르는 거니까.

3

진정한 행복은
내 안에 있어

"내 안의 나를 만나"

김미경,
우아한 가난을
선택한 언니

"꽃은 질 걸 뻔히 알면서도 정말 열심히 피거든요.

그것도 엄청 디테일하게."

김미경

언니는 17년간 기자로 살았다. 한국의 일간지 중 최초로 시도한 여성주의 전문지의 편집장도 지냈다. 신문사를 나와서는 또 다른 곳에서 10년을 직장인으로 살았다. 그러나 지금은 화가, 그것도 '옥상 화가'로 산다. 대청소를 하다가 문득 올라간 옥상에서 그림과 사랑에 빠졌다. 청소를 하다 말고 스케치북을 가져와 구도를 잡고 그림을 그리기 시작한 날부터 지금까지 화폭과 연애하며 산다. 사회적 자아를 버리고 우아한 가난을 택해 진정한 행복을 누리는 삶이다. 언니가 그 어떤 것에도 구속되지 않고 자유로운 이유.

그는 나의 페이스북 친구 중 하나였다. 화판과 펜, 의자를 들고 서울의 오래된 동네를 찾아다니며 그림을 그리는 모습을 중계하듯 올리곤 했다. 그림은 정밀화였다. 그런데 그림보다 그에게 매번 눈길이 꽂히곤 했다. 매우 행복해 보였기 때문이다. 게다가 그가 일간지 기자 출신이고, 알고 보니 그 일간지에서 시작했던 여성주의 전문지《허스토리Herstory》의 편집장을 지냈다는 사실을 알게 된 이후에는 관심이 더 갔다. 오래전 알았던 이름과 그의 이름이 포개어졌다.

그에게 인터뷰를 요청했을 때 그는 매우 신기해했다. '나를 왜?' 하는 느낌이랄까. 당연히 관심이 있을 수밖에 없다. 평탄하고 순탄하게 살아온 사람보다는 굽이굽이 돌고 고비를 넘어 지금에 이른 사람이 인생에서 건진 진리가 더욱 궁금하다. 제주에 동백을 그리러 그림 여행을 다녀온 뒤 그를 만나기로 했다. 그는 선뜻 자기가 사는 집과 그림 그리러 다니는 동네 곳곳으로 나를 안내했다. 그는 그림과 어떻게 해서 사랑에 빠지게 됐을까.

그저 대청소를 하던 중이었다. 20여 년 밥벌이의 묵은 때를 싹싹 벗기고 싶었을까. 유난스런 손길은 현관문을 넘었다. 살던 다세대주택의 계단까지 쓸고 닦으며 올라간 옥상, 거기에 삶이 있었다. 켜켜이 세월 쌓인 지붕의 기왓장, 빗물 막으려 덮어둔 비닐의 깊은 주름과 창문들, 그 가운데 우뚝 선 전봇대……. 그리고 저 멀리, 나이를 가늠하기도 어려운 인왕산이 그 생의 현장을 묵묵히 내려다보고 있었다.

딱 봤는데, 너~무 좋은 거예요!

'옥상의 풍경'과 사랑에 빠진 순간이었다. 청소는 그만두고 구도부터 잡았다. 그렇게 한 달을 꼬박 매달려 스스로 이름 붙인 연작의 첫째 〈서촌 옥상도 I〉을 완성했다. 2014년 초봄의 일이다. 그때부터 내 집, 네 집 가리지 않고 옥상에 올랐다. 그때마다 새로운 풍경이 보였다. 처음에는 보이지 않던 집과 집 사이 나무, 가지에 달린 푸른 잎의 다른 표정들이 눈에 들어왔다. 서울의 옛 모습을 간직한 서촌이기에 가능했다.

그 자체로 역사였어요. 과거와 현재, 미래가 한데 뒤엉켜 있었죠. 나 자신도 통인시장 근처 몇 번째 골목 어느 집에 사는 김미경이 아니라, 인왕산 자락에 사는 자연의 한 부분으로 느껴지기도 했고요. 옥상에서 내려다본 풍광은 시간과 역사, 사회, 정치, 문화 모든 것들이 압축된 이미지였어요. 그건 바로 우리의 삶이죠.

올해까지 그린 옥상도만 60여 점. 2015년 2월 첫 개인전에서 11점을 세상에 내보였다. 그렇게 '옥상 화가'로 이름을 알려 '서촌 화가', '동네 화가'로 확장했다. 그의 스케치북에도 옥상의 풍경뿐 아니라 서촌의 골목, 인왕산 자락의 진달래가 들어찼다.

김미경 작가는 1988년 《한겨레》 창간 때 합류해 2004년 퇴사하기까지 17년간 기자로 살았다. 머리와 발로 팩트를 좇는 삶과, 마음과 손으로 팩트 이상을 그리는 삶이라니. 이 이질적인 생의 교차로를 건너게 된 사연이 궁금하지 않을 수 없다. 게다가 그는 나이가 믿기지 않는 맑은 미소를 지녔다. '나 정말 행복해요!'라고 외치는 그 표정은, 기자 시절에는 분명히 없었을 테다.

미술을 전공하지도, 전문적으로 배운 적도, 그럴 생각도 없는 그는 자신 있게 '소질 있는 화가'라고 말한다. 화가의 소질은 '그림을 그리고 싶은 마음'이라고 믿어서다. 세 번째 개인전 제목처럼 '좋아서' 그림 그리는 김미경, 그는 그래서 이전보다 한껏 주름이 깊고 많아진, 그래서 넓어진 마음의 표면적으로 세상을 음미하며 산다. 4월의 봄기운이 어린 서울 종로구 수성동 계곡으로 느릿느릿 부유하듯 그가 걸어왔다. 동네가 작업실인 그는 오른쪽 어깨에 내셔널지오그래픽의 다부진 접이의자를 매고 있었다.

회사 동호회에서 그림을 만나다

» 오랜만에 미세 먼지가 걷혀서 하늘이 파랗네요.

저기 핀 꽃 좀 보세요. 여기가 이렇게 좋아요. 인왕산을 바라보면서 그리곤 했던 자리예요. 저쪽으로 조금만 더 올라가면 진달래가 피어 있는 곳도 있어요. 내가 '미경이 진달래'라고 이름 붙인 진달래도 있죠. 난 다시 태어나면 진달래가 되고 싶어!

뜻밖의 소망이었다. 나는 한 번도 꽃이 되어 보고 싶다는 생각은 못해 봤는데.

» 아니 왜요?

우스갯말로 동물적인 삶을 살았으니 식물적인 삶도 한번 살아보고 싶어서요. 하하. 진달래처럼 한자리에 피어나서 바람도 맞아보고, 뿌리도 내려보고, 꽃도 피워보고, 또 비바람이 너무 거세면 일찍 지기도 했다가 이듬해 또 피어나고……

» 꽃에서 무얼 봤기에 그런가요?

음, 인생 같아요. 꽃은 질 걸 뻔히 알면서도 정말 열심히 피거든요. 그것도 엄청 '디테일하게' 열심히 피고 져요. 우리가 다 죽을 줄 알면서도 살잖아요. 굳이 의미가 있어서가 아니듯이. 찰나로 피고 져도, 그거 자체가 의미이고 인생이라는 진리가 담겨 있는 거죠. 그래서인지 꽃을 그리고 나서 성격이 좋아졌어요. (웃음)

질 걸 알면서 정말 열심히 핀다는 것, 관찰하고 그려본 사람이 아니면 모르는 섭리다. 그는 꽃에서 인생의 진리까지 깨친 거였다.

» 옥상, 골목, 숲속……. 왜 밖에서 그림을 그리나요?

수만 가지 느낌이 있으니까요. 그게 다 그림에 들어가는 거라……. 안에서 그리는 것과 달라요. 물론 스케치해놓고 실내에서 작업할 때도 있지만, 주로 밖에서 그려요. 바람, 햇볕, 공기……이런 것들이 나를 휘감아요. 그 순간을 느끼는 게 정말 행복해요. 또 골목에는 스토리가 있어요. 동네 사람들이 그림

인생 같아요. 꽃은 질 걸 뻔히 알면서도
정말 열심히 피거든요. 그것도 엄청
'디테일하게' 열심히 피고 저요.
우리가 다 죽을 줄 알면서도 살잖아요.
굳이 의미가 있어서가 아니듯이.
찰나로 피고 저도, 그거 자체가 의미이고
인생이라는 진리가 담겨 있는 거죠.
그래서인지 꽃을 그리고 나서 성격이
좋아졌어요.

을 보면서 그래요. '어, 여기 이 집 뒤에 있는 산부인과에서 내가 첫 애를 낳았어요', '몇 살 때까지 이 골목 끝 집에 살았어요' 해요. 서촌 사람들이 아니더라도 어릴 적 동네를 그림에서 느낄 수 있어서 좋아하는 것 같아요. 나도 동네 찻집에, 식당에, 약국에 내 그림이 걸려 있는 게 좋아요. 나는 '동네 화가'니까. (웃음)

풍경에 어린 역사를 그린다는 의미였다.

» 언제부터 그림을 그렸나요?

(성폭력 가해 의혹) 사건으로 안타깝게 되긴 했지만, 박재동 화백이 《한겨레》에서 만평을 그릴 때 기자들을 모아서 그림 동호회를 했어요. 저도 활동했죠. 근데 동호회에서 내가 제일 못 그렸어요. 하하. 일주일에 한 번씩 점심에 모였는데, 50분 동안 그림을 막~ 그리고 짜장면 10분 먹고 헤어지는 식이었어요. 그것도 취재가 생기면 못 가기도 하고. 그래도 꾸준히 활동해서 매년 창간일(5월 15일) 즈음 전시회를 했지요.

그는 '진짜, 내가 제일 못 그렸다'며 방에 들어가 주섬주섬 스케치북 10여 권을 들고 나왔다. 당시 동호회 회원들의 것이었다. 드로잉 작품 같은 수준의 데생도 눈에 띄었다. 페이지를 넘기더니 그는 인물 소묘 하나를 내밀었다. "것 봐요, 맞죠?" 하며 까르르 웃었다. 과연 다른 그림들에 비해 그의 소묘는 무척 평면적이었다. 우리는 함께 웃었다.

그런데도 아무튼 열심히 했어요. 그리는 게 그렇게 좋더라고요. 속으로 나도 '그림이 왜 이렇게 좋지?' 했죠. 박 화백이 농반진반으로 그랬어요. '열심히 그리다 보면 다음 생에는 화가로 태어날 거야.' 그 얘기에 더 열심히 그렸어요. '그래, 화가로 태어나자' 하면서. 박 화백이 회사를 나가고 나서는 내가 3대 동호회장까지 했다니까요. 그런데 다음 생이 아니라 이번 생에 내가 화가가 될 줄 누가 알았겠어요? 내가 그래서 늘 자신 있게 '소질이란 그리고 싶은 마음이다!'라고 얘기하죠.

» 게다가 '전업 작가'시죠?
그거 아세요? 나 '완판 작가'란 거. 하하. 이렇게 말하면 다른 화가들이 뭐라고 할 텐데. 개인전을 세 번 했는데, 내건 그림이 거의 다 팔렸어요. 이유는? 싸서 그렇죠. (웃음) 나는 그림으로 먹고는 살아야 한다고 생각했어요. 그렇다고 누구 (돈 있는 사람의) 스폰(지원)을 받아서 그려야 하나? 그건 아니라고 봐요. 직장 관두고 한 달 최저생계비를 따져보니까 150만 원은 있어야 살겠더라고요. 그림을 팔아서 살고, 그래도 부족한 건 원고료랄지, 저작권료랄지 이런 걸로 메우고 있어요.

» 회사를 그만두고 하고 싶은 일을 택하는 게 쉽지 않은 결정인데요?

(기자 생활을 포함해) 27년을 월급으로 살았는데 당연하죠. 처음에는 월급 없이 사는 게 무시무시하더라고요. 낭떠러지에 훅 떨어지는 느낌이랄까. '그래도 이렇게 1년만 살아보자'고 마음 먹었죠. 내 식의 '우아한 가난'을 택한 거예요. 이를테면, 택시를 안 타고 부조금도 안 내고…… 그런 식으로 (씀씀이를) 줄여서 사니까 또 (생활이) 되더라고요.

김 작가는 한겨레신문사에서도 《인터넷한겨레》 뉴스부장, 여성주의 월간지 《허스토리》 편집장 등 도전적이고 모험적인 일을 했다. 《허스토리》 휴간 사태를 거치며 2004년 겨울 퇴사한 뒤, 2005년부터 2012년까지 딸이 유학 중이던 미국에서 살았다. 뉴욕에서 그가 찾은 일자리는 '한국문화원'의 리셉셔니스트(접수 담당자). 2012년 귀국해서는 시민 단체 '아름다운재단'의 사무총장을 맡았다. 2014년 2월 '밀당'을 모르는 그림과의 짝사랑에 빠져 그만두기 전까지 말이다.

미국에서 다시 그림을 만나다

» 미국에서 생활은 어땠나요?

처음에는 암울했어요. 어쨌든 '한겨레'에 피해를 입혔다는 자책감, 《허스토리》를 성공시키지 못했다는 패배감이 뒤섞여서 힘들었죠. 게다가 뉴욕에서는 '벌거숭이'가 된 기분이었어요. 기자로 살면서 특권의식 따윈 가지지 않으려고 노력했는데도,

뉴욕에 가보니까 '그래도 내가 기자로서 누린 사회적 지위가 있었구나' 하는 걸 깨달았죠. 나도 어쩔 수 없이 '어디의 누구'라는 직책이 갖는 명예나 권위라는 껍질에 싸여 살았다는 걸요. 그런데 돌이켜보면 미국 생활 7년이 없었다면 그림을 그리지 못했을 거예요.

» 왜 그렇죠?

사회적 자아가 사라지니 개인적 자아가 쑥~ 올라왔달까. 나라는 사람이 좋아하는 건 뭔가, 나는 어떤 사람인가를 적나라하게 생각하고 들여다본 시간이었어요. 게다가 내가 살았던 브루클린이 '화가의 동네'였거든요. 갤러리에다 뮤지엄 천국이니까. 맨해튼의 '모마(MOMA · 뉴욕 현대미술관)'도 수도 없이 다녔고요. 거기다 문화원에서 리셉셔니스트로 일하긴 했지만 기자 출신이니까 그림 전시 보도 자료 쓰는 일도 도왔거든요. 그때 '내가 화가라면 이렇게 할 텐데' 하는 생각을 많이 했죠. 말하자면, 그림에 확 노출돼 살았던 거예요. 그러면서 내 눈도 달라졌더라고요. 당시에는 어떤 의미인지 몰랐지만.

» 지금 생각해보면요?

모든 게 나를 화가로 만든 양분이었어요. 뉴욕에서 벌거숭이로 살았던 게 가장 강력했고, 그림을 엄청나게 많이 봤던 것, 그래서 내 눈이 달라진 것, 문화원에서 화가들의 보도 자료를 쓰면서 '내가 화가라면' 같은 생각을 했던 것…….

» 한국에 돌아와서 바로 그림을 그리기 시작했나요?

아름다운재단에서 일할 기회가 생겼죠. 그런데 계속 다니기 미안한 지경에 이르렀어요. 그림으로 머릿속이 꽉 차서. 아름다운재단 건물 옥상에 올라간 적이 있었거든요. 거기서 인왕산이 보이더라고요. 너무 흥분해서 그때 썼던 (스마트폰 기종인) '갤럭시 노트'로 그림을 그렸어요. 이름하여 '서촌옥상도 0'이 그때 갤노트에 그린 그림이에요. 그때부터 어느 정도로 그림에 빠졌냐 하면, 저녁 약속이 너무 싫을 정도였어요. '어서 퇴근하고 그림 그려야 하는데'라는 생각 때문에. 하하.

그는 또 보여줄 게 있다는 듯 말하다 말고 방에 들어가 책 크기만 한 스케치북을 들고 나왔다. 그 안에는 조바위, 스탠드, 세계여성대회 프레스카드, 문예지, 액자, 접시 같은 사물의 데생이 있었다.

그때는 화가가 될 거라고는 상상도 못했는데, 지금 떠올려보니 이런 걸 그린 적도 있더라고요. 후배가 준 노트인데, 2005년 미국으로 짐을 다 부치고 비자가 나오기 전까지 빈집에서 며칠을 마냥 기다려야 하는 시간이 있었어요. 그때 이런 걸 그렸죠. 내가 한국에 두고 가는 물건, 가지고 갈지 말지 고민되는 물건 같은 것들.

그는 어렸을 적 만화책을 보고 따라 그린 스케치까지 갖고 있었다. 우연인지 운명인지 '그림의 역사'를 고스란히 간직한 게 재미있다.

» 어렸을 때 화가가 되고 싶었던 적이 있었나요?

그림을 엄청 잘 그린 건 아니었어요. 미술 시간이 영 싫지 않은 정도였죠. 게다가 수업 시간 50분 동안 그림 그리고, 경진대회 나가도 2, 3시간 주고 그려내라고 하고……. 그런 교육 방식에서는 난 그림에 흥미를 가지기 어려운 성격이었어요. 숨어서, 조용히, 꾸준히 내 그림을 그리는 스타일이거든요. 잠재력이 뭔지 모른 채 내 몸 안에 있는 99.9퍼센트의 DNA는 잊고 교육에 억압당해 0.1퍼센트의 나로 '이게 나인가 보다' 하고 살았던 거죠.

이런 삶의 길목을 거쳐 그는 지금까지 그림과 제대로 사랑에 빠져 있다.

그저 좋아서

» 그림을 본격적으로 그리며 사는 삶은 어땠나요?

너~무 좋은 거죠. 기자가 머리와 손을 쓰는 일이라면, 그림은 마음과 몸을 쓰는 일이잖아요. 20년 전 한겨레 동호회에서 일주일에 한 번씩 그림 그릴 때 느낀 기분의 정체를 당시에는 몰랐거든요. 그 이후의 삶을 되돌아보면 가랑비에 옷 젖듯이 내 인생에서 그림이 시나브로 쌓여왔던 거예요.

» 그렇게 '좋아서' 그림에 빠졌어도. 보통 사람은 직장에 사표를 내기 쉽지 않죠.

생각해보면 나는 인생의 고비마다 맹목적 결단을 하면서 살아왔어요. 내 나름으로는 근본적인 마음과 감정의 방향을 따른 거죠. 아름다운재단을 그만둘 때, 심지어 빚도 있었어요. 경기 김포시에 갖고 있던 집은 팔리지도 않고, '월급 없이 어떻게 사나' 하는 걱정이 왜 없었겠어요? 친한 선배한테 당시에 돈을 빌리면서 '1년 동안 일단 이렇게 살아보고 안 되면 취직을 해서 갚겠다.'고 했어요. 그리고는 자나 깨나 그림만 그렸죠. 하도 걸어 다니면서 그리니까 무릎이 나가기도 하고 오른손이 너무 아파 움직일 수 없어서 왼손으로도 그리고 옥상 찾아 그리다가 쫓겨나기도 하고요. 하하.

» 춤도 추잖아요?

하하하. 처음에는 정말 팔이 아파서 추기 시작했거든요. 그림을 너무 그리다 보니까 팔이 아프더라고요. 그래서 몸을 쭉쭉 펴다 보니 그게 춤이 되더라고요. 춤은 완전히 인간 본연의 감정 표현이니 훨씬 더 자유로워요. 나도 5, 6년 전까지는 몸치라고 생각했죠. 스텝을 배워서 춰야 한다고 여겼으니까요. 그게 억압이에요. 내가 이렇게 얘기하면 미대 교수나 무용과 교수는 싫어할 수도 있겠지만, 배우지 않고 해서 남한테 피해주지 않는 게 춤과 그림 아닐까요?

» 표정이 무척 좋아요.

내 감정을 속일 필요가 없으니 솔직해진 거예요. 단계별로 나를 표현하는 방법을 확장시키는 것 아닌가 싶어요. 글보다는 그림이, 그림보다는 춤이 훨씬 더 오래전부터 인간과 함께했으니까. 의사나 교사, 법률가 같은 직업은 다 자격증이 있어야 하지만 그림은 그렇지 않죠. 내 무면허의 그림이 그렇듯 삶에도 면허가 없어요. 그러니 더 창조적으로 만들어 살 수 있는 거죠.

» 월급으로 사는 안정적인 삶을 버리고 그림을 택해 얻은 건 뭔가요?

너무 많죠. 경제적으로는 쪼들리지만 내가 시간을 자유롭게 제어할 수 있다는 것, 내 감정을 속이지 않고 살 권리를 누린다는 것, 노동에서의 소외가 없다는 것⋯⋯이런 게 좋죠. 내가 이렇게 자랑스럽게 말하니 누군가는 '노동에서 소외는 없어도 자본에서의 소외는 백퍼센트 있잖아'라고 맞받아치긴 하더라만. 하하하. 모든 사람이 좋아서 하고 싶은 일을 하며 살 수는 없어요. 이건 그저 내가 사는, 내가 택한 방법일 뿐이에요.

인터뷰 내내 그의 얼굴에선 미소가 떠나지 않았다. 마음을 표정이 그렇게 비추고 있었다.

그림은 인간의 보편적인 감정을 이미지로 건드리는 일이잖아요. 그림으로 표현하는 게 나를 훨씬 자유롭게 만들죠. 그러다 보니 이제는 글을 쓰는 게 무척 어렵게 느껴져요. 나한테는 그림이 총체적인 만족을 주는 일인가 봐요. 너무 재미있어요.

» 왜 그렇게 재미있을까요?

나도 이유를 생각해봤어요. 물론 기사 쓸 때도 재미있었거든요. 그런데 그림을 그릴 때는 그간 내가 인식하지 못했던 내 안의 깊은 곳에 있는 무언가가 나오는 것 같아요. 이번에 제주도로 그림 여행 가서도 엄청 흥분이 되는 거예요. 좋아서. 하하.

» 다른 삶을 선택하려고 고민을 하거나 혹은 주저하는 이들에게 하고 싶은 말이 있나요?

나도 따지고 보면 27년 직장 생활을 한 뒤에 화가의 삶을 택한 거잖아요. 돌이켜보면 기자 했던 것, 기자를 하면서도 디지털 콘텐츠를 만들어본 것, 이런 경험이 다 도움이 됐다고 생각하거든요. 궁극적으로는 먹고사는 일을 하면서 먹고사는 일

대박은 위험해요. 자기가 지금까지 살아온 삶을 기반으로 자기가 좋아하는 일을 재미있게 판다고 생각하고 다양하게 시도하면 어떨까요. 실패하면 그걸 기반으로 또 다음 단계를 준비하고, 그래도 실패하면 또 시도하고요. 그러다 또 실패하면 어때요. 그렇게 실패만 하다가 끝나는 게 인생일 수도 있지. 꽃이 피려다가 비바람에 픽 쓰러질 수 있는 것처럼요. 살면서 행복했고, 좋아서 했던 일들을 떠올려보고 천천히 방법을 찾아가보면 어떨까요?

이 자기가 좋아하는 일이기를 꿈꾸는 게 모든 이들의 바람이 겠죠. 나는 지금 화가로서 적게 벌지만 어떤 갤러리에 구속되는 것도 아니고 어떤 부자 후원인한테 구속되는 것도 아니에요. 나의 그림을 사랑해주고 사주는 사람들이 있을 뿐이죠. 그들이 나를 구속하지는 않으니 그게 나를 자유롭게 하는 거예요. 그림으로 대박이 나서 엄청난 스타가 된다면 그것도 구속이 되는 일이겠죠.

대박은 위험해요. 자기가 지금까지 살아온 삶을 기반으로 자기가 좋아하는 일을 재미있게 판다고 생각하고 다양하게 시도하면 어떨까요. 실패하면 그걸 기반으로 또 다음 단계를 준비하고, 그래도 실패하면 또 시도하고요. 그러다 또 실패하면 어때요. 그렇게 실패만 하다가 끝나는 게 인생일 수도 있지. 꽃이 피려다가 비바람에 픽 쓰러질 수 있는 것처럼요. 살면서 행복했고, 좋아서 했던 일들을 떠올려보고 천천히 방법을 찾아가 보면 어떨까요?

» 돌이켜보니 인생에서 가장 중요한 것이 무엇이었나요?
사람, 특히 페미니스트에게는 경제적 독립, 심리적 독립, 신체적 독립이 중요해요. 어쨌든 그림 그리는 나는 적게 벌지만 자유로워요. 인생의 '대박'을 노리지 말고, 가만히 자신의 감수성에 많은 기회를 주세요. 좋아서 하는 일이 뭔지를 찾을 수 있도록. 저에게는 삶이 그림이고, 그림이 삶이에요. 행복에 몸이 푹 푹 빠져서 사는 것 같은 느낌!

그가 득도한 대로 화가에게 소질이 '그리고 싶은 마음'이라면, 잘 사는 데
에 소질은 '잘 살고 싶은 마음' 아닐까. 제주에서 20일간 그림 여행을 하
고 온 지 이틀째라는 그의 얼굴에서 붉은 동백이 보였다.

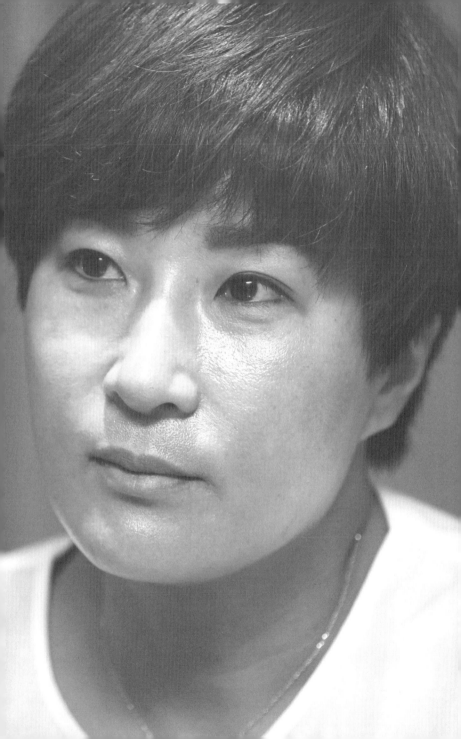

박세리,
이름을 전설로 만든
언니

"저 혼자 힘으로

이 자리에 온 게 아닌 걸 알아요."

박세리

스포츠로 세계를 평정한 인물을 꼽으라면 가장 앞에 오는 언니. 신지애, 박인비, 박성현, 고진영까지 한국 여성 프로 골퍼의 전성시대가 이어질 수 있었던건 언니가 '여자가 할 수 있어!'라고 보여줬기 때문이다. 끝까지 포기하지 않는 투지로 IMF 구제금융 때 국민의 마음을 위로하고, 슬럼프를 이겨내 다시 정상에 섰으며, 은퇴 후에는 국가 대표 팀을 이끌면서 후배와 함께 승리의 눈물을 흘린 언니. 언니는 작은 골프공 하나로 인생의 파노라마를 보여줬다. 언니가 만든 전설은 승리의 영광만 있었던 게 아니라 때로는 벙커에도 들어가고 때로는 해저드에도 빠졌지만 굴하지 않고 이룬 것이기에 더 빛이 난다.

'세상을 빛내리.' 그래서 세리였다. 이름대로 산다는 말이 있는데, 그가 그랬다. 할머니가 지어준 한글 이름이라고 했다. 그의 할머니는 이름을 선사할 때 진짜 그렇게 되리라고 과연 확신했을까.

박세리라는 이름 석 자에는 한국의 자부심이 담겨 있다. 1998년 메이저 중의 메이저 대회인 US여자오픈에서 맨발로 워터해저드(골프 코스 안에 걸쳐진 호수나 연못 같은 수역)에 들어가 기슭에 놓인 공을 자신 있게 날리던 모습. 이는 IMF 구제금융의 위기에도 좌절하지 않는 한국인의 의지를 상징하는 장면이 됐다. 미국여자프로골프LPGA 투어를 시작한 지 불과 7개월 만의 성과였다. 그것도 이미 두 번째 메이저 우승이었으니, 이 무서운 신인을 세계가 주목하지 않을 수 없었다. 그가 12년간 LPGA 투어에서 거머쥔 우승 트로피가 스물다섯 개, 그중 다섯이 메이저 대회에서였다.

전설의 시작은 중학교 1학년 때 한 옹골진 결심이었다. 열세 살의 세리는 차 안에 있었고, 그의 부모가 밖에 있었다. 우연히 보고 듣게 된 장면. 어머니가 한 달만 이자를 미뤄달라고 사정했지만, 상대는 매몰찼다. 아버지의 사업이 어려워져 지인에게 돈을 빌렸던 거다. 그때까지는 그렇게 집안 사정이 어려워진 줄 몰랐다. 그는 우는 대신 마음에 결기를 새겼다.

꼭 성공해서 엄마, 아빠가 저런 일을 당하지 않게 해야겠다고 결심했어요. 그 뒤부터는 공 하나를 쳐도 많은 생각을 하면서 쳤어요. 그런데 (결심대로) 이뤘으니 저는 참 운이 좋은 사람이에요.

운으로 모든 걸 설명할 수는 없을 테다. 아버지가 아침에 연습장에 데려다 주고는 깜빡 잊고 밤늦게 집으로 퇴근해도 그는 여전히 공을 치고 있었다. 자정이 넘어 아버지가 부랴부랴 그를 데리러 온 적도 있었다니 나이 열셋의 결심이 참 독했다.

2007년, 최대 목표였던 LPGA '명예의 전당'에 헌액獻額되었다. 골프채를 쥔 지 17년 만의 성과다. 9년 뒤 후배 박인비 선수가 기록을 깨기 전까지 역대 최연소 입성이었다.

어느 성공기나 그렇듯 그에게도 빛만 있었던 건 아니다. 운동선수라면 피할 수 없는 슬럼프도 찾아왔다. 슬럼프까지 고려해 스스로 완벽한 관리를 해왔다고 생각했기에 받아들이기 힘든 시기였다.

스윙을 하는데 제가 아닌 것 같았죠.

나중에는 대회장에서 골프채를 쥐고 있는 자신이 싫었을 정도였다니. 그가 찾은 방법은 모두 다 내려놓는 거였다. 그렇게 처음부터 다시 골프 인생을 시작했고, 2006년 맥도날드 LPGA 챔피언십에서 캐리 웹(호주)을 꺾고 트로피를 안았다. 연장전에서 단 한 번도 패한 적 없는 박세리, 자신으로 돌아온 거다. 슬럼프가 그에게 준 선물은 '골프가 인생의 전부가 되면 안 된다'는 깨달음이었다.

자신의 이름 석 자를 전설로 만든 박세리 2020 도쿄올림픽 여자 골프 국가 대표 팀 감독을 만났다. 성큼성큼 걸어오는 모습이 누가 봐도 '운동하는 언니' 같았고 얼굴은 화면에서보다 훨씬 작아 놀랐다.

'최고'로 소개되고 싶어 잡은 골프채

» 세리라는 이름은 누가 지었나요?

(돌아가신) 친할머니가 지어주셨어요. 한글 이름이죠. '세계를 빛내리'라는 뜻으로 지으셨다고 들었어요. 근데 또 우연찮게 (그렇게 돼서) ······. 하하하.

» 어릴 때 이름에 담긴 의미를 들었어요?

어릴 때는 전혀 신경을 안 썼어요. 골프 시작하고 나서도 한동안은 그랬죠. 미국 생활을 하다가 한국에 나왔을 때 여쭤본 적이 있어요. '할머니, 내 이름은 한자가 없으니까 뜻도 없는 거야?' 물었더니 말씀해주시더라고요.

» 신기하네요!

네, 어떻게 또 하다 보니까 (이름처럼) 그렇게 됐죠. (미소)

» 골프 하기 전 육상부터 했다고 들었어요. 어떤 종목이었나요?

저는 만능이었어요. 하하. 허들, 멀리뛰기, 200미터 달리기, 계주, 투포환······ 뭐 학교에서 다 시켰죠.

» 그럼 시켜서 한 건가요?

육상은 하고 싶었어요. 운동을 좋아했거든요. 제가 딸 셋 중

둘째인데, 가장 운동에 관심이 많았어요. 육상 선수가 되고 싶었죠. 저희 (초등)학교 다닐 때 육상부가 학교마다 거의 있었잖아요. 어느 날 학교에서 선생님이 반마다 뒷줄에 앉은 학생들 다 일어나서 운동장으로 나오라고 하더라고요. 제가 키가 커서 뒤에 앉았거든요. 육상부 선수를 뽑으려고 그런 거였어요. 그때 뽑혀서 했죠. 육상 하면서 좋기는 했는데, 선생님들이 하도 때리니까 못하겠더라고요. 잘해도 때리고 못해도 때리고, 그래서 엉덩이가 맨날 멍들어 있었어요. 엄마한테 못하겠다고 해서 (엄마는) 그러라 하셨는데, 아빠는 또 계속하라고 하셔서 도망 다니고 그랬어요. 하하. 그러다가 중학교 올라가면서 골프를 시작하게 됐죠.

» 아버지가 골프를 굉장히 좋아하신다고 들었어요. 아버지가 권유를 한 건가요?

골프를 아버지가 좋아했고 또 잘하셨어요. 예전에는 기계체조 선수였다고 들었어요. 그런데 저는 육상을 했기 때문에 골프엔 관심이 없었어요. 어느 날 아빠가 '연습장 가서 골프 한번 해볼래?' 해서 간 적이 있는데, 저는 재미있는 줄 모르겠더라고요. 다들 어른들뿐이고요. 그러다가 골프를 엄청나게 좋아하시는 아빠 친구가 시도 때도 없이 아빠한테 전화를 해서 저를 골프대회 내보내라고, 아니면 골프대회 구경이라도 시키라고 한 모양이에요.

» 왜요?

글쎄요. 저는 골프를 시작한 지 얼마 안 됐는데 말이죠. 그런데 하도 그러니까 아빠 친구가 한번 대회에 구경 가보자고 해서 갔어요. 거기서 그분이 선수들을 인사 시켜줬죠. 그런데 저보다 한 학년 높았던 중학교 2학년 선수를 소개하면서는 '중등부에서 전국 최고', 또 저보다 한 살 어린 초등학교 6학년 선수를 소개하면서는 '초등부에서 전국 최고'라고 하시는 거예요. 그걸 듣는데 기분이 남다르더라고요. 왠지 누가 나를 그렇게 소개하면 참 괜찮겠다는, 좋은 느낌이 들었죠. 그래서 집에 가자마자 아빠한테 골프하겠다고 했어요.

» 아버지가 연습장 가자고 해서 처음 골프채 잡았을 때 느낌, 기억 나요?

중1 때인데, 뭘 할 줄 알아야 느낌이 오지, 하하하. 그때는 별로 관심도, 재미도 없었어요. 육상을 하고 있었으니까요. 중학교도 육상부에서 스카우트 제의받아서 진학했거든요. 육상 하던 친구들도 다 함께 갔고요. 친구들하고 함께 놀면서 운동하는 게 좋으니까 골프는 눈에 안 들어왔죠.

» 대회 구경하고 와서 '골프를 한번 해봐야겠다'고 마음먹은 뒤에 잡았을 때는 어땠나요?

그때는 본격적으로 시작해야겠다고 생각하고 잡은 거라 연습을 열심히 했죠. 8개월 만에 처음 나간 대회가 아마 시즌 마지막 대회였을 텐데 3등인가 했을 거예요. 그리고 그해 겨울에 열심히 했죠.

» 왜 열심히 하게 됐나요?

꼭 성공해야겠다는 동기부여가 생겼기 때문이에요.

» 첫 대회에 3등이라서 좀 더 하면 잘할 수 있겠다는 확신이 들어서요?

아니, 그런 건 아니고요. 음……, 흠…….

그가 좀 생각을 하더니 입을 열었다.

'반드시 성공하겠어' 박세리를 만든 순간

누구나 다 그런 일이 있을 수 있는 건데요. 골프가 좋아져서 시작할 때쯤 아빠 사업이 잘 안돼서 힘들었어요. 부모님은 제게 집안 사정은 전혀 말씀을 안 하시고 표도 안 내셨죠. 저를 그저 꾸준히 뒷받침해주려고 하셨어요. 제가 아는 저의 부모님, 특히 아빠는 당신이 좀 다치더라도 남에게 아쉬운 말은 못하는 분이에요. 그런데 우연찮게 제가 차 안에 있을 때 어떤 장면을 봤어요. 그 장면이 저한테는 동기가 됐어요.

» 어떤 장면이었나요?

너무 가슴이 아팠어요. 아빠가 처음으로 엄마 명의로 해주신 빌라가 있었어요. 그런데 아빠 사업이 잘 안돼서 그걸 담보로 돈을 빌린 것 같아요. 그러면서 이자도 매달 줬어야 했는데, 한 달 정도 밀려서 엄마가 조금만 기다려달라고 부탁을 하고 있었죠. 그런데 상대가 너무나 야박하게 대하는 거예요. 엄마는 많이 속상해했고요. 그것 때문에 큰 상처를 받았어요. 그리고 생각했죠. 정말 성공해야겠다고.

» 중1 때니까 어렸잖아요. 울었을 것 같아요.

잘 기억은 안 나지만 울지는 않았던 것 같아요. 대신 그 이후엔 공 하나를 치더라도 많은 생각을 하면서 쳤죠. '꼭 성공해서 보여줘야겠다'는. 스토리가 약간 드라마 같죠. 아마 저뿐 아니라 다른 사람들한테도 그런 상황이 있을 수 있다고 생각해요. 다만 저한테는 그게 동기부여가 된 거죠. 그래서 열심히 해서 성공하려고 했고 운이 좋게 성공을 했어요.

» 결심은 누구나 할 수 있지만 마음먹은 대로 실력으로 다 나타나기는 어렵잖아요. 이루기까지 과정이 쉽지 않았겠지요?

많이 힘들었죠. 그런데 아빠도, 엄마도 항상 '꿈은 크게 가져야 한다' 그리고 '나 말고는 누구도 나를 강하게 할 수 없다. 네가 네 자신을 만들어 가야 하는 거다.'라고 하셨거든요. 그래서 연습을 하면서도 계속 상황을 만들어가면서 했어요. 공만 치면 재미도 없고 지루하잖아요. 그러니까 공을 치면서 이건 무슨 대회, 어떤 상황, 어떤 샷이다 이렇게 머릿속에 그림을 그려가면서 쳤죠. 뭐든지 내가 선택한 분야에서 최고가 되고 싶었어요. 골프를 선택했으니 골프에 관해선 최고가 되려고 노력했죠.

» 굉장히 혹독하게 훈련한 걸로 유명한데요.
그 정도는 누구나 다 했어요.

» 그 정도가 어느 정도를 말하는 건가요?
음, 시간으로 따지면 이런 적이 있었어요. 아빠가 아침에 연습장에 내려주고 가셨는데 저녁까지 사람들 만나고 일하다가 깜빡 잊은 거죠. 한밤에 집에 들어갔는데 제가 없으니 그때 생각이 난 거예요. 이미 밤 12시가 넘은 시간이었는데 연습장에 가보니 그때도 제가 연습하고 있었던 거예요. 그런데 저뿐 아니라 한국 선수들 연습 양이 아주 많아요. 하지만 누가 시켜서 하기보다 스스로 하는 게 가장 남지요.

» 미국에서 활동을 하게 됐잖아요. 왜 가게 됐나요?
무작정 갔어요, 혼자서. 제가 고등학교 졸업하고 바로 프로로 전향했잖아요. 중3 때 프로대회에 나가서 우승하면서 많이 알려지기 시작했고요. 자신감이 많이 생겼죠. 그러다가 대학 갈 시기가 왔어요. 그때 좀 (결정하기가) 힘들었죠.

» 왜요?

대학 갈 나이에 대학에 가는 건 평생에 딱 한 번이잖아요. 다시 오지 않는 시기이고요. 캠퍼스라는 곳에 나이에 맞게 가서 1년이든, 4년이든 시간을 보내더라도 어차피 프로로 턴(전향)할 거였지만, 그런 시간을 보내는 게 맞을지, 아니면 제가 가고자 하는 프로의 길로 바로 가는 게 좋을지 고민이 있었어요. 그런데 결국 제가 가고자 하는 길은 프로였기 때문에 프로로 바로 턴을 했고 한국이 아닌 더 큰 무대에 서보고 싶다는 생각을 했어요. 일본보다 미국이 훨씬 크고 세계 최고의 선수들이 모인 투어니까, 미국으로 가기로 결정했죠.

그는 이후 2007년 숙명여대 정치행정학부에 합격해 '서른 살 새내기'가 됐다.

'미국 엄마'가 준 지혜, '아니오!'

» 미국에 혼자 갔다고 들었어요.

그래서 엄청 힘들었어요. 제가 영어를 할 줄 아는 것도 아니고 가족, 친구, 지인 아무도 없었으니까. (투어를 다닐 때) 공항에서 티켓을 받아서 게이트를 찾아가야 하는데 영어를 할 줄 알아야 찾죠. 안내 모니터 앞에서 알파벳 하나하나 찾아가면서 확인하고, 가면서도 맞는 건지 지나가는 사람들한테 티켓 내밀면서 계속 물어보고요. 게이트에서 기다릴 때도 영어로 뭐라고 하는데 이게 간다는 건지 안 간다는 건지 알 수가 있어야죠. 비행기 타서도 이 비행기가 맞는지 확인하느라고 (자리에서) 엉덩이를 들었다 놨다 했고요. 공항에 내려서 캐디 만나서 대회장에 가고 끝나면 밥은 먹어야 하니까 가는 길에 샌드위치 사서 호텔에 가서 먹었죠. 처음에는 대회장에 가서도 라커룸에도 못 들어가겠더라고요. 다른 선수들이 뭐라고 말을 걸면 답을 해야 하는데, 내가 못 알아듣고 말을 못하면 그 선수도 민망하고 나도 그럴 테니까. 그래서 처음 몇 개월은 안 들어갔어요. 차에서 신발 갈아 신고 하면서 생활했죠. 그러다가 낸시 로페즈(미국)와 로리 케인(캐나다) 선수를 알게 됐어요. 그들은 제가 영어를 못하는 걸 아니까 조심스럽게 많이 도와주셨죠. 함께 연습 라운드도 많이 했고요. 그렇게 친해지면서 그들에게 많은 걸 배웠어요.

낸시 로페즈는 1987년 세계 골프 명예의 전당에 헌액된, 또 하나의 전설적인 골퍼다.

» 친구가 되어준 거네요.

가족처럼 잘해주셨어요. 로페즈는 저를 보면 자신의 젊었을 때가 생각이 난다고 하더라고요. 그러면서 이런 조언을 해줬죠. '너 하나가 100명이면 100명 모두를 만족시킬 수는 없다. 그러니 가끔 '노no'라고도 할 줄 알아야 한다. 그래야 선수 생활을 하면서 네 자신을 관리할 수 있고 할 수 있는 폭도 넓어진다.'고요. 한국 문화는 그렇게 할 수도 없고 또 그렇게 배우지도 않잖아요. 그러니 최대한 예의를 갖춰서 최선을 다하느라 힘들었죠. 그런데 그런 걸 가르쳐주셔서, 이럴 땐 이렇게 '노'를 해야 하는구나 알게 됐죠.

» 그래야 자기를 지킬 수 있다는 뜻이군요?
투어하면서 정말 많은 스케줄을 소화해야 하거든요. (메이저) 우승하고 나서는 연습할 시간이 없을 정도로 인터뷰가 많았어요. 더구나 당시엔 한국에서 온 선수는 거의 없었으니까 굉장히 이슈가 됐죠. 특히 US오픈 우승하고 나서 그랬죠. 루키인데 우승한 첫 대회도 메이저고, 두 번째도 메이저니까 그게 기록이었죠. 연습을 못할 정도로 스케줄이 있으니 그걸 보다가 그런 조언을 해주시더라고요.

» 스승이기도 했네요.
미국에 있을 때 굉장히 친하게 지냈고 도움을 많이 받아서 제가 '미국에 있는 엄마'라고 할 정도였어요. 제가 (골프가) 잘 안 될 때도요. 우리 부모님도 감사해 하셨죠.

» 낸시 로페즈는 어떻게 알게 됐나요?

제가 루키일 때 그분도 선수 생활을 하고 있었거든요. 대회에서 만났죠. 미국에서 '낸시 로페즈' 하면 선수로서도 최고지만 한 사람으로서도 존경을 받는 인물이에요. 저는 그분의 모든 게 좋더라고요. 많은 사람들이 그분의 커리어를 보고도 존경하지만, 가장 인정하는 건 그의 인간미예요. 그게 저는 되게 멋있었어요. 그래서 최고의 선수도 되고 싶지만, 나 박세리라는 한 인간을 봤을 때 존경심이 드는 사람이 되고 싶다고 생각했죠. 아직도 멀었지만 그분한테 배운 걸 실천하려고 노력해요.

» 미국 무대는 어땠나요? LPGA 첫 경기에서 떨리진 않았는지 궁금해요.

아마추어 때도 대회에 많이 출전해서 그런지 떨리는 건 없었어요. 욕심이 났죠. 전에도 우승은 많이 해봤기 때문에 자신이 있었어요. 새로운 환경이긴 하지만 나는 잘하는 선수니까 할 수 있다고 생각했죠. 자만 아닌 자만이었죠. 막상 가서 보니까, 저는 아우~! 새내기도 완전 그런 새내기가 없었어요. 그래서 아직 많은 게 부족하다고 느끼고 많은 걸 배워가면서 했죠. 매 시합 나가면서 어느 선수든 보면서 배우려고 노력했어요. 또 우선 적응 기간이 필요하다고 생각했기 때문에 저는 여유롭게

생각하고 시작했어요. 미국 들어가기 전에 적응기를 3년으로
해뒀죠.

» 그런데 가자마자 첫해(1998)에 메이저 대회에서 우승을 했잖아요.

하지만 첫 시즌 시작하고 3개월쯤 되니까 한국에서 들어오라
고 하더라고요. 성적이 좋지 않았으니까요. 저는 루키가 첫 대
회에서 예선도 안 떨어지고 20위 안에 든 건 잘하고 있는 거라
고 생각하고 있었는데 말이죠. 그런데 아빠는 성적이 별로 좋
지 않으니 들어와서 하는 게 낫지 않겠느냐고 했죠. 아마도 스
폰서(후원사) 쪽에서 걱정이 많았던 모양이에요. 하지만 저는
그건 아니라고 했죠. 내가 원하는 꿈을 이루려고 왔는데 3개
월 있다가 들어가는 건 아니다, 내가 원하는 대로 가겠다고 했
죠. 그러고서 한 달 반 정도 있다가 우승을 한 거예요. 제가 아
빠한테 전화해서 그랬죠. '봐봐, 기다리라고 했지!' 하하하.

그는 마치 당시로 돌아간 듯 그때의 자신을 성대모사 했다.

» 지나고 나서야 이렇게 얘기할 수 있지만, 당시에 사실 스물한 살이
었잖아요. 어떻게 그 나이에 자기 자신을 그렇게 믿을 수 있었나요?

목표가 있으니까요. 시작도 전에 돌아가면 안 되잖아요. 저는
꿈 하나만 갖고 갔어요. 당장은 메이저 대회 우승이었고, 더 큰
목표는 명예의 전당에 들어가는 거였죠. 그걸 다 이뤘으니 제

가 참 운이 좋은 사람이죠.

골프에 인생이 담긴 것처럼 살았는데……

» LPGA 투어 12년간 25회 우승을 했죠. 하지만 성적이 매번 좋을 수도 없었을 테고, 생각대로 풀리지 않은 적도 있었을 텐데요?

슬럼프가 있었죠. 2004년 명예의 전당에 올라가는 데 필요한 포인트(승점) 1점을 남겨뒀을 때 출전한 대회에서 우승을 했어요. 모든 포인트를 다 받게 됐죠. 그 다음 한국에서 경기가 있었어요. 마친 뒤에 다시 미국에 와서 출전을 했는데, 그때 저는 그게 슬럼프인 줄 몰랐죠. 첫 라운드에서 스윙을 하는데 내가 갖고 있던 감의 스윙이 아닌 거예요. 그리고는 둘째 라운드부터 못 쳤죠. '피곤해서 그런가 보다' 하고 대회 끝난 뒤에 일주일쯤 쉬고 다음 대회에 나갔는데 똑같은 거예요. 그래도 슬럼프는 아니라고 생각했어요. 그런데 그게 슬럼프였던 거죠. 저는 운동선수니까 슬럼프가 올 것을 알고 그것마저도 대비할 정도로 완벽주의자처럼 생활을 했거든요. 슬럼프를 방어하기 위해서 사소한 것까지 신경을 써서 관리를 했어요. 골프를 위해서 낭비 없이 살았죠. 그런데 그게 아무런 소용이 없었던 거예요. 지금 생각해보면 관리를 잘하지 못했던 것 같아요. 마치 내 인생의 모든 게 골프에 담긴 것처럼 살았는데, 골프가 내 인생의 전부는 아니었던 거죠. 돌이켜보면 슬럼프가 있었기 때문

마치 내 인생의 모든 게 골프에 담긴
것처럼 살았는데, 골프가 내 인생의
전부는 아니었던 거죠. 돌이켜보면
슬럼프가 있었기 때문에 많은 걸
배웠고 그간 보지 못한 걸 보게 됐어요.
슬럼프나 어려움 없이 내 인생이
완벽하게 지나왔다고 한다면, 글쎄요.
명성은 더 얻었을지 모르겠지만, 많은
게 부족한 사람이 됐을 거예요.

에 많은 걸 배웠고 그간 보지 못한 걸 보게 됐어요. 슬럼프나 어려움 없이 내 인생이 완벽하게 지나왔다고 한다면, 글쎄요. 명성은 더 얻었을지 모르겠지만, 많은 게 부족한 사람이 됐을 거예요.

슬럼프는 누구에게나 온다. 그러나 이를 어떻게 여기느냐에 따라 이후의 인생은 달라질 것이다. 그가 그걸 증명해 보였다. 슬럼프가 있었기에 더 나은 사람이 됐다는 말에 내 귀가 솔깃해졌다.

» 슬럼프로 어떤 게 보였기에 그런가요?
슬럼프가 왔을 때는 모든 게 다 싫었어요. 그냥 조용히 나를 좀 놔뒀으면 싶었죠. 그러니까 사람이 끝도 없이 (바닥으로) 내려가더라고요. 그때는 부진하니까 언론도 뭐 (기사가) 엄청났거든요. 그런데 어느 날 옆에서 누가 커피 한잔하러 가자고 하더라고요. 항상 옆에 있었던 사람들이었으니, 아마 전에도 같은 말을 했을 텐데 나한텐 들리지 않았던 거죠. 가기 싫지만 그때는 그냥 갔어요. 부상도 있어서 어차피 골프채를 잡지 못할 때였거든요. 가서 커피를 마시는데 뜬금없이 그런 생각이 들더라고요. '내가 골프를 잘하든 못하든 이들은 항상 옆에 있었는데, 나는 그것조차도 느끼지 못할 만큼 여유 없이 살았구나. 내가 대체 어떻게 살았나.' 사실 커피 한 잔 마신다고 큰 일이 나는 것도 아닌데 저는 그러지 못하고 살았던 거예요. 조금 더 여유 있게 선수 생활을 했더라면 더 오래 하지 않았을까 아쉬움이 남아요.

그가 후배들이 생각났는지 말을 좀 더 이어갔다.

그래서 후배들한테 얘기해요. 인생에서 밸런스(조화)를 맞춰가는 게 중요하다고요. 이제는 열심히 하라는 말을 할 필요가 없어요. 다 알아서 최선을 다하고 무한히 노력하거든요. 골프 이외의 내 삶에서 중요하고 필요한 게 뭔지도 생각해야 한다는 걸 나는 몰랐어요. 미국에서 (선수 시절에) 인터뷰할 때도 항상 '나는 그간 즐길 줄 몰랐는데 이제는 즐겨야겠다'고 했지만, 사실 난 즐기지를 못했어요. '즐긴다'는 단어의 답을 못 찾았죠. 굳이 어디 멀리 가서 뭘 하는 게 아니라 잠시나마 나를 위해서 즐거운 시간을 갖는 게 중요한데 저는 그런 걸 참고 살았던 거죠. 한국 선수들이 보통 그래요. 외국 선수들이 선수 생활을 더 오래 할 수 있는 이유도 그런 과정에 있는 것 같아요.

» 그러니 일찍 지치는 거죠.

네, 인생의 밸런스를 잡는 게 쉽지 않지만 중요해요. 그러니 저도 자기 관리에서 결과적으로 부족했던 거죠. 만약 그런 걸 좀 더 빨리 알았거나 실천했다면 달랐을 텐데, 저는 이미 그 틀 안에서 살았던 사람이었기 때문에 노력은 했지만 그걸 깨진 못했어요.

» 커피 한 잔에 얻은 깨달음을 실천하지 못했나요?
그래도 전보다는 나아졌죠. 전에는 다른 외국 골프 선수가 '나는 골프 선수이고 골프가 내 생업이지만, 이게 내 인생의 전부는 아니라는 걸 안다'고 말해도 무슨 뜻인지 몰랐어요. 그런데 그 말이 맞더라고요. 내 인생의 전부라고 한다면 너무 힘들죠.

그의 슬럼프는 1년 반 정도 지속됐다. 그러나 이겨냈기에 지금의 박세리가 있는 거다.

슬럼프엔 내려놓는 게 답

» 결국 극복했지요?
아마 다른 운동선수들도 똑같을 텐데, 슬럼프를 벗어나려고 굉장히 노력을 해요. 내가 왜, 뭣 때문에, 뭐가 부족했나, 뭐부터 시작해야 하나 더 집착을 하게 되더라고요. 운동에 더 많은 시간을 투자하고 더 많은 생각을 하고 나를 더 못살게 굴고 그래서 더 지치더라고요. 그러니 일어나는 시간도 더 일러지고, 연습장에 더 오래 있고요. 그때 동생과 함께 있었는데, 어느 날 그러더라고요. 이러다가 우리 언니 죽을 거 같다고. 정말 제 정신이 아닌 것 같더래요. 말을 해도 듣는 것도 아니고 혼자 생각하고, 새벽에 나가는데 밤새 잠도 안 잔 것 같고……. 그런데 그때는 방법이 없었어요. 그런데 그렇게 하면 할수록 더 나빠지더라고요.

» 그래서 어떻게 했나요?

내려놓는 게 답이었어요. 힘드니까, 가장 힘들 때니까 쉬어야 하는 거죠. 충분히 휴식을 취한 다음 다시 나와야 하는 건데, 프로 골퍼에게 그게 되나요. 누가 기다려주겠어요. 언론이, 대중이, 스폰서가. 그때 알았어요. 나는 내가 골프채를 놓고 싶을 때 놓고 싶다고, 이렇게 놓고 싶지는 않다고. 그때 저는 운이 좋게도 스폰서가 이해하고 기다려줬죠. 그래서 다 내려놓고 시간을 좀 가졌어요. 그리고 차근차근 다시 시작했죠. 예를 들면 연습할 때 어제보다 0.1퍼센트라도 좋아진 게 있다면 만족했죠. 대회에 다시 나가면서도 '전 대회보다 감이 나아졌네. 이번 주는 훨씬 좋네.'라고 기대치를 확 낮추고 생각했죠. 처음에는 제 위치를 생각하니 내려놓지를 못하겠더라고요. 하지만 노력했죠. 그렇게 차츰 하다 보니 나아졌고, 오랜만에 베스트가 나오더라고요. 다시 우승하게 됐죠.

그게 2006년 맥도날드 챔피언십이다. 슬럼프를 딛고 다시 우승컵을 들어올리며 그는 어떤 기분이었을까.

그렇죠. 슬럼프가 왔을 때 정말 처음 느낀 기분이었는데, 티 박스에 서는 순간 내가 왜 여기에 있어야 하는지 모르겠더라고요. 쉬고 싶은데 또 여기에 와 있는 거죠. 그러니 첫 홀부터 모든 게 힘들고 싫었죠. 그래서 골프를 그만둬야 하나 생각까지 할 만큼. 그런 시간을 보내고 다시 우승한 거였죠.

그에게는 특별한 기록이 있다. 연장전에 가서 단 한 번도 져본 적이 없다. 놀라운 정신력이다.

» 그간 경기를 한 걸 보면 연장전에서 패한 적이 없죠. 그런데 그러기까지 과정을 보면 계속 안 풀리다가 동타를 만들고 버디 하면 우승인데 그게 또 안 되고, 그러다가 마침내 승리하고요. 인생과 비슷하다는 생각이 들 것 같아요.

어르신들이 많이 말씀하시더라고요. 인생과 같은 게 골프라고. 생각대로, 마음대로 안 되니까요. 아무리 프로라고 한들 원하는 대로 되지 않는 게 골프라고요.

» 박 감독 생각은 어떤가요?

맞는 것 같아요. 아직 인생을 오래 살진 않았지만, 골프가 굉장히 힘들거든요. 다른 스포츠는 보통 살아 있는 공을 치는데, 골프는 서 있는 공을 살리는 거잖아요. 그것도 어려운데 또 외

롭게 홀로 싸워야 하거든요. 체력도 그렇지만 정신력도 좋아
야 해요. 아주 예민한 운동이기도 하고요. 몸이 어디 살짝 베이
기만 해도 문제가 될 만큼. 그런데 또 가장 매력 있는 운동이
골프예요. 골프는 알면 알수록 더 어려워지죠.

» 골프는 뭐다. 이렇게 정의를 내린다면요?
골프는 인생의 도전과도 같아요. 한 홀, 한 홀이 다 다르거든
요. 분명히 제가 제 공을 치는데도 티샷 했을 때, 세컨드 샷 했
을 때, 퍼트 했을 때 다 달라요. 대신 어떤 상황에서든 도전할
수 있는 희망도 보이고 용기도 생기죠. 좌절할지라도 다시 희
망을 찾게 돼요. 그러니 도전이죠.

좌절할지라도 도전할 수 있는 희망. 직경 42.67밀리미터 이상, 무게
45.93그램 이하 크기인 골프공이 그에겐 그런 의미였던 거다.

선수 때 왜 동료와 밥 한번 못 먹었나

» 2016년 은퇴를 했죠. 그 시즌 경기할 때 어땠나요?
되게 묘했어요. 은퇴하기 전 3년을 두고 준비를 했거든요. 그
런데 어느 순간 훅 다가와 있더라고요. 2년도 더 남았네, 1년
반 정도 남았네 하다가 1년밖에 안 남았더라고요. 너무 빨랐
어요. 2016년에 열리는 대회는 저한테는 모두 마지막이니까

느낌이 달랐죠. 시즌에 대회가 스무 개 정도 있었는데, US오픈이 미국에서 하는 마지막 경기였어요. 첫 라운드까지만 해도 별생각이 없었는데, 둘째 라운드 마지막 홀 남겨두고 '이게 미국에서 마지막 경기가 되겠구나' 싶더니 후반 들어가서는 아무 생각도 나지 않더라고요. 마지막 홀에서 티샷 하고 그린에 올라가는데 굉장히 이상했어요…….

순식간에 그의 눈시울이 붉어졌다. 당시를 생각하니 울컥했던 거다. 눈물을 닦으며 그가 말했다.

늘 이 자리에 있었는데 이제는 없을 거니까……. 친했던 선수 친구들이 그립더라고요. 제가 (은퇴하고 한국으로) 간다니까 다들 울더라고요. 그게 생각이 나서 눈물이 나네요.

» 중1 때 차 안에서 했던 결심도 이뤘으니 감회가 남달랐을 것 같아요.

명예의 전당에 입성했으니 이루고자 했던 건 다 이뤘죠. 안타까운 것 하나는 그랜드슬램을 하지 못한 건데, 그것 외에는 제가 생각해도 정말 운이 좋았던 사람이에요. 꿈을 가진다 해도 이룰 수 있는 확률이 참 적은데, 저는 결국 이뤘으니까요.

» 한국에서 은퇴 경기(2016 KEB하나은행 챔피언십)가 있었죠?

첫 홀부터 울면서 쳤어요. 1라운드만 하면 저는 끝나는 거였거든요. 많은 분들이 오셨더라고요. 그 18홀이 어느 때보다 좋았어요. 그린을 걸어가면서 생각했죠. 나는 더 이상 내가 듣고 싶은 환호성을 듣지 못하고, 팬들은 또 보고 싶은 선수를 더 이상 못 보는 거잖아요. 행복하기도 하고 아쉽기도 했어요. 선수로서 모든 걸 아쉬움 없이 마쳤어요. 이제 나는 또 다른 인생의 출발선에 서서 비기너(초보)처럼 시작을 해야 하죠. 저의 선수 생활은 이제 역사 속에 남을 거지만, 앞에 있는 후배들을 보니 위로가 되면서 든든하더라고요. 저의 대에서 끝났으면 아쉽기만 했을 텐데, 후배들이 계속 이어지고 있으니까요. 현재 선수들도 또 어느 누군가의 꿈이 돼 있고요. 제 꿈이 현실이 되는 과정이 누군가의 꿈을 만들어주고 그게 이어지고 있으니 저한텐 의미가 커요.

단지 개인의 성취라고 여겼다면 할 수 없는 말이다. 그는 꿈의 책임과 무게를 아는 프로였다.

» 우리 여자 골퍼가 LPGA에서도 할 수 있다는 걸 보인, 실재하는 증거였으니까요.

최고를 만드는 건 결국 자기 자신이에요. 어떤 유능한 코치가 와서 가르친다고 해도 받는 사람이 다 최고가 되지는 않으니까. 내가 나를 만들어가야 해요. 또 나를 알아가는 게 그래서 최고를 만드는 건 결국 자기 자신이에요.
어떤 유능한 코치가 와서 가르친다고 해도
받는 사람이 다 최고가 되지는 않으니까.
내가 나를 만들어가야 해요.
또 나를 알아가는 게 그래서 가장 힘들고요.
좌절 속에서도 희망은 있어요. 누구한테든
기회는 와요. 내가 어떻게, 언제, 어디서
잡느냐에 따라 달라질 뿐이죠.

가장 힘들고요. 좌절 속에서도 희망은 있어요. 누구한테든 기회는 동등하게 와요. 내가 어떻게, 언제, 어디서 잡느냐에 따라 달라질 뿐이죠. 저한테는 그런 (차 안에서 느낀) 동기부여가 기회를 잡을 수 있게 했고요.

» 은퇴 시점은 2016 리우데자네이루 올림픽을 고려해서 잡은 건가요?

그건 아니에요. 감독을 하면 좋겠다고 생각은 했지만 제가 하고 싶다고 다 하게 되는 건 아니니까 생각만 했는데 운 좋게 감독을 하게 됐고, 은퇴 시점과도 우연히 잘 맞았죠.

잔디 알레르기가 있는 걸 몰랐다

» 골프로 많은 걸 이뤘지만, 개인 박세리를 생각했을 때 아쉬운 것도 있을듯해요.

함께 생활했던 한국 선수들하고 밥 한 번을 제대로 먹지 못했어요. 스케줄에만 연연해서. 한 명씩 은퇴하니까 아쉬움이 남더라고요. 표현은 잘 안 했어도 서로 의지했거든요.

» 은퇴 전에 이후의 삶을 계획했나요?

운동선수였으니 은퇴하고도 운동에 관련된 일만 해야겠다는 생각은 안 했어요. 골프 선수도 은퇴하고 나서 할 게 많다는 걸 후배들에게 알려주고 싶었죠.

그는 평소 관심 있던 와인으로 전문 업체 올빈과 손잡고 '세리 와인' 브랜드를 만들어 출시해 관심을 모았다. 최근에는 선쿠션(엘로엘) 광고도 찍었다. 그가 이 얘기를 하니 장면 하나가 생각났다. 다시 1998년 US오픈, 해저드에 들어가 공을 쳐내기 전 그가 골프화와 양말을 벗었을 때다. 까맣게 탄 얼굴, 팔, 다리와 달리 신발 속 그의 발은 새하앴다.

» 그때 하얀 발을 보면서 찡했어요.
그땐 몸에 끈적이는 게 싫어서 아무것도 안 발랐어요. 그러다 보니 다른 피부는 더 까매진 거죠.

» 은퇴 후에 왜 골프를 안 했어요?
그동안 후회 없이 칠 만큼 치고 은퇴해서요. 아직은 은퇴한 지 별로 안 돼서 그런지 그립지 않더라고요.

» 그런데 햇빛 알레르기, 잔디 알레르기가 있었다고요. 선수 생활 할 때는 몰랐나요?
더워서 그런가 보다, 뭘 잘못 먹었나 보다 그러고는 무시했죠. 선수 생활 끝나고 알았어요. 그런데 그런 건 무시할만한 것 같아요. 신경 써서 아프다, 아프다 하면 더 아프잖아요. 웬만큼 심각한 게 아니면요. 뭐든지 마음먹기에 달렸어요. 그렇게 최면 걸 듯 살아서 그런지 햇빛 알레르기가 있는지 뭔 알레르기가 있는지 몰랐죠. 그런데 비염은 엄청 심해서 코에 맞는 알레르기 주사의 도움을 받아서 좋아졌고요.

전설은 그냥 되는 게 아니다.

» 인생에서 골프 말고 남은 게 뭐가 있나요?

골프 말고 제 인생에서요? 없는 거 같아요. 인생의 전반전은 골프가 모든 것이었죠. 후반전에 뭘 선택할지 모르지만 다 잘 해보고 싶어요. 전반전이 언더 파(규정 타수보다 적은 타수)라면, 후반전은 그만큼은 아니어도 이븐 파(규정 타수와 같은 타수)는 하면서 재미있게 잘 살았으면 좋겠어요. 좋은 일도 많이 하고 싶고요. 저 혼자 힘으로 이 자리에 온 게 아닌 걸 알아요. 그간 제가 받았던 걸 나누고 싶어요. 골프 선수로서뿐 아니라 한 인간으로서도 후배들에게 존경받을 수 있는 사람이 되면 좋겠어요.

그는 인터뷰 내내 '나는 운이 좋은 사람'이라는 말을 반복했다. 그런데 아마 진짜 운이 좋은 건 우리 아닐까. US오픈에서 포기하지 않고 죽은 것 같았던 공을 살려냈고, 슬럼프가 왔지만 '진짜 골프채를 놓고 싶은 때'가 아니기에 놓지 않고 이겨냈다. 그렇기에 아름다운 눈물을 흘리며 은퇴할 수 있는 영웅을 우리는 또 한 명 갖게 됐지 않은가.

곽정은,
오늘이 아닌
내일을 사는 언니

"그 자리에 머무르려고 하지 말자!

성장하고 싶다면."

곽정은

TV 예능 프로그램 〈마녀사냥〉의 연애 코치로 연예인급 인지도를 얻게 된 이 언니. 패션잡지 기자 시절 남들이 꺼리는 연애라는 이슈를 파고든 덕분이다. 그 역시 사람과 사람 사이의 관계, 나아가 삶의 행복과 관련된 일이라는 생각 에서다. 이 언니가 제대로 사랑에 빠졌다. 진정한 사랑은 자기 자존감에서 시 작하기에, 이 비결을 나누려고 회사까지 차렸다. '우리 세대에는 저 사람처럼 되고 싶다는 확신을 주는 언니 세대가 별로 없어 그 역할을 하고 싶다'는 권 력의지가 불타오르는 언니다. 진짜 사랑을 할 대상을 찾았으니, 남자와의 연 애가 시시해진 게 당연하다.

알고 보니 미래를 산 덕분이었다. 10년 후 자신의 모습을 꿈꾸며. 사람이 허무해지는 대부분의 이유는 '그동안 오늘만 살았구나' 하는 자각을 할 때다. 푯대 없이 그저 바쁘고, 정신없이, 그래서 힘겹게 버텨내기만 한 오늘의 땀 속에서 보람을 찾기란 쉽지 않다.

그런데 그는 오늘이 아닌 내일을 살았다. 내일에 지향점을 두면 오늘 내가 무얼 해야할지가 보였다. 대학 때 꿈은 '세상을 바꾸고 싶다'는 거였다. 무엇으로? 글이었다. 어린 시절, 터울 많은 오빠와 언니는 멀었고, 책은 가까웠다. 읽고 읽었던 책은 글짓기의 좋은 연료가 됐다. 고3 땐 논술이《한국일보》에 여러 번 우수 사례로 실리기도 했다. '그래, 기자가 되자.'

여성지《휘가로걸》과《싱글즈》를 거쳐 꿈의 직장으로 여겼던《코스모폴리탄》(코스모)에 입사하기까지 3년이 걸렸다. 잡지사에 입사한 지 얼마 안 된 초년 기자 때도 그의 눈은 현실 너머에 있었다. 코스모에 들어가서도 마찬가지였다. '나는 기자만 하고 말 건가? 그 다음은?' 스스로에게 물었다. 그에 생각이 미치니 답이 나왔다. '아니야, 나는 책도 쓰고 강연도 하며 살 거야.'

3년 뒤 거짓말처럼 출판 제의를 받았다. 야근하고 집에 들어와 녹초가 돼서도 하루에 한두 꼭지씩은 꼭 글을 썼다. 2009년 첫 책을 낸 지 벌써 10년, 올해 2월에는 아홉 번째 책을 냈다.

저는 기억도 나지 않는데, 전 직장 선배들이 얘기를 해주며 웃더라고요. 제가 유명해져서 책 쓰고 강연하면서 살 거라고 말하고 다녔다고. 언제나 일하는 사람으로서 지평을 넓히겠다는 생각이 있었던 거죠.

2013년 첫 고정 출연 프로그램인 JTBC 〈마녀사냥〉은 곽정은을 연예인에 준하는 작가로 만든 계기다. 유명세라는 홍역과 인지도가 주는 힘이 함께 찾아왔다.

유명해져서 치른 대가가 분명히 있죠. 나에 대해 잘 모르는 사람들에게 비난받아야 하는 일 같은. 하지만 누군가 그럼 시간을 돌려서 유명해지지 않고 그냥 조용히 기자로만 살 거냐고 묻는다면? 그럴 생각 없어요. 제게 온 기회를 마다하지 않을 거예요. 저는 긍정적인 의미의 권력 지향적인 사람이니까. (웃음)

인지도라는 권력으로 그는 또 다시 확장을 준비한다. 자아와 진정으로 만나게 해준 명상, 그로 인해 얻은 마음의 평온함을 나누려고.

명상으로 외부의 기능적인 나와 내 안의 암반 같은 진짜 나를 연결하는 길을 뚫은 것 같아요. 그 둘이 만나는 경험을 하고 나니까, 지금은 별로 겁날 게 없죠.

나이 마흔, 외풍에 쉽사리 흔들리지 않게 됐다.
올해 2월 그는 서울 성동구 옥수동에 특별한 책방을 열었다. 여성, 심리 상담, 명상, 강의 그리고 책이 있는 곳, 그의 표현대로라면 '곽정은의 과거와 미래가 만나는 곳'이다.

우리 세대에는 '저 사람처럼 되고 싶다'는 확신을 주는 언니 세대가 별로 없었어요. 지금도 남성에 비해선 훨씬 적죠. 대단한 집안 출신이 아니어도, 어릴 때부터 주목받을 기회가 주어진 게 아니어도 자신의 지향대로 삶을 이끌어 나가다 보면 힘을 갖게 되고 그걸 누군가에게 나눌 수도 있는 사람이 될 수 있다는 증거가 되고 싶어요.

까맣고 커다란 눈동자가 이글이글거리는 듯 반짝였다.

'19금 전문', '연애 박사'는 내 정체성 일부일 뿐

» 새로운 일을 시작했네요?
'프라이빗 살롱 헤르츠Herz 대표'라는 명함이 생겼죠. 1, 2년 전부터 희미하게 그런 생각을 하긴 했어요. 기자를 할 때도 책 소개 담당을 오래 했고, 어릴 때부터 워낙 책을 끼고 살기도 했고요.

여기까지 얘기하다가, 그는 이런 설명에 공을 들였다. 그간 대중에게 각인된 자신의 이미지가 정체성의 전부가 아니라는. 나 역시 궁금한 부분이었다.

음, 사람들은 대부분 '연애 칼럼니스트', '19금 전문', '연애 전문가' 같은 수식어로 알고 있지만, 저의 정체성은 '기자 출신의 작가'예요. 글을 쓰는 플랫폼이 달라져왔을 뿐이죠. 그러니 좋은 글을 내는 게 인생의 가장 큰 지향점이에요. 그런데 삼십 대 후반을 넘어 마흔 살이 되면서, 내 지향점을 바꾸고 싶더라고요. 어느 순간부터 내가 확장하지 않는다는 생각이 들었거든요. 내 인생의 모토는 그 자리에 머무르려고 하지 말자는 건데.

가벼운 질문을 던진 거라고 생각했는데, 첫 질문에 얘기가 더 깊이 들어갔다.

책이나 강연으로 내가 전하고 싶은 메시지를 전달하는 것도 좋지만, 이건 할 만큼 했으니 내 공간을 만들어서 사람들이 찾아오게 하고 싶었어요. 사람과 사람을 연결하는 허브 역할을 하고 싶었죠. 그런 생각이 쌓여나갈 무렵 인도에 가서 명상을 공부하고 왔고, 이후에 대학원에서 상담 심리 공부를 시작했죠. 내 인생에 들어온 모든 걸 한 공간에서 구현하고 싶었어요.

» 헤르츠가 어떤 곳인지 궁금해요.
이전의 책방과는 결을 달리하는 곳이죠. 주로 심리학 서적이나 한국 사회의 문제를 다룬 책 또는 치유에 관한 책이 있어요. 또 거기서 제가 해오던 강의나 명상, 북 세미나도 하고요. 또 전문가들이 심리 상담을 하는 공간도 따로 마련했어요. 퍼블릭public하면서도 프라이빗private한 공간이죠.

헤르츠의 프로그램은 자신을 사랑하는 법을 배우고 자존감을 높이는 명상 수업인 '셀프 러브Self Love', 그리고 곽정은 대표와 일대일 상담을 할 수 있는 '프라이빗 토크Private Talk'가 대표적이다.

› 헤르츠는 무슨 뜻인가요?
독일어 'Herz'에서 따왔어요. 마음, 영혼, 심장, 감정, 가슴……
이런 심리와 관련된 뜻을 포괄하는 단어예요.

› TV에서 연애 전문가로 이름이 알려지다 보니 상담을 요청하는 이메일도 많이 받았겠네요?
맞아요. 지푸라기라도 잡는 심정으로 위로를 부탁하는 이메일도 있고, 이건 정말 경찰서에 가거나 여성 단체의 보호를 받아야 하는 문제인데 싶은 사연까지 다양하죠. 그런데 제가 이메일이나 글로 해주는 조언은 한계가 분명하니, 그 미진함이 쌓여서 제 안에 과제를 남겼나 봐요. 아, 가장 중요한 걸 빼놓을 뻔했네요.

› 뭐예요?
기본적으로 (헤르츠는) 여성 전용 공간이에요. 그간 제가 했던 활동이 여성에 초점을 맞춘 것들이었잖아요. 여성지 기자로 여성을 위한 콘텐츠를 만들었고, 시즌 3까지 진행한 명상 프로그램 '비잉 어웨이크Being Awake'도 여성 대상이고요. 그렇다고 남성을 완전히 배제하는 건 아니지만, 여성들끼리 이뤄지는 프로그램이 많아요. 동성끼리 있을 때 마음의 문이 확 열리기 쉬우니까요.

» 그간 곽정은이란 사람이 좋아했던 것이 한 공간에 모였군요?
맞아요. 그러면서 여성들이 '앞으로 어떻게 살기 원하는가?'라는 질문에 답을 찾도록 돕고 싶죠. 여성지 다닐 때 20, 30대 직장 여성들이 알아야 할 노동법 기사를 쓰자고 하면 절대 안 받아들여졌거든요. '이게 (얘기가) 되겠어?'라는 반응이었죠. 매체의 특성과 맞지 않는다는 것, 그래서 쓸 수 없을 걸 알면서도 저는 어쨌든 제안했어요. 이제 회사를 나왔으니 그 공간에서 못했던 시도를 이 공간에서 다른 방식으로 펼칠 수 있는 거죠. 그런 점에서는 저의 과거와 미래가 조우한다는 의미도 있겠네요.

» 그 시절에 여성지에서 노동법 기사를 발제했다니, 재미있네요.
늘 내 동년배 여성들이 처한 현실의 문제를 바꾸는 데 도움이 되고 싶었죠. 하지만 여성지 기자니까 정작 나는 주로 말랑말랑한 콘텐츠를 써야 했죠. 그러니 100을 취재해도 늘 60 정도

밖에 쓰지 못했고요. 그래서는 삶을 바꾸기에 미약하다는 자각이 생겼고, 그게 내 안에서 빈칸으로 남았어요. 작가로서 욕망은 어느 정도 풀었지만, 시민으로서 이 사회를 좀 더 좋은 쪽으로 바꾸고 싶다는 욕망은 원하는 만큼 풀지 못했고 그럴 플랫폼도 없었죠. 그래서 이 공간을 만든 것이기도 해요.

곽정은도 사랑이 마음대로 안 됐다

≫ (TV 예능) 〈마녀사냥〉에 출연한 이후 많은 게 바뀌었죠?

그렇죠. 그래서 사람들의 반응이 무섭기도 했어요. 어디 다니면 알아보고 좋아해주는 사람이 많아진 건 감사했지만, 반면 대놓고 저를 싫어하는 사람들도 생겼으니까요. 생각해보니 취직한 지 3년 만에 원하던 매체에 들어가고, 그 4년 뒤인 2009년 첫 책을 냈어요. 〈마녀사냥〉 출연 시작한 건 2013년이죠. 4년을 주기로 한, 재미있는 '스텝 바이 스텝'이에요. 2013년 이후 6년이 걸리긴 했지만, 이제 내가 만든 공간에서 내 프로그램을 시작하게 됐죠. 이 지점에 오려고 그랬구나, 그래서 그 경험이 다 필요가 있구나 싶어요.

≫ 미디어로 접한 느낌이긴 하지만, 〈마녀사냥〉 때와 달리 중심이 생긴 느낌이에요.

그때의 마음이 너무나 생생하게 기억이 나요. 〈마녀사냥〉은 제

첫 고정 출연 프로그램이었어요. 제가 정말 좋아하기도 했고요. 녹화하는 시간이 행복했죠. 그땐 '잘 해야 해!'라는 생각으로 충만했어요. 직장인 신분을 유지하면서 출연했던 때니까 여러 가지로 실수하면 안 된다는 생각이 강했죠. 프로그램의 전체 흐름을 생각하기보다는 '오늘 내가 준비한 이 멘트 꼭 해야 해!' 같은. 지금은 그때와는 많이 달라졌죠. 내가 나 자신에게, 또한 다른 사람이 나를 바라보는 시선에 편안해졌어요. 그때는 연애 상담을 하면서 '여러분, 자존감을 가지세요. 자존감을 버리면서까지 사랑할 필요는 없어요.'라고 해도 내 영혼까지 털어 넣은 느낌은 아니었거든요. 하지만 지금은 내가 하는 말이 나의 내면과 더욱 일치하는 느낌이죠.

» 심리학 공부는 왜 시작했어요?

명상을 하게 되면서요. 명상은 제가 감정적으로 가장 힘들었을 때 도움이 됐죠. 그간 저는 자존감에 관한 심리학 서적, 관계에 관한 자기계발서를 마치 씹어 먹듯이 읽어왔던 사람이니까, 그런 문제가 생겨도 잘 풀 수 있을 거라고 생각했어요. 그런데 쉽지 않더라고요. 그래서 답을 찾으려고 노력했고 그 답이 명상이었어요. 호흡에 집중하면서 나의 생각과 마음을 마주해 내가 누군지 깨닫는 과정이죠. 그런데 명상을 경험하고 나니까 상담 심리 공부를 해야겠다는 생각이 뚜렷해졌어요.

» 명상을 하게 된 계기는 뭔가요?

그건 말하기 무척 조심스럽네요.

› 왜요?

저는 정작 걸어왔던 삶에서 삐걱대거나 실패한 경험에 담담하
거든요. 그런데 저를 잘 모르는 타인들이 제 일에 평가를 하고
싶어 하니까요. 상대가 있는 얘기이기도 하고요.

한참 뜸을 들이다 그는 "저도 사랑하는 사람이 생기기도 하고 그의 마음
을 얻고 싶기도 하잖아요"라고 말문을 열었다.

저도 사랑하는 사람으로 존재하고 싶은데, 잘 되지 않은 때도
있었어요. 관계에서 큰 어려움을 겪으면 내가 아는 지식으로
이렇게 대화해서 공감해주려고 노력했죠. 그런데 (해결)되지 않
더라고요. 그 사람을 비난하거나 나를 고쳐보거나 하는 걸로
되지 않을 수도 있겠다는 생각을 했죠. 그렇다면 힘들었던 내
마음을 깊이 들여다보자는 생각이 들었어요. 모두 자기 마음
을 안다고 생각하지만, 실제 잘 모르거든요. 그러니 내 마음을
전달하는 과정에서도, 또 그 사람 마음을 받아들이는 데도 오
해가 생기는 거죠. 내 마음을 더 들여다보고, 쌓인 슬픔을 해결
하고 싶었어요. 사실 많이 힘들었죠. 사람들이 붙인 별명이 '연
애 박사, 연애 전문가'인데 정작 내가 사랑하는 사람과 힘든 시

간 겪는 게 인정이 안 되는 거예요.

» 연애를 하면서 그런 경험이 처음이었단 말이에요?

그전에는 그만큼 사랑하지 않았으니까요. 그전에는 포기를
한 적도 있고, '에잇, 싫으면 말아라!' 했던 때도 있고요. 다양한
이유로 그 지점까지는 가지 않았죠. 전에는 남들처럼 사랑을
했으니까요. 버티고 버티다, 싸우고 싸우다 어느 선에서 타협
하듯이 헤어졌던 거죠. 그런데 그때는 이미 삼십 대 후반이었
고, 반복적인 문제라면 이유가 뭔지, 결국에는 끝날지라도 깊
게 들여다보고 싶더라고요.

그것은 그 사람에게도, 자기 자신에게도 최선을 다해보자는 결심이었을
거다.

명상으로 만난 진짜 자아

» 그래서 어떻게 했어요?

인도에 갔어요. 돈을 엄청나게 들여서. (웃음) 감사하게도 좋은
선생님을 만나서 하루 12시간씩 수업 듣고 명상하고 수업 듣
고 명상했죠, 일주일간.

» 어땠나요?

사랑하던 사람과 힘든 점으로 생긴 마음의 고뇌도 풀리고, 네 댓 살 때부터 가진 고민도 해결했죠. 그래서 그때 이후로는 연애 상담도 '그 남자를 이렇게 바꿔보세요'에서 '이 문제를 통해서 당신을 들여다볼 수 있어요'로 바뀌었죠. 명상은 '내가 왜 그랬을까?' 하는 자책, 원망이 아니라 내 안에 뭐가 있기에 그런 것인지 나를 들여다보는 일이니까요.

네댓 살부터 가진 의문이 뭔지 물어보려던 찰나, 그가 먼저 쑥스럽다는 듯 웃으며 말을 꺼냈다.

돌아다니고 말을 하고 음식을 먹는 내가 진짜 나인가, 아니면 내 안에 있는 진정한 내면의 단단한 암반 같은 내가 진짜 나인가 하는 의문이요. 돈 많이 벌면 멋지게 보일지 모르지만 내면은 궁핍할 수 있는 것처럼요. 그런데 명상을 통해서 깨달았어요. 일을 하고 스트레스 받는 그런 기능적인 나도 진짜 나와 연결돼 있다는 자각을 한 거죠. 그 둘이 만나는 경험을 하니까 '이게 안 되면 어떡하지?' 하는 걱정이나 두려움이 없어졌어요. 기능적인 내가 잠시 실패했을 뿐이니까.

» 그 둘을 만나게 하고, 점점 일치하게 만든다는 거군요?
맞아요. 그런데 명상한다고 하면 주위에서 보통 이렇게 말해요. '머리 깎고 산에 들어가는 거야?' 하하. 그런 게 아닌데.

돌아다니고 말을 하고 음식을
먹는 내가 진짜 나인가, 아니면
내 안에 있는 진정한 내면의 단단한
암반 같은 내가 진짜 나인가 하는
의문이요. 돈 많이 벌면 멋지게
보일지 모르지만 내면은 궁핍할
수 있는 것처럼요. 그런데 명상을
통해서 깨달았어요. 일을 하고
스트레스 받는 그런 기능적인
나도 진짜 나와 연결돼 있다는
자각을 한 거죠. 그 둘이 만나는
경험을 하니까 '이게 안 되면
어떡하지?' 하는 걱정이나 두려움이
없어졌어요. 기능적인 내가 잠시
실패했을 뿐이니까.

» 연애 얘기만 할 거 같은 사람이라고 보기도 하겠죠?

무슨 남자 유혹하는 법, 잠자리 테크닉이나 쓰는 사람 아니냐고 오해하는데, 그런 기술적인 건 내가 쓴 글의 10퍼센트나 될까요. 코스모 기자니까 어쩔 수 없는 측면이 있기도 했고요. 사실 내가 말하고자 했던 건 사랑을 잘하는 노하우가 아니라 사람으로서 행복하게, 나답게 살면 사랑의 품격도 달라진다는 거죠. 더 근사한 삶으로 가는 지름길이 열린다는.

» 명상으로 뭐가 달라졌나요?

제일 좋은 건 나와 연결되는 경험이죠. 밤에 너무 배고파서 눈이 확 돌면서 라면을 끓여먹을 때가 있잖아요? 다 먹고 나면 어떤가요? 죄책감이 들죠. 라면 끓인 나와 죄책감 드는 나는 결국 나인데. 라면 한 그릇으로도 그런 분리를 경험하죠. 그런데 명상을 하고 나서는 어떤 상황에 맞닥뜨려도 둘이 분리되는 일이 적어졌어요. 제가 저에게 묻고 명료하게 상황을 판단하는 일이 가능해진 거예요. 나쁜 일들이 파도처럼 밀려올 때 예전에는 그 파도에 휩싸여서 꼴깍꼴깍했다면, 지금은 그 상황을 손바닥 위에 올려놓고 보는 거죠. 명상과 안정, 자존감, 성공, 행복, 치유는 다 같은 원 안에 있다고 생각해요.

그래도 그때 명상을 알게 해준 그 남자와는 결국 헤어졌다.

'끝내야겠구나. 우리의 관계는 여기까지구나.' 하는 것도 명료하게 볼 수 있게 해줬거든요.

연애도 결국 인생의 일인데

» 어렸을 때 곽정은은 어땠나요?

잠시도 쉬지 않고 말을 계속하는 타입. (웃음) 늘 혼자 있으니까 엄마, 아빠가 함께 있을 때는 끊임없이 말을 시켜서 아주 귀찮았대요. 오빠는 제가 초등학생 때 고등학생이었으니 나이 차이가 너무 많아서 함께 놀지 못했고, 네 살 터울 언니는 테니스를 했어요. 엄마, 아빠는 장사를 하면서 언니 뒷바라지하느라 늘 바빴죠. 그러니 유치원도 안 다녔던 저는 혼자 있는 시간이 많았고 그런 때 책을 보거나 동화를 지어서 썼던 기억이 나요.

» 기자가 되고 싶었나요?

꿈은 아니었어요. 대학 때 꿈은 짧은 글로 세상 바꾸자, 그래서 광고 카피라이터가 되고 싶었죠. 글을 곧잘 쓰기도 했고요. 하지만 IMF 구제금융 사태가 터진 지 얼마 지나지 않은 때(그는 97학번이다.)라 광고회사에서 신입 사원을 많이 뽑지 않았어요. 경험이나 쌓아놓자 싶어서 휴학을 하고 TTL 매거진에서 아르바이트를 했죠. 편집장과 쓸 기사를 논의하고 채택되고 취재하고 수없이 퇴짜를 맞으면서 기사를 써내서 발간되는 일이 재미있더라고요. 그렇다면 기자가 돼보는 것도 세상 바꾸는 일에 보탬이 되지 않을까 싶었죠. 나름 토익 점수도 높고 우등 졸업을 했지만, 면접 기회는 잘 주어지지 않더라고요. 그 와중에 들어간 곳이 월간지였죠. 2001년 12월 웅진닷컴에 입사해서 2002년 《휘가로걸》로 발령을 받았어요.

» 연애 칼럼은 왜 쓰게 됐어요?
그때는 막내 기자라서 칼럼보다는 새로 생긴 밥집을 취재하거나 맨 뒤에 붙는 별자리운세 정리하는 일을 맡았죠. 그러다가 한번 기사를 시켰는데 빨리 잘 써오니까 선배들이 계속 아이템을 주기 시작했어요. 그래도 막내 기자가 쓸 수 있는 피처 기사는 한정적이었죠. 그때 인생에서 경험한 걸 쓰자는 생각에서 편집장한테 여자들의 연애에 대한 생각을 다뤄보고 싶다고 제안서를 냈는데 맡겨졌어요. 그런데 의외로 쉽고, 또 잘 써지더라고요. 물론 지금 보면 '어떻게 이렇게 썼지?' 싶은 기사도 있지만, 그건 그 시절의 나, 그때까지의 경험이 그랬으니 그런 것이고 그 시절 나로서는 가장 잘 쓸 수 있는 기사를 썼던 거예요. 연애를 소재로 삶을 얘기하는 기회를 잡은 거죠. 코스모로 이직하면서 다른 많은 여성 기자들은 '그거 너무 야해서 어떻게 써요?'라고 생각하거나 '그런 기사 자꾸 쓰다가 시집 어떻게 가려고 그래?' 하기도 했지만, 저는 결국은 이 기사도 사람과 관계, 거기서 오는 행복에 관한 거라고 생각했죠.

» 나이에 따라 연애의 의미가 많이 달라졌을 것 같아요.

20대 때는 저도 경험이 별로 없고, 남들처럼 살고 싶은 욕망이 많았기에 남들만큼 괜찮은 남자를 만나고 싶었던 거 같아요. 그래도 별로 행복하지 않았다는 게 20대의 큰 성과죠. 30대에는 결혼과 이혼을 경험한 이후의 연애라서 깊이는 좀 더 있어졌죠. 그 많은 연애는 저를 깨달음으로 이끌었어요. 그래서 그때 만나고 헤어진 사람들에게 정말 고맙게 생각해요. 당신이 있어서 그 시절을 잘 지낼 수 있었고 그 끝에 깨달음을 얻을 수 있었다고, 또 당신이 떠나고 나서 그렇게 힘들었지만 그래서 내가 다른 세상의 문을 열 수 있었다고.

» 지금은요?

이제 40대 초반인데요, 지금은 좀 더 성장하고 확장해서 좋은 의미에서 권력을 가진 사람이 되고 싶어요. 그렇기 때문에 누구 한 명의 마음을 얻는 것에 별로 관심이 없어요. 결국 연애는 내가 맞을만한 사람을 선택해서 그 사람의 마음을 얻어둔 상태잖아요. 하지만 그 친밀도를 유지하려면 많은 에너지가 필요하고, 때론 많은 공을 들였더라도 그 사람이 변할 수도 있어요. 그때 (회복에) 쏟아부어야 하는 에너지도 있고요.

» 결혼은 왜 그렇게 일찍 했나요?

그러게요. 꼽아보니 올해가 이혼 10주년이네요. 첫 책 10주년이기도 하고. 정말 다행스러운 10년이었어요. 그때는 남들처럼 결혼하지 않으면 안 되는 거 아닐까 하는 불안이 강했죠. 깊이 생각하지 않고 섣불리 그리고 아주 빨리 결정했어요. 당시 저로서는 그 결정 또한 옳았고 절박했지만. 결과적으로 결혼과 이혼 덕분에 격동의 시기를 보냈으나 그 이후로 제 인생에서 다른 일들에 현명하게 대처할 수 있게 된 상징적인 사건이에요. 세상의 어법에 충실하면 행복해질 수 있다고 생각했지만, 비싼 수업료를 내고 그게 아니라는 결론을 얻었죠.

» 결혼 결정도, 이혼 결단과 결행도 빨랐네요.

제가 미적거리는 성격은 애초에 아니어서요. 그때 처음으로 제가 저와 접촉하지 않았을까 싶어요. 내가 진짜 원하는 게 뭔지 생각하면서. 내가 겪은 상처가 있어서 누군가를 더 잘 이해하게 된 게 감사해요. 누군가는 '이혼한 주제에'라는 편견도 갖겠지만, 대수롭지 않아요.

» 방송으로 유명해지는 대신 유명세, 그 때문에 치러야 하는 대가도 만만치 않죠. 유명해지면서 힘이 생기기도 했을 거 같고요.

저는 지금까지 일하는 사람으로서 자부심으로 여기까지 뚜벅 뚜벅 잘 걸어왔어요. 그런데 그 길을 잘 모르는 사람들이 아무렇게나 말하고 비난하기도 했죠. 그런 대상이 된다는 게 유명세였어요. 저는 연애나 사랑을 소재로 인생에 대해 말하고 싶었고 그런 글을 써왔던 사람인데, 방송에서 때로 어쩔 수 없이 말한 것만 보고서 얘기하니까 안타까웠죠. 그에 비해서 이름이 널리 알려졌기 때문에 가능했던 일은 너무나 많죠. 칼럼 하나를 써도 파급력이 커졌고요. 많은 사람 앞에서 강연할 기회도 얻었죠. 그 현장에서 받는 긍정적인 에너지는 말로 다 할 수 없어요. 사실 현장에서 강의로 호흡하지 않았다면 좀 힘들었을 수도 있었어요. 인터넷에 사는 사람들, 그들이 적는 피드백이 전부라고 생각했다면. 하지만 현장에 가면 수백 명이 제 얘기를 들어요. 그들의 마음에 제 말이 씨앗으로 뿌려지죠. 그래서 더 어깨가 무겁긴 하지만.

» 지금은 인생의 목표가 뭐예요?

좋은 의미의 권력을 갖고 싶어요. 우리나라에서 권력자라는 단어는 탐욕적이고 돈을 밝히고 권력을 마구 휘두르는 이미지가 강해서 좋지 않은 느낌으로 받아들여지기 쉬운데, 저는 좋은 의미의 권력자가 되고 싶어요.

그의 미래가 더욱 궁금해졌다.

마시고 죽자? '나는 죽지는 않는다'

» 올해 새 책도 냈는데요.

서점 오픈(2월 22일)과 비슷한 시기(3월 15일)에 나왔죠. 이번 책은 그간 쓴 책과는 완전히 결이 달라요. 지금까지의 나를 집대성하되 그 안에 성장을 담았죠. 흔히 하는 표현으로 하면 '자전적 에세이'라고 할 수 있죠. 내 삶을 통해 누군가에게 영감을 주고 싶다는 생각으로 썼어요.

그가 책 제목 '혼자여서 괜찮은 하루'를 왜 공들여 지었다고 했는지 알 것 같았다.

» 지금이 인생의 또 다른 인생의 전환점이네요.

그렇게 되어버렸죠. 이 시기가 이렇게 온 것에 감사해요. 20대에는 한 사람의 마음을 얻는 게 너무 중요했고 30대는 일에서 인정받는 게 중요해서 뭐든 열심히 했고, 심지어 책도 매년 냈죠. 이제는 다른 차원으로 가고 싶어요.

» 헤르츠도 시작했고요.

상징이죠. 앞으로 살고자 하는 방향성의 상징. 내 인생을 운영하는 일이죠. 이 큰 버스를 운행해야 하는데 도시락 까먹으면서 할 수는 없잖아요. 연애라는 주제를 통한 성장은 다한 거 같아서요. 이제 다른 것을 통해 성장하고 싶은 거죠.

» 곽정은이라는 이름 앞에 직접 수식어를 붙인다면요?

글쎄요. 작가, 방송인, 강연자라는 타이틀은 유지하되 '프라이빗 살롱 헤르츠 대표'라는 직함이 하나 더 붙었죠. 예전에는 사실 연애 테크닉이 궁금해서 그 기사를 쓰는, 남자의 마음을 얻는 게 중요했던 어리고 어린 영혼이었어요. 하지만 지금은 그런 게 그리 중요하지 않다는 걸 이제야 깨달은 언니로서, 그리고 먼저 많은 일을 경험하고 성취한 사람으로서 그 과정에서 얻은 걸 전해주고 싶어요. 저 역시 뭉툭하고 어설펐던 20, 30대를 지나 지금 굉장히 정교해지고 있거든요.

저는 품격 있게 살고 싶었어요. 아무리 큰 슬픔이 다가와도 초라해지고 싶지 않았죠. 또 누구에게 해를 끼치는 사람이 되고 싶지 않았어요. 파도가 나를 몰아치더라도 그 안에서 파도에 때론 때려 맞아서 물속에 잠깐 들어갔다 나와도 품위를 유지하고 싶었어요. 우아한, 고품격 이런 단어들이 이미 오염돼서 안타까운데, 가장 근접해서 표현하자면 품격 있는 삶이죠. 종교는 없지만, 영성을 중시하는 삶과 그렇지 않은 사람의 인생은 다르다고 생각해요. 흔히 '인생 뭐 있어? (술) 먹고 죽자!' 하는데, 영성을 중시하는 사람은 그렇지 않죠. '내가 이거 먹고 죽지는 않는다!'고 생각을 하지.

그를 만나기 전까지 나 또한 마음 한편에는 '적나라한 연애 얘기로 뜬 사람', 그래서 '기자나 작가라기보다는 방송인'이라는 선입견이 있었는지 모른다. 하기는 그러니까 그가 명상을 하고, 대학원에 진학해 상담심리학을 전공하고, 거기다 살롱까지 연다니 그 사연이 궁금해졌을 수도 있겠다. 만나고 나니 요즘 방송에 비친 그의 표정이 한결 편안해진 이유를 알듯하다. 그리고 그가 '어쩌다 유명인'이 된 게 아니란 것도.

그는 아마 자기만큼 연애 칼럼을 많이 쓴 기자는 없을 거라고 했다. 조사해보지는 않았지만 틀리지 않은 것 같다. 연애 고수의 말을 빌리지 않더라도, 연애의 시작과 완성은 자기를 사랑하는 일이다. 이 당연한 걸 머리만 알아서 문제지. 그리고 자기 자신을 사랑하는 일은, 그의 말대로 인생의 전부다. 자기 자신과 끝나지 않을 연애를 아주 진지하게 시작한 그가 비결을 나눌 채비를 하고 있다. 그가 말했듯이 자신의 성취를 긍정하고 이를 나누는 의미의 권력자라면, 더 많은 여성이 권력의지를 불태웠으면 좋겠다.

인터뷰를 마치며

인터뷰 하나를 완성하는 과정은 마치 사랑에 빠져 지내는 일과 같았다. 섭외는 쑥스럽고 당돌한 고백이었고, 그가 누구인지 샅샅이 찾고 읽는 준비 기간은 두근거리는 설렘이었다. 숱한 질문과 답변이 오가는 인터뷰는 그 사람의 인생에 푹 빠져 들어가는 느낌이었다.

이 같은 희열이 소중한 건 몇 배 더 많은 실연失戀이 있었던 덕분이기도 하다. 일정이 맞지 않아서, 인터뷰가 어려워서, 도저히 시간이 나지 않아서 인터뷰를 거절한 많은 이들이 있었다. 그럴 때마다 나는 정말 사랑의 고백을 거절당하기라도 한 듯 아픔에 괴로워했다.

그래서 재미있다. '그렇게 거절당하고 돌고 돌아 과연 내가 인터뷰를 이어갈 수 있을까' 의문이 들 무렵 늘 신기하게 이어지는 인연이 있었다. 그렇기에 더 특별했고, 그렇기에 더 흔치 않은 삶이 나에게 다가왔다. 오랜 기다림 끝의 기쁨도, 단박에 '그래요!'에서 오는 감격도 내게는 모두 소중하고 고마운 기억이다. 이 책에 실린 '언니들'이 왜 귀한 시간을 쪼개 인터뷰를 수락했는지, 그 비밀을 독자들이 찾아냈기를 바란다. 언니들이 인터뷰 제안에 응한 데에는 모두 공적인 이유가 있었다. '나 홀로 잘 사는 세상'을 꿈꾸는 이들이었다면, 대중에게 자신의 이야기를 굳이 내놓을 필요가 없었을 거다. 공동체의 구성원이자 여성으로서의 자각이 그들의 삶을 지탱하는 한 기둥이었기에 가능한 일이었다. 그럼에도 살아남았고, 그럼에도 성공했고, 그럼에도 해냈고, 그럼에도 아직 싸우고 있는 언니들의 존재가 동생들에게는 자신감과 희망의 싹이 될 수 있을 테다.

인터뷰의 매력은 그것이 사람 살아가는 이야기라는 데 있을 거다. 누구나 조화롭고 평안하고 순조로운 삶을 꿈꾸지만 뜻대로 되지 않는 것이 삶이다. 그래서 더 가치가 있다는 걸 이 인터뷰집에 담고 싶었다.

그러니 한번쯤 생각해보는 건 어떨까. '언니들의 삶이 그랬구나. 그렇다면 나의 삶은? 나는 어떻게 살았나. 그리고 어떻게 살아야 할까?' 하고 말이다. 나아가 이 인터뷰집에 담긴 질문들을 제3자가 되어 나에게 던져보는 깊은 사유의 시간을 갖는 것도 나쁘지 않겠다. 혹시 아나. 그것이 자신의 인생을 바꾸는 선물을 선사할지도. 인터뷰는 힘이 세니까.

그래도 다시 일어서 손잡아주는
언니들이 있다

글 ⓒ 김지은, 2019
사진 ⓒ 한국일보사

펴낸날	1판 1쇄 2019년 9월 25일
	1판 2쇄 2019년 11월 5일

지은이	김지은
펴낸이	윤미경

펴낸곳	헤이북스
출판등록	제2014-000031호
주소	경기도 성남시 분당구 황새울로 234, 607호
전화	031-603-6166
팩스	031-624-4284
이메일	heybooksblog@naver.com

책임편집	김영회
디자인	류지혜 instagram.com/chirchirbb
찍은곳	한영문화사

ISBN	979-11-88366-15-6 03810